青年文摘 30 年典藏本

/随/笔/卷/

动听的花园

中国青年出版社

（京）新登字083号

图书在版编目（CIP）数据

动听的花园/《青年文摘》编辑部编选. —北京：中国青年出版社，2011.8
（青年文摘30年典藏本）
ISBN 978-7-5153-0112-9

Ⅰ.①动… Ⅱ.①青… Ⅲ.①随笔–作品集–中国–当代 Ⅳ.①I267.1

中国版本图书馆CIP数据核字（2011）第146107号

责任编辑：付江 徐雯锦

*

中国青年出版社 出版 发行

社址：北京东四12条21号 邮政编码：100708
网址：www.cyp.com.cn
编辑部电话：（010）64465113 门市部电话：（010）57350370
三河市君旺印装厂印刷 新华书店经销

*

700×1000 1/16 17印张 3插页 170千字
2011年9月北京第1版 2011年10月河北第2次印刷
印数：10001–20000册 定价：27.00元
本图书如有印装质量问题，请凭购书发票与质检部联系调换
联系电话：（010）57350337

前言

《青年文摘》是由共青团中央主管、中国青年出版总社主办的文摘期刊，创刊于1981年。她以"影响青年，影响未来"为愿景，荟萃当下海内外名篇佳作，是新时期青少年健康成长、成才、成功的情感读本和励志读本。

适逢《青年文摘》创刊30周年，站在新的历史节点上，我们内心满怀感恩和感动，也涌动着希冀和信心。一路走来，正是由于众多作家、出版机构和社会各界的热诚帮助，读者朋友的携手同行，使这份凝结着很多人心血、智慧、激情和梦想的刊物，伴随中国亿万青年的成长,创造了不俗业绩。

"青年文摘30年典藏本丛书"的编辑出版，既是《青年文摘》30年不凡历程的真实记录，也是为了表达对不离不弃的读者朋友们的感谢与敬意！丛书从五个不同侧面，展现青春岁月的绚丽多姿：

我们是《独一无二的柠檬》，成长的酸涩痛楚终会化为雨后彩虹，仰望星空时，最亮的永远是那颗属于我们自己的独一无二的星；

《比爱更爱你》，是你我都曾经刻骨铭心的爱恋，随着时间流逝，远了、淡了，却永远不会忘记；

在喧嚣尘世厌倦疲惫时，《谁在尘世温暖你》？是父母，是师友，是这个世界点点滴滴的真情，让我们重新拥有了出发的勇气；

前路漫漫，披荆斩棘，需要什么样的智慧，才能《赢这场人生旅程》；

在这座《动听的花园》中，凝神静心，诗意栖居。

"把心交给读者"，成就的不单单是读者，更是我们自己。

时光流转，不变的是我们呵护青春的光荣与梦想……

《青年文摘》编辑部

目录 Contents

p008 - 059 - 第一辑　中国式好人

p060 - 117 - 第二辑　完美是个动词

p118 - 171 - 第三辑　生活的一种

p172 - 222 - 第四辑　寻找语言不设防的地方

p224 - 271 - 第五辑　做一个妙趣横生的人

第一辑　中国式好人

中国式好人　/　(台湾)李敖　/　009

琼瑶的泰坦尼克　/　萨苏　/　011

一个中国渔夫的管理感悟　/　周艳焱　/　014

都江堰　/　余秋雨　/　016

『西汉富豪榜』的启示　/　吴晓波　/　020

可爱的奸雄　/　易中天　/　022

刘备摊子里的圈子　/　陈仓　/　024

少年朱元璋　/　当年明月　/　026

君子与小人　/　熊召政　/　030

嘉庆的家教　/　刘三疯　/　032

晚清兵器　/　柴静　/　035

一个乞丐的心灵　/　古清生　/　037

黄花岗上泪流满面　/　走出风来　/　040

冬至之晨杀人记　/　林语堂　/　043

历史性的一局棋　/　(香港)金庸　/　046

傲慢与非偏见　/　吕麦　/　048

常识与记忆　/　陈丹青　/　050

奶奶和1953年的诺贝尔奖 ／ 董玉洁 ／ 053

万里长城 ／ (台湾) 余光中 ／ 056

第二辑 完美是个动词

完美是个动词 ／ 吴稼祥 ／ 061

学而不用 ／ 思果 ／ 063

哈佛有什么错 ／ [美] 高燕定 ／ 065

大学是间坏公司 ／ 陈漠 ／ 068

好学生到哪里去了 ／ 杨扬 ／ 070

和谐的第二遍茶 ／ 王坚 ／ 072

我的灵魂我的书 ／ (香港) 梁文道 ／ 076

你见过贫困生吗 ／ 李岳 ／ 078

假如重新选择 ／ 卞毓方 ／ 082

荒野之鹰 ／ (台湾) 简媜 ／ 084

做自己的预言家 ／ (台湾) 吴若权 ／ 088

那个蠢女孩是我 ／ 张爱玲 ／ 090

我也曾是华尔街的『肉』／ 陈思进 ／ 092

词典的故事 ／ 阿来 ／ 095

第三辑 生活的一种

我们在17岁时干些什么 ／ 舒婷 ／ 098

善的情怀 ／ 梁晓声 ／ 100

人格是最高的学位 ／ 白岩松 ／ 102

一个出租车司机的MBA课 ／ 刘润 ／ 104

不是所有的猩猩都叫苏尔坦 ／ 蒋方舟 ／ 108

最后一名 ／ (台湾) 王文华 ／ 110

生命的最佳状态 ／ 于丹 ／ 112

自由在高处 ／ 熊培云 ／ 114

发出声音永远是有用的 ／ 毕淑敏 ／ 116

生活的一种 ／ 贾平凹 ／ 119

对爱不再怀疑 ／ [美] 陈冲 ／ 121

半个自己 ／ 陈染 ／ 124

怎么赚钱 ／ 韩少功 ／ 126

我喜欢 ／ (台湾) 张晓风 ／ 128

真正的幸福是什么 ／ [日] 黑柳彻子 ／ 130

情愿不自由 ／ 六六 ／ 132

蜘蛛网 / [新加坡]尤今 / 134

像晒蜡僧一样 / 王晓莉 / 136

动听的花园 / 张岚 / 138

插线人生 / 马伯庸 / 140

相遇在城市与乡村的路口 / 安宁 / 142

卖唱的人们 / 王小波 / 145

零乱茶烟 / 陈香梅 / 147

癌症细胞 / (台湾)李家同 / 150

此仇不报非君子 / [美]刘墉 / 153

黄玫瑰的心 / (台湾)林清玄 / 157

白天纽约 黑夜巴黎 / (台湾)王文华 / 160

书呆子年 / (台湾)吴淡如 / 164

谁的生活不造作 / (台湾)张曼娟 / 166

机会成本与秘鲁的棕熊 / 玮东 / 169

第四辑 寻找语言不设防的地方

寻找语言不设防的地方 / 叶海声 / 173

必做和不必做的准备 / 陈鲁民 / 176

哦,小气候 / 赵鑫珊 / 178

快感与幸福 / 郑也夫 / 180

高架生存 / 詹克明 / 182

富裕和肥胖没什么两样 / 查一路 / 184

环境的『公地悲剧』 / 波音 / 186

我们为什么应该尊重穷人 / 晴圆 / 189

假如动物也像我们 / 向清德 / 192

两种人 / [美]富兰克林 / 194

思考 / 叶延滨 / 196

心脏的风格 / 蒋光宇 / 198

选谁都差不多 / 刘瑜 / 200

遥远的罪恶与你我有关 / 田松 / 202

红玫瑰 / (台湾)李敖 / 205

逮捕 / [俄]索尔仁尼琴 / 208

一个国家的伤痛与希望 / 崔永元 / 210

你是我的长篇小说 / 潘向黎 / 212

善良·丰富·高贵 / 周国平 / 214

眼前欢 / (台湾)柏杨 / 216

朋友 / (香港)古龙 / 218

金庸小说中的悲剧爱情 / 孔庆东 / 220

第五辑 做一个妙趣横生的人

做一个妙趣横生的人 / 苗向东 / 225
幽默的境界 / (台湾)余光中 / 227
下棋 / 梁实秋 / 230
逃学 / 沈从文 / 232
取钱 / 老舍 / 234
沙僧的非常道 / 崔岱远 / 237
像段成式这样的唐朝记者 / 魏风华 / 240
去人民大会堂的最佳方式 / 韩小蕙 / 242
小妖的逻辑 / 骆玉明 / 244
鸡的利他利己 / 韩少功 / 246
我爱刘胡兰 / 韩寒 / 249
谁是最大的笨蛋 / 沈嘉禄 / 252
蚕豆七兄弟 / 马群龙 / 254
国际化的青春期片段 / 春树 / 256
他们总是很惊奇 / 王湛 / 258

儒家板块 / 岑嵘 / 260
《水浒传》里的高危职业 / 马伯庸 / 262
如何成为一个伟大的猴子 / 姚际春 / 264
做人是一件自卑的事 / 沈宏非 / 266
星期一女孩和星期日男人 / (台湾)张国立 / 268
不读李白 / 刀尔登 / 270

第一辑　中国式好人　　　008 － 059

中国式好人

文/(台湾)李敖

小孩子看电视,他对形形色色的剧中人弄不太清,因此他采用一种简单的标准——"是好人,还是坏人?"大人只要说"是好人"、"是坏人",小孩就心满意足了,大人也觉得省事。

但是,在实际生活中,有点儿头脑的大人,就知道"好人"、"坏人"可没那么简单。

孔夫子是研究这个问题的人,他把人做了分类:有圣人、有仁人、有中人、有上智、有下愚,等等,但他研究得显然不仔细。直到班固在《汉书》里做了"古今人表",把人分成九类。

班固在"古今人表"前面说:

"可与为善,不可与为恶,是谓上智。"

"可与为恶,不可与为善,是谓下愚。"

"可与为善,可与为恶,是谓中人。"

班固从这三大类中,"以列九等之序",分出九类,从善恶问题中,判定好人坏人的程度。形式上固然比"二分法"仔细,但他仔细的标准,却是荒谬的:例如伏羲、唐尧、虞舜是先生级的,就变成上上圣人类;而女娲、女皇、娥皇是太太级的,就变成上中仁人类,这是哪一门子的标准?比干是上中仁人类,而关龙逢是上下智人类,这又是哪一门子的标准?周武王的两个儿子是中上类,而周公的七个儿子是中中类,这又是哪一门子的标准?

班固的"古今人表"虽然荒谬,但从这两千年前的中国人的意识形态里,我们仍可过滤出不少"中国式好人"的检定标准,这种检定标准是:

第一,道德标准——道统中的圣人是上上的好人,与圣人冲突的,不被谅解,所以老子、墨子、告子都贬到中上类。"非圣无张"是坏人干的事,一个人只要口口声声尧舜禹汤文武周公孔子,打着这种招牌,就被目为好人。

第二,愚忠标准——愚忠被目为好人,所以箕子、比干、关龙逄、伯夷、叔齐、屈原、豫让等都晋入前四类。

第三,孝子标准——孝子被目为好人,由虞舜以上上圣人领头,延伸为"求忠臣于孝子之门"。

第四,大臣标准——大臣被目为好人,延伸为大官被目为好人,可以"作之师",可以颁奖"好人好事"。

第五,美女标准——跟美女有瓜葛的,不被目为好人,连带美女也一视同仁。

这五种标准,都是有问题的:试看道统标准下,出了多少大奸巨恶?愚忠标准下,出了多少鹰犬走狗?孝子标准下,出了多少公孙弘式的坏蛋?大臣标准下,出了多少扶同为恶的权奸?美女标准下,出了多少被歪曲的中华儿女?

"中国式好人"标准,常常出不来好人而出来伪君子,出来坏人和乡愿。因为,真正的好人往往是不合乎道统标准的(像李贽),不合乎愚忠标准的(像晏子),不合乎孝子标准的(像匡章),不合乎大臣标准的(像陶潜),不合乎美女标准的(像文天祥)。李贽特立独行,70多岁,在牢里自杀殉道,谁比得了这个"坏人"?晏子不死君难,临大节而不可夺,谁比得了这个"坏人"?匡章全国说他不孝,孟子说他是天下大贤,谁比得了这个"坏人"?陶渊明不为五斗米折腰,看不起做官的,不肯做坏政府下的公务员,谁比得了这个"坏人"?文天祥生活奢侈,又好美女,在生死关头,从容就义,谁比得了这个"坏人"?

古往今来,中国人的"平均公民"并不是很够水准的,原因就在好人的标准出了问题。

真正的好人,必须是大智大仁大勇的、狂狷的、特立独行的,"举世而誉之而不加劝"的、"举世而非之而不加沮"的,"虽千万人吾往矣"的。真正的好人绝不是伪善的、乡愿的、八面玲珑的、整天讨好人的,真正的好人绝不投靠在强梁的一方,真正的好人绝不向社会降格取媚,真正的好人绝不在乎被斗臭斗倒、被下狱、被栽诬,真正的好人是大丈夫。

琼瑶的泰坦尼克

文/萨苏

为琼瑶的小说流泪不是一件稀奇的事情。我大学的女同学们常常捏着手帕,看《失火的天堂》或者《心有千千结》而双目迷离。

作为燕赵之地的子孙,西北高天下的苍莽黄沙,边塞草原上的铁马冰河,是我心中所更加亲近的。

想当然地认为,能写出这样作品的琼瑶,无疑是个感情世界坎坷无比又丰富无比的小资。当她在铺了天鹅绒的大床上为了爱情辗转反侧的时候,萨正在和兄弟们在风雪漫天的机场跑道上为波音737换轮子。我们的世界,没有交集。

直到看了她的《我的故事》。

《我的故事》,是琼瑶的自传,我想,如果没有读过这本书,不可以算作真正明白琼瑶是怎样一个人的。

琼瑶的确出生于教授之家,书香门第。然而,她记录下的童年,却和小资没有多少关系,她用了大量的篇幅记录的是——逃难。

1944年,6岁的琼瑶,随着全家——祖父、父亲和母亲、哥哥、弟弟……开始了逃难的历程。

那一年,日军发动了豫湘桂战役。琼瑶家的祖屋所在地衡阳,是两军决战之地。中国军队第十军在这座城市死守了47天,终因援军不济,力竭城破。

逃难之前,琼瑶把自己最珍爱的一面小锦旗交给了妈妈,藏在寄宿农家的阁楼上,因为大家都说农家一无所有,日本人是不会抢劫这个地方的。

日军果然没有抢劫,他们烧掉了整个村子。这只是琼瑶记忆中苦难的开始。

逃亡中，琼瑶第一次目睹了死亡。"山沟外面，忽然传来一声清脆的枪响，接着，有一个人影从我们掩护着的松柏外面闪过去。我们全吓怔了，忘了哭，也忘了叫，瞬时间，山沟中寂然无声，我从松树的隙缝里望出去，正好看到那奔跑着的人——一个平凡的农人，腿上滴着血，一跛一跛地飞跑着逃走，然后，就是一阵日本人的呼喝声，又一排枪声，那农人倒了下去。我呆住了，第一次了解死亡是怎样突然就能来临的，第一次看到鲜血从一个活生生的人体里流出来。"

接着，他们又被日军围住搜查，一切财产都被抢去，连琼瑶的母亲都险些被日军掳去。一向文质彬彬的父亲立即爆发了，他陡然间冲过来，抱住母亲，对那日本兵大吼大叫："放手！你这禽兽！放手！"我看到那日本兵举起木棒，对父亲拦腰一棒，父亲站立不稳，那山沟又是一个往下倾斜的斜坡，父亲摔了下去，顺着斜坡，就一直往下滚。祖父忍无可忍，也冲上前去，日本兵再一棒，把祖父也打落坡下，然后，他继续拉着母亲，往山沟外面拖去。母亲用手抓紧了山沟两壁的青草，哭着往地上赖。我眼看父亲和祖父挨打，母亲又将被掳走，恐惧、愤怒和无助的感觉一下子对我压了下来，我用双手扯住母亲的衣服，放声大哭。同时，麒麟和小弟都扑了过来，分别抱住母亲的腿，也放声大哭，我们三个孩子，这一哭哭得惊天动地，我们边哭边喊着："妈妈不要走！妈妈不要走！"只是因为琼瑶的弟弟恰好和带队日本军官的孩子同岁，拨动了他的恻隐之心，一家人才逃过此难。

写下这样文字的，是我们所认为自己熟悉的琼瑶吗？

读这部书时，我心中有一点淡淡的疑问——有着这样经历的琼瑶，成年后的作品中为何却只有温柔婉约，而没有"生当作人杰，死亦为鬼雄"的刚强之气呢？

直到看到《泰坦尼克》中的一段，我忽然若有所悟。

《泰坦尼克》的结尾，罗丝是怎样对杰克喃喃自语的呢？

她没有说我多么怀念你，在心底爱你这些话。她说，我结了几次婚，爱过几个人，生了几个孩子，走了世界多少个地方……

杰克的死，是为了罗丝的生。

她是那样珍爱杰克换来的生命，所以让自己的一生都快快乐乐，轰轰烈烈，一直到90岁。

她的生命是属于两个人的,她快乐了,他才快乐。

对于琼瑶来说,悱恻温婉是她的本性,历尽劫难,痴心终而不改。这种南方小女子的情怀,在《我的故事》的苦难衬托下如野火烧不尽,春风吹又生的离离原上草,用最柔弱的一面让人感到生命的顽强与灿烂。

这部书读过之后,对琼瑶的感觉真的不再一样了。

当一家人经过一次次抢劫、杀戮、搜查之后,琼瑶在第八章"夜半穿越火线"的结尾一段写道:"中午时分,我们见到了第一队国军,看到了第一面国旗。"

那时,忽然发现自己身上发生了一件奇怪的事情。

再读琼瑶的书时,我居然落泪了。

从此,也不可以笑话那些读琼瑶落泪的女生了吧。

一个中国渔夫的管理感悟

文/周艳焱

  这个渔夫可能是中国历史上有文字记载的第一位企业家,他生活在3000年前的商朝。这位企业家的名字,就叫做姜子牙。

  中国的商业文明起源于商朝。商朝的农业和畜牧业都很兴旺,手工业也颇具规模。于是,从事商品交易和长途贩运的商人也随之出现。到商朝后期,已经出现了现代意义上的企业家。以肉食品为例,从黄牛的养殖、贩运、屠宰、加工到销售的全过程,已经形成一个相当成熟的产业,姜子牙当年就在朝歌开办过一家牛肉食品公司。

  当时在朝歌有十几家肉食品公司,尤以他的公司名气最大,占据了全城牛肉食品市场将近一半的份额。商朝王室、贵族府第所需要的牛肉食品,也都是由他供给。据说,他腌制的牛肉,肉质鲜嫩,极具风味,朝歌牛肉也因此成为一种地方特产流传至今。

  他还制造和销售过一种叫做笊篱的竹制餐具,开过一家面粉店,经营过餐馆,卖过酒,卖过鱼……总之,他的一生和我们今天的企业家极为相似。有时他的生意很好,有时又亏得厉害。几经挫折,几度奋起,到了晚年他却再一次惨遭失败,老婆也跟他离了婚,一贫如洗。据说,那一年他已经72岁。

  一个垂暮之年的老人,还会有什么作为呢?

  白发苍苍的姜子牙来到了渭水之滨,看着远逝的河水,心中好似惊涛骇浪一般难以平静。他曾经那样苦心经营,可他的命运,为什么还是如此多灾多难呢?

  河中有几个渔夫,在往来打鱼。他想起自己的一生,又何尝不是一个渔夫？这时，他眼前忽然闪过一道灵光。于是，他制作一套特别的渔具，穿着蓑衣在渭水垂钓。注意，他的"鱼钩"竟然是直的！直的"鱼钩"怎么能称之为鱼钩呢？直的"鱼钩"怎么挂得上鱼饵呢？直的"鱼钩"怎么钓得上鱼呢？他究竟想干什么？

俗话说："姜太公钓鱼，愿者上钩。"可是，谁愿意上钩呢？

有人说：他后来不是成了周文王的管理顾问吗？所以，周文王就是他钓上来的一条大鱼。按此种说法，姜子牙似乎设计了另一种意义上的鱼钩——他在策划一个具有轰动效应的新闻事件。人们会纷纷传说：看啊，这个疯疯癫癫的老头，竟然用直的"鱼钩"钓鱼。真是千古奇谈啊！于是各大媒体争相报道，惊动了周文王。由此看来，姜子牙之所以用直的"鱼钩"钓鱼，为的是用一种有创意的方式求职。

可是，这种说法对吗？要知道，周文王是相当有智慧的人，他怎会被这种荒谬的把戏蒙蔽自己的双眼呢？

然而，姜子牙后来的确成了周文王的管理顾问。我们该如何理解这个问题呢？在周文王来到之前，姜子牙到底有过怎样石破天惊的变化呢？

巧妙的鱼钩和芳香的鱼饵是钓鱼的两个必备条件，因此，白发苍苍的姜子牙在渭水之滨垂钓的时候，他是不可能用那种直的"鱼钩"钓到鱼儿的。叵是，没有了巧妙的鱼钩，没有了芳香的鱼饵，也就没有了所有的阴谋诡计。透过清澈的河水，姜子牙可以清楚地看到那些游来游去的鱼儿，它们是那样的无忧无虑。忽然，他会心地笑了，因为他找到了人生的答案，也顿悟了管理学的答案。

当一个渔夫能够感受到鱼儿的快乐时，他就不再是一个渔夫，而是一个觉悟者。战争消失了，权谋消失了，噩梦消失了，而那种对于生命的爱，就像第一缕晨光照亮了黑暗的心灵。

鱼儿们只是随意地游动着，但它们的生活却透露着一种神秘的暗示。在渭水之滨垂钓的姜子牙终于读懂了这种暗示。

这是管理学历史上一个伟大的转变，一个渔夫式的企业家终于懂得了什么是爱。尽管他现在并没有领导一个企业，但他可以让自己快乐地生活，可以让自己用爱的方式去帮助和影响身边的每一个人。他是那样的睿智，以致他总是能够帮助别人解决人生的难题。渐渐地，他成了人们传说中的圣人。直到有一天，周文王也带着他的难题来到了他的面前，向他求教。于是，姜太公也就成了中国历史上第一个专职的管理顾问。

都江堰

文/余秋雨

一

我以为，中国历史上最激动人心的工程不是长城，而是都江堰。

长城当然也非常伟大，不管孟姜女们如何痛哭流涕，站远了看，这个苦难的民族竟用人力在野山荒漠间修了一条万里屏障，为我们生存的星球留下了一种人类意志力的骄傲。长城到了八达岭一带已经没有什么味道，而在甘肃、陕西、山西、内蒙一带，劲厉的寒风在时断时续的颓壁残垣间呼啸，淡淡的夕照、荒凉的旷野融成一气，让人全身心地投入对历史、对岁月、对民族的巨大惊悸，感觉就深厚得多了。

但是，就在秦始皇下令修长城的数十年前，四川平原上已经完成了一个了不起的工程。它的规模从表面上看远不如长城宏大，却注定要稳稳当当地造福千年。如果说，长城占据了辽阔的空间，那么，它却实实在在地占据了邈远的时间。长城的社会功用早已废弛，而它至今还在为无数民众输送汩汩清流。有了它，旱涝无常的四川平原成了天府之国，每当我们民族有了重大灾难，天府之国总是沉着地提供庇护和濡养。因此，可以毫不夸张地说，它永久性地灌溉了中华民族。

有了它，才有诸葛亮、刘备的雄才大略，才有李白、杜甫、陆游的川行华章。说得近一点，有了它，抗日战争中的中国才有一个比较安定的后方。

它的水流不像万里长城那样突兀在外，而是细细浸润、节节延伸，延伸的距离并不比长城短。长城的文明是一种僵硬的雕塑，它的文明是一种灵动的生活。长城摆出一副老资格等待人们的修缮，它却卑处一隅，像一位绝不炫耀、毫无所求的乡间母亲，只知贡献。

二

我去都江堰之前，以为它只是一个水利工程罢了，不会有太大的游观价值。连葛洲坝都看过了，它还能怎么样？只是要去青城山玩，得路过灌县县城，它就在近旁，就乘便看一眼吧。因此，在灌县下车，心绪懒懒的，脚步散散的，在街上胡逛，一心只想着青城山。

七转八弯，从简朴的街市走进了一个草木茂盛的所在。脸面渐觉滋润，眼前愈显清朗，也没有谁指路，只向更滋润、更清朗的去处走。忽然，天地间开始有些异常，一种隐隐然的骚动，一种还不太响却一定是非常的声音，充斥周际。如地震前兆，如海啸将临，如山崩即至，浑身起一种莫名的紧张，又紧张得急于趋附。不知是自己走去的还是被它吸去的，终于陡然一惊，我已站在伏龙观前，眼前，急流浩荡，大地震颤。

即便是站在海边礁石上，也没有像这里这样强烈地领受到水的魅力。海水是雍容大度的聚会，聚会得太多太深，茫茫一片，让人忘记它是切切实实的水，可淘可捧的水。这里的水却不同，要说多也不算太多，但股股叠叠都精神焕发，合在一起比赛着飞奔的力量，踊跃着喧嚣的生命。这种比赛又极有规矩，奔着奔着，遇到江心的分水堤，刷的一下裁割为二，直窜出去，两股水分别撞到了一道坚坝，立即乖乖地转身改向，再在另一道坚坝上撞一下，于是又根据筑坝者的指令来一番调整……也许水流对自己的驯顺有点恼怒了，突然撒起野来，猛地翻卷咆哮，但越是这样越是显现出一种更壮丽的驯顺。已经咆哮到让人心魄俱夺，也没有一滴水溅错了方位。阴气森森间，延续着一场千年的收伏战。水在这里，吃够了苦头也出足了风头，就像一大拨翻越各种障碍的马拉松健儿，把最强悍的生命付之于规整，付之于企盼，付之于众目睽睽。看云看雾看日出各有胜地，要看水，万不可忘了都江堰。

三

这一切，首先要归功于遥远得看不出画影的李冰。

四川有幸，中国有幸，公元前251年出现过一项毫不惹人注目的任命：李冰任蜀郡守。

此后中国千年官场的惯例，是把一批批有所执持的学者遴选为无所专攻的官僚。而李冰，却因官位而成了一名实践科学家。这里明显地出现了两种判然不同的政治走向。在李冰看来，政治的含义是浚理，是消灾，是滋润，是濡养，它要实施的事儿，既具体又质朴。他领受了一个连孩童都能领悟的简单道理：既然四川最大的困扰是旱涝，那么四川的统治者必须成为水利学家。前不久我曾接到一位极有作为的市长的名片，上面的头衔只印了"土木工程师"，我立即追想到了李冰。

没有证据可以说明李冰的政治才能，但因有过他，中国也就有过了一种冰清玉洁的政治纲领。

他是郡守，手握一把长锸，站在滔滔的江边，完成了一个"守"字的原始造型。那把长锸，千年来始终与金杖玉玺、铁戟钢锤反复辩论。他失败了，终究又胜利了。他开始叫人绘制水系图谱。这图谱，可与今天的裁军数据、登月线路遥相呼应。

他当然没有在哪里学过水利，但是，以使命为学校，死钻几载，他总结出治水三字经（"深淘滩，低作堰"）、八字真言（"遇湾截角，逢正抽心"），直到20世纪仍是水利工程的圭臬。他的这点学问，永远水气淋漓，而后于他不知多少年的厚厚典籍，却早已风干，松脆得无法翻阅。他没有料到，他治水的韬略很快被替代成治人的计谋；他没有料到，他想灌溉的沃土将会时时成为战场，沃土上的稻谷将有大半充作军粮。他只知道，这个人种要想不灭绝，就必须要有清泉和米粮。

他大愚，又大智。他大拙，又大巧。他以田间老农的思维，进入了最澄彻的人类学的思考。

他未曾留下什么生平资料，只留下硬扎扎的水坝一座，让人们去猜详。人们到这儿一次次纳闷：这是谁呢？死于两千年前，却明明还在指挥水流。站在江心的岗亭前，"你走这边，他走那边"的吆喝声、劝诫声、慰抚声，声声入耳，没有一个人能活得这样长寿。

秦始皇筑长城的指令，雄壮、蛮吓、残忍；他筑堰的指令，智慧、仁慈、透明。

有什么样的起点就会有什么样的延续。长城半是壮胆半是排场，世世代代，大体是这样。直到今天，长城还常常成为排场。都江堰一开始就清朗可鉴，结果，它的历史也总显出超乎寻常的格调。李冰在世时已考虑事业的承续，命令自己的儿子做三个石人，镇于江间，测量水位。李冰逝世400年后，也许三个石人已经损缺，汉代水官重造高及三米的"三神石人"测量水位，这"三神石人"其中一尊即是李冰雕像。这位汉代水官一定是承接了李冰的伟大精魂，竟敢于把自己尊敬的祖师，放在江中镇水测量。他懂得李冰的心意，唯有那里才是他最合适的岗位。这个设计竟然没有遭到反对而顺利实施，只能说都江堰为自己流泻出了一个独特的精神世界。

石像终于被岁月的淤泥掩埋，20世纪70年代出土时，有一尊石像头部已经残缺，手上还紧握着长锸。有人说，这是李冰的儿子。即使不是，我仍然把他看成是李冰的儿子。一位作家见到这尊塑像怦然心动，"没淤泥而蔼然含笑，断颈项而长锸在握"。作家由此而向官场衮衮诸公诘问：活着或死了应该站在哪里？

出土的石像现正在伏龙观里展览，人们在轰鸣如雷的水声中向他们默默祭奠。在这里，我突然产生了对中国历史的某种乐观。只要都江堰不坍，李冰的精魂就不会消散，李冰的儿子会代代繁衍，轰鸣的江水便是至圣至善的遗言。

"西汉富豪榜"的启示

文/吴晓波

在司马迁的《史记》里有一章叫《货殖列传》，专门记载了西汉初期的富豪——他称之为"贤人所以富者"。前日闲来无事算了一下，有21个名字，把这些人所从事的产业一一排列出来，突然发现，两千多年前的财富积累好像与当今并无太大区别。

在司马迁的这张"西汉富豪榜"上，排在前四的竟都是冶铁业者。第一位是四川地区的卓氏。他原本是赵国人，秦灭赵国后，卓氏一族被洗劫一空，只剩下夫妻两人。他们推着一辆小板车被流放至临邛（今四川邛崃），就着当地的铁矿资源大搞冶炼铸造，把产品销往滇、蜀各地，不久就富甲天下，家里的奴仆多达千人。榜上接下来三位分别是来自山东的程郑、魏国的孔氏和鲁国的曹邴氏，致富之道与卓氏相似。

排在第五位的是齐国的大盐商刁闲。齐国以沸煮海盐而闻名天下，一向富足的齐人对奴隶非常轻贱，认为这些人凶悍狡猾。而刁闲则大量地收留他们，让他们去打鱼晒盐，然后带着这些人四处贩卖，结交各地的官吏，终于累积起数千万的财富。

盐铁之外，第二大致富产业是流通业。司马迁记载，当时的大运输商拥有上百辆马车、上千辆牛车，有的还有大型船舶。其中最出名的是洛阳的师史，他家共计有上百辆车，在各郡国周游经商，足迹无所不至。

第三大致富产业是种植业，司马迁列举了两个商人，分别是任氏和桥姚。任氏的祖先曾做过看管粮仓的小官，秦朝败亡时，各路豪杰争着抢夺府库里的金玉，而任氏则独独挖窖储藏粮食。后来，楚汉两军对峙，老百姓无法耕种田地，米价涨到每石一万钱，于是豪杰们抢去的金玉都归到任氏手上。桥姚则是在边陲地区致富的商人，他养了上万头牲畜，家中粮食以万钟计算。

第四大致富产业是铸钱业，也就是金融业。汉初允许民间铸钱，不过铸钱需有铜矿资源，所以非王侯官家背景不可得。当时最大的两个铸钱商，一是吴王刘濞，他是刘邦的侄子，另外一个则是叫邓通的"黄头郎"。

邓通出身平民家庭，少年时被征召入宫，在未央宫里当一个划游船的"黄头郎"。据传，有一次汉文帝梦见自己怎么努力也登不上天，正着急之际，来了一个貌若美玉的黄发少年，助他一臂之力，顺利地登上了天。第二日，文帝游船，陡见头缠黄巾的邓通，便认定他是自己的"登天贵人"，从此百般宠幸，官至上大夫。当时，吴王钱以发行量大占优势，邓通钱则以质地优良取胜，两币流通全国，有"吴币、邓钱布天下"之谓。日后，"邓通钱"甚至成了货币的代名词。

除了上述四大产业中的超级富商，司马迁还十分简略地列举了当时另外一些有名的商人。比如，秦杨以从事粮食生产而成为一州首富，田叔靠掘墓的勾当也成了富豪，在今天大抵算是文物贩卖业；桓发，从事的是"博戏"，就是今天的博彩业；雍乐，靠的是走街串巷的零售成了富足之家；雍伯，贩卖的是女人用的胭脂水粉，在今天就是化妆品业。

这些人致富的秘诀是什么呢？司马迁一言以蔽之曰："此皆诚壹之所致。"就是专心一事，专业经营所带来的。这是商业成功的不朽之理。

细想司马迁的这段记录，是很可以再三玩味的。《货殖列传》中所记录的当代富豪不过区区 21 个，以当时信息传播的落后，能够进入到宫廷史家耳中的名字，必已是天下闻名之人。而这些富豪中有不少人从事的都是薄利多销的产业，如果没有相当的规模化生产以及广泛的销售能力，是不可能积累出巨额财富的。

所以你看到了，两千年来最容易发财的产业是能源业、流通业和金融业，其余者只要能专心于一个小的产业，做到第一，也可进富豪榜。读到这里，你作何感想？

可爱的奸雄

文 / 易中天

曹操最可爱之处，在于他爱讲真话。

本来，搞政治斗争，在官场上混，是难免要讲些假话的。但曹操实在是聪明，在一个人人都说假话的时代，他就讲真话，因为真话是最好的武器。这不但因为真话本身具有雄辩的力量，还因为你一讲真话，讲假话的人就没辙了，他们的戏就演不下去了。演不下去怎么样呢？只好下台。

日常生活中的曹操，其实是一个很洒脱很随和的人。他喜欢开玩笑，常常正经事也用玩笑话说。建安十七年机构改革，有人要求裁并东曹，其意在排挤秉公办事、不徇私情的东曹掾毛玠。曹操的回答却很幽默：日出于东，月盛于东，东西东西，也是先说东而后说西，为什么要裁并东曹呢？又比如阎行投靠韩遂，父亲却在曹操手里做人质。曹操给阎行写信说：令尊大人现在平安无事。不过，牢狱之中，也不是养老的地方，再说国家也不能老是替别人赡养父亲呀！

曹操的这种性格，对他的事业很有帮助。搞政治的人，太一本正经其实不好。不是让人觉得城府太深，不可信，便是让人觉得不通人情，不可近。最好是办事严肃认真，平时洒脱随和，原则问题寸步不让，鸡毛蒜皮马马虎虎，既有领袖的威望威严，又有人情味、幽默感。这样的人，最能得人衷心地爱戴和拥护。曹操便正是这样的人。

曹操虽然洒脱随和，却并不轻浮，他其实是个很深沉的人。曹操的深沉，表现在他识人之准，用心之深。表面上，他可以和你握手言欢，可以和你嘻嘻哈哈，但他无时无刻不在观察你，而且入骨三分。袁术那么气焰嚣张，袁绍那么不可一世，曹操都不放在眼里，但对于那个先前卖草鞋、此刻又寄人篱下的刘备，却另眼相看。尽管刘备在他手下时一再韬光养晦，装聋作哑，曹操还是一眼看穿："今天下英雄，惟使君（指刘备）与操耳！"吓得刘备当场就掉了筷子。也许曹操不该把这话当着刘备的面说出来，但这可以理解为不够稳重，也可以理解为火力侦察，或敲山震虎。意思是咱俩谁也别装孙子，咱俩谁也不比谁更傻。果然，刘备再也装不下去，找个机会就逃之夭夭了。

如果说，放走刘备，是曹操自己也不能原谅自己的一次疏忽，那么，他收拾其他人，应该说都是步步为营，相当缜密的。为了杀荀彧，他先是请荀彧到前线劳军，把他调离朝廷。接着，将其尚书令的职务解除，降为参丞相军事，使之成为自己的直接下属。最后，派人给荀彧送去一个食盒。荀彧打开一看，里面什么也没有，是空的，于是自杀。这样的手段，是轻浮的人使得出的么？在曹操的手下，谁要当真以为他轻浮，那么，自己的脑袋只怕离搬家也就不远了。

刘备和孙权确实比曹操更狡猾（他们势力较弱，也不能不狡猾些）。尤其刘备，最会装。他在曹操跟前装窝囊，在诸葛亮面前装弱智，在手下人面前装仁慈、装厚道，连老百姓都知道："刘备摔孩子，邀买人心。"当然，他们两人的狡猾或者说聪明之处，还在于政治上的低调。他们一直小心翼翼地尽量不露锋芒，以免成为众矢之的。孙权甚至还居心不良地怂恿曹操当出头鸟，幸而被曹操一眼看穿，没有上当。但曹丕沉不住气，曹操刚一去世，他就把汉献帝赶下台，自己当了皇帝，这下子刘备和孙权高兴坏了：有人带头，不上白不上，于是也都人模狗样堂而皇之地当起皇帝来。结果，没当皇帝的曹操被骂成"奸"，当了皇帝的刘备和孙权却无人斥之为"篡"。

曹操虽然被指为奸雄，背了上千年的骂名，但他实在是一个坦荡、极有个性的人物。他是个鲜活的人，不是政治符号或政治僵尸，更不是那种整天阴着脸、一门心思只想整人的王八蛋！

刘备摊子里的圈子

文 / 陈仓

中国历史上有四大著名圈子：一是羊角哀和左伯桃二人生死结义，二是刘关张桃园三结义，三是梁山 108 将聚义，四是秦琼与单雄信患难结义。桃园三结义像个合伙企业，公私兼顾，组织严密，管理有序，成效显著，堪称合伙经营的典范。

从桃园三结义的契约成立之日起，刘关张在人际关系上结成圈子，在管理上组成班子，在利益上凑成合伙制摊子。为了发展自己，刘备小圈子奔走于袁绍、曹操和刘氏宗亲等圈子之间，在各类圈子里找靠山，占位置，寻找机遇和资源。曹操看重刘关张的实力，想整体招安，刘备一分配合，两分应付，七分发展自己，利用曹操圈子的资源经营自己的小圈子。曹操看重关羽的才能，想用帽子、银子、女子、位子挖走关羽，关羽死活不上道。赵云本来不在三人圈子，他办事谨细，逐渐获得三人帮信任，先进圈子，后进班子，长坂坡冒死救幼主刘禅有功，最终进了刘备的核心圈子，三人帮扩大为四人帮。三顾茅庐活动后，诸葛亮经招聘入了刘备的摊子，进了领导班子，但人际关系与三人圈子和四人帮有本质区别。诸葛亮、庞统、徐庶等招聘来的专业人士在外人看来是骨干，是圈内人，但在核心圈子人物的心里，他们在摊子，在班子，不在圈子。徐庶在刘备阵营时是圈内人，被曹操强行招聘后，既脱离老圈子，也进不了新圈子，只好保持沉默，一言不发，成为曹营里最孤独的人。

物以类聚，人以群分，圈子里边圈套圈。在刘备的大圈子里，以诸葛亮为首的文臣与以关羽为首的武将因来历、专业、情趣、志向、习性不同而不同。文臣好安静，偏好舞文弄墨，武将爱热闹，偏好打闹娱乐。文臣与武将"八小时之内"在一个工作圈子里走动，"八小时之外"各自在不同的生活圈活动。在武将中，关羽、张飞、赵云、马超、黄忠"五虎上将"圈子与其他圈子地位不同。魏延属于圈内边缘人物，仅仅是个挂名的班子成员。他是三人帮创业中途招安来的骨干，加之有炒原老板鱿鱼、主动跳槽记录，刘备圈子对他的政策是限制、利用、改造、防范。魏延智商高，情商低，自视甚高，居功自傲，不精通高层政治生活潜规则，经常干犯忌讳的事。他是大圈子里最孤立、最尴尬、最危险的人。

诸葛亮在刘备的圈子里始终保持知识分子的独立性，给自己留足余地，进退自如。离开隆中时，诸葛亮当着刘关张三人帮的面吩咐弟弟经营好家业，将来要告老还乡。这等于委婉地告诉了三人帮，自己将来功成身退，既没有持股掌权的野心，也没有参与分红的欲望。进入刘备集团后，从表面上看，他紧密团结在刘备周围，不加入任何圈子，与大家和睦相处，始终没有卷入任何帮派圈子。在日常运作中，诸葛亮只有工作圈子，没有私人圈子，有部下、亲信、弟子、朋友和"粉丝"，没有兄弟团伙，没有地下帮会，对刘备圈子没有任何威胁。实际上，诸葛亮通过思想、谋略、权力、实战、道德、文章、恩惠、感情和人缘综合发挥作用，无形中把军队办成了学校，把幕府办成学府，在把"五虎上将"等同辈骨干调教成弟子、相处成朋友的基础上，先后把姜维、杨仪、马良、马岱、马谡、郭攸之、费祎、董允、向宠等一大批年轻部下训练成学生，他的思想深入人心，人脉遍及朝野，影响力无所不在。他的光环和工作关系网就是一个无形的圈子。

世上没有不散的圈子。刘备死后，刘禅依法接管了刘备的摊子，但是，他一无实力，二无班子，三无圈子，收拾不了摊子，只好听任诸葛亮说了算，诸葛亮无形的圈子替代了刘备有形的圈子。诸葛亮一死，他的圈子也化作历史天空上的一缕过眼烟云。

少年朱元璋

文 / 当年明月

一切的事情都从1328年的那个夜晚开始,农民朱五四的妻子陈氏生下了一个男婴,大家都知道了,这个男婴就是后来的朱元璋。大凡皇帝出世,后来的史书上都会有一些类似的怪象记载。

比如刮风啊,下暴雨啊,冒香气啊,天上星星闪啊,到处放红光啊,反正就是要告诉你,这个人和别人不一样。朱元璋先生也不例外,他出生时,红光满地,夜间房屋中出现异光,以至于邻居以为失火了,跑来相救(据《明实录》)。

然而,当时农民朱五四的心情并不像今天我们在医院产房外看到的那些焦急中带着喜悦的父亲。作为已经有了三个儿子、两个女儿的父亲而言,首先要考虑的是吃饭问题。

农民朱五四的工作由两部分构成。他有一个豆腐店,但主要还是要靠种地主家的土地讨生活,这就决定了作为这个劳动家庭的一员,要活下去只能不停地干活。

在小朱五四出生一个月后,父母为他取了一个名字(元时惯例):朱重八,这个名字也可以叫做朱八八。我们这里再介绍一下,朱重八家族的名字,都很有特点。

朱重八高祖名字:朱百六;朱重八曾祖名字:朱四九;朱重八祖父名字:朱初一;他的父亲我们介绍过了,叫朱五四。取这样的名字不是因为朱家是搞数学的,而是因为在元朝,老百姓如果不能上学和当官就没有名字,只能以父母年龄相加或者出生的日期命名(登记户口的人一定会眼花)。

朱重八的童年在一间冬凉夏暖、四面通风、采光良好的破茅草屋里度过,他的主要工作是为地主刘德家放牛。他曾经很想读书,可是朱五四是付不起学费的,他没有李密牛角挂书那样的情操,自然也没有杨素那样的大官来赏识。于是，他很老实地帮刘德放了12年的牛，因为，他要吃饭。

在此时，朱重八的梦想是好好地活下去，到16岁的时候，托村口的吴老太做媒，找一个手脚勤快、能干活的姑娘当媳妇，然后生下自己的儿女，儿女的名字可能是朱三二或者朱四零。等到朱三二等人大了，就让他们去地主刘小德家放牛。

这就是16岁时的朱重八对未来生活的幸福向往。

此时的中国，正在极其腐败的元王朝的统治下，那些来自蒙古的征服者似乎不认为在自己统治下的老百姓是人，他们甚至经常考虑把这些占地方的家伙都杀掉，然后把土地用来放牧（据《元史》）。从赋税到徭役，只要是人能想出来的科目，都能用来收钱，过节要收"过节钱"，干活有"常例钱"，打官司有"公事钱"。怕了吧，那我不出去还不行吗？不干事还不行吗？那也不行，平白无故也要钱，要收"撒花钱"。服了吧。

于是，在这个马上民族统治中国60余年后，他们的国家机器已经到了无法承受的地步，此时的元帝国就好像是一匹不堪重负的骆驼，只等那最后一根稻草。

这根稻草很快就到了。

1344年是一个有特殊意义的年份。在这一年，上天终于准备抛弃元了，他给中国带来了两个灾难，同时也给元挖了一个墓坑，并写好了墓志铭：石人一只眼，挑动黄河天下反。

他想得很周到，还为元准备了一个填土的人：朱重八。

当然朱重八不会想到上天会交给他这样一个重要的任务。

这一年，他17岁。

很快一场灾难就要降临到他的身上，但同时，一个伟大的事业也在等待着他。只有像传说中的凤凰一样，历经苦难，投入火中，经过千锤百炼，才能浴火重生，成为光芒万丈的神鸟。

朱重八，来吧，命运之神正在等待着你！

元至正四年（公元1344年）到来了。这一年刚开始，元帝国的头头脑脑们就收到了两个消息，首先是黄河泛滥了，沿岸山东河南几十万人沦为难民。即使不把老百姓当人，但还要防着他们造反，所以修黄河河堤就成为了必须要做的事情。

另一个是淮河沿岸遭遇严重瘟疫和旱灾。对于元政府来说，这个比较简单一点，反正饿死病死了就没麻烦了，当然表面功夫还是要做的，皇帝

（元顺帝）要下诏赈灾。赈灾物品拨到各路（元代地方行政单位），地方长官们留下点儿，之后是州、县。一层一层下来，到老百姓手中就剩谷壳了。然后地方上的各级官员们上书向皇帝表示感谢，照例也要说些感谢天恩的话，并把历史上的尧舜禹汤与皇上比较一下，皇帝看到了报告，深感自己做了大好事，于是就在自己的心中给自己记上一笔。

皆大欢喜，皆大欢喜，大家都很满意。但老百姓是不满意的，很多人都不满意。朱重八肯定是那些极其不满意的人中的一个。

灾难到来后，4月初六朱重八的父亲饿死，初九大哥饿死；12日，大哥长子饿死；22日，母亲饿死。

如果说这是日记的话，那应该是世界上最悲惨的日记之一。

朱重八的愿望并不过分，他只是想要一个家，想要自己的子女，想要给辛劳一生、从没欺负过别人、老实巴交的父母一个安详的晚年，起码有口饭吃。

他的家虽然不大，但家庭成员关系和睦，相互依靠，父母虽然贫穷，但每天下地干活回来仍然会带给重八惊喜，有时是一个小巧的竹蜻蜓，有时是地主家不吃的猪头肉，这就是朱重八的家，然而现在什么都没有了。

朱重八的姐姐已经出嫁，三哥去了倒插门。除了朱重八的二哥，这个家庭已经没有了其他成员。

17岁的朱重八，眼睁睁地看着他的亲人一个一个死去，而他却无能为力。人世间最大的痛苦莫过于此！

他唯一的宣泄方式是痛哭，可是哭完了，他还要面对一个重要的问题，要埋葬他的父母。可是没有棺材、没有寿衣、没有坟地，他只能去找地主刘德，求刘德看在父亲给他当了一辈子佃户的分上，找个地方埋了他爹。

刘德干净利落地拒绝了他。原因简单，你父母死了，关我何事，给我干活，我也给过他饭吃。

朱重八没有办法，只能和他的二哥用草席盖着亲人的尸体，然后拿门板抬着到处走，希望能够找到一个地方埋葬父母。可是天下虽大，到处都是土地，却没有一块是属于他们的。

幸好有好心人看到他们确实可怜，终于给了他们一块地方埋葬父母。"魂悠悠而觅父母无有，志落魄而泱佯"，这是后来能吃饱饭的朱元璋的情感回忆。

朱重八不明白，自己的父母在土地上耕作了一辈子，却在死后连入土为安都做不到。地主从来不种地，却衣食无忧。为什么？可他此时也无法思考这个问题，因为他也要吃饭，他要活下去。

在绝望的时候，朱重八不止一次地祈求上天，从道教的太上老君到佛教的如来佛祖，只要他能知道名字的。祈祷的唯一内容只是希望与父母在一起生活下去，有口饭吃。

但结果让他很失望，于是他那幼小的心灵开始变得冰冷，他知道没有人能救他，除了他自己。

复仇的火焰开始在他心底燃烧。如此的痛苦，使他从脆弱到坚强。为了有饭吃，他决定去当和尚。

朱重八选择的地方是附近的皇觉寺。在寺里，他从事着类似长工的工作，然而除了要做些粗活外，他还要兼任清洁工、仓库保管员、添油工（长明灯）。即使这样，他还是经常挨骂，每一个孤独的夜晚，他只能独坐在柴房中，看着窗外的天空，思念着只与自己相处了十余年的父母。

他已经很知足了，他能吃饱饭，这就够了，不是吗？

然而命运似乎要锻炼他的意志，他入寺仅50余天后，由于饥荒过于严重，所有的和尚都要出去化缘，所谓化缘就是讨饭，我们熟悉的唐僧每次的口头禅就是：悟空，你去化些斋来。用俗话来说就是，悟空，你去讨点儿饭来。

我曾经考察过化缘这个问题，发现朱重八同志连化缘也被人欺负。由于和尚多，往往对化缘地有界定，哪些地方富点儿，就指派领导的亲戚去；哪些地方穷，就安排朱重八同志去。

反正饿死也活该，谁让你是朱重八。

朱重八被指派的地点是在淮西和河南。这里也是饥荒的主要地带，谁能化给他呢？

然而，就从这里开始，命运之神向他微笑。

在游方的生活中，朱重八只能走路，没有顺风车可搭，是名副其实的驴行。他一边走，一边讨饭，穿城越村，挨家挨户，山栖露宿。每敲开一扇门，对他都是一种考验，因为面对他的往往只是白眼、冷嘲热讽，对朱重八来说，敲开那扇门可能意味着侮辱，但不敲那扇门就会饿死。

朱重八已经没有了父母，没有了家，他所有的只是那么一点儿可怜的自尊，然而讨饭的生活使他失去了最后的保护，要讨饭就不能有尊严。

生命的尊严和生存的压力，哪个更重要？

君子与小人

文/熊召政

终明一代,文人中的君子与小人都有代表人物。但260多年的官场,却是以小人居多,这是一个悲剧。在历史上,大凡国有昏君,就必然小人得宠。文人无行,若仅仅只是行为放浪,言语不检,倒也罢了,若放弃操守,又作用于政治,便会把政坛搞得乌烟瘴气。

文人,是士人的一部分,都是读书人出身。在古代,读书的唯一出路就是当官,"学而优则仕"就是这个意思。古代没有专门的哲学家、科学家和文学家,有学问、有出息的人都在官场里头。

因此,官场是否清明,与读书人的操守有直接的联系。读书人究竟应该如何入世,前人评价甚多。明隆庆年间的进士冯时可在其《雨航杂录》中也说过一段:

文章,士人之冠冕是也;学问,士人之器具也;节义,士人之门墙也;才术,士人之僮隶也;德行,士人之栋宇也;心地,士人之基础也。

从以上六个方面来评价一个读书人,应该说从学养到品行各方面都兼顾到了。考诸明代官场的士人,若按君子与小人来区别,则是君子少而小人多;若按官员的品行来观察,则是清流多。清流一多,则满官场都是"纪检干部",缺乏实干精神;小人一多,则官场正气不张,冤案错案就多。

前面说过,明代昏君很多。昏君的第一个特点是宠幸太监,像武宗皇帝之于刘瑾,熹宗之于魏忠贤。后两人都是臭名昭著的大太监,两人有着共同的特点:一是胸无点墨;二是贪财无度。

单是两人使坏,朝政也不至于溃败,坏就坏在官场中的小人一味迎合他们,为虎作伥。

刘瑾出任司礼监掌印之初,虽然威风八面,但没到"九千岁"的地步。有一天,他的轿队出来,有一个名叫张彩的大理寺评事,居然当街跪了下来。刘瑾感到好奇，遂下轿盘问，张彩居然伏地不起。明朝有规矩，内官的级别再高，资历再老，外廷官员也不得向他磕头行跪拜大礼。张彩这么做，明明是违反官场制度。刘瑾感到惊讶，问张彩："你不知道朝廷的规矩吗？怎敢向我磕头？"张彩回答："我不是以外廷官员的身份对老公公磕头，而是以儿子的身份对老子磕头。如老公公不弃，小人就认你做干爹。"张彩的无耻博得刘瑾的欢心，他真的就认下这干儿子。两年后，区区六品官的张彩就骤升为正二品的吏部尚书，成为天下文官之首。无独有偶，大约100年后，到了熹宗，魏忠贤篡掌国柄，进士出身的崔呈秀以同样方式卖身投靠，最终也当上了吏部尚书。

随着刘瑾与魏忠贤的倒台，张彩与崔呈秀也都被判了死罪。这两人，可作为明代读书人中的小人的代表。至于君子的代表，张居正算一个。

青史留名的，毕竟是君子比小人多。但实际上，明朝官场中，君子凤毛麟角，而小人则多如过江之鲫。

嘉庆的家教

文/刘三疯

嘉庆年间，陕西韩城乡下有个老头儿想做家教。老头儿很严厉，他以前曾经教过一个孩子，让那个孩子罚跪，使孩子的父亲很不高兴。本县熟人没人敢请他，他只好换个名字跑到邻县，在一个乡绅家坐馆。老头儿挺认真、勤恳，数月之间，宾主相得。

如果没有那次意外，他会一直当家教，当到死。当地知县下乡，乡绅在家宴请父母官，请老头儿作陪。老规矩，席前首先真的假的要让一让，让来让去，谁的位置该在哪儿彼此心里都很清楚。先生请，老父台请，先生请，老父台请。大概是老头儿年龄大了吧，一不小心屁股就落在了上席的椅子上。乡绅十分尴尬，老父台也很不爽，心想我也就是虚让你一下，你也太拿我不当干部了。一旦坐下去，再起来重让也不是那么回事了——吃饭。

知县是读书人，雅，酒过三巡，便指着墙上挂着的一幅"牡丹梅花图画"说，咱们以此联句吧。说完吟出第一句："牡丹花下一枝梅。"乡绅称赏，接着吟道："富贵寒酸共一堆。"言外之意很明显。老头儿也读过些书，稍一思索，接着吟出："莫道梅花不富贵，梅花曾占百花魁。"

知县和乡绅觉得老头儿出语不俗，便略带讥讽地问：先生一生坐过几次上席啊？老头儿似乎也感到了一种羞辱，想了想，但还是谦逊地说，两……噢，三次吧，呵呵，三次。哪三次？老头儿说："第一次婚宴。"二人大笑，觉得此叟愚不可及，因为结婚时新郎是最重要的人，自然要坐上席。"第二次是琼林宴。"二人一愣，这是考中进士后朝廷举办的宴会，状元才能坐首席。"第三次是功臣宴。"这种宴会是清代边疆立功将领回朝时皇帝的赐宴，一般是军机大臣代表皇帝出席——老头儿知道自己的家庭教师做不下去了，干脆亮了底牌，老夫叫王杰。此言一出，二人站都站不住了。

现在知道王杰的并不多，但在乾嘉年间，他的知名度比现在这个唱"一场游戏一场梦"的王杰要高得多了。

王杰，字伟人，生于雍正三年（1725年），卒于嘉庆十年（1805年），历任兵部尚书、军机大臣、上书房总师傅、东阁大学士、太子太保，卒赠太子太师，祀贤良祠，谥文端。王杰是乾隆二十六年恩科状元，这个状元是地域平衡的结果，本来他考的是第三名，江苏人赵翼是第一名，乾隆皇帝考虑到本朝自入关以来陕西还没有状元，江苏已有二十几个，就把王杰和赵翼调了个个儿。后来赵翼以六品官终老，以著名学者广为人知。王杰官居一品，位极人臣，此是后话。有感于乾隆皇帝知遇之恩，王杰一生忠心耿耿，数十年来身居高位，兢兢业业，老成持重。他曾督浙学三任，督闽学两任，乾隆年间，三充会试正总裁，然而持心自重，其清贫有如秀才。

王杰的儿子字写得很好，常常为他代笔，乾隆皇帝知道后问起过，他只说，犬子不才。他的儿子要参加科举考试，每次他都预先通知主考不要让他考中，他儿子回陕西参加乡试，他又通知陕西巡抚不予录取，似乎严厉得有些不近人情。他最早教过的那个孩子就是后来的嘉庆皇帝——当时还是太子，不好好读书——被罚跪，乾隆皇帝见了很生气，让太子起来，说："教者天子，不教者亦天子，君君臣臣乎？"王杰说："教者尧舜，不教者桀纣，为师之道乎？"乾隆叹服，令太子复跪。

一天清晨，在朝房等候陛见，王杰坐在一个角落里搓手自暖，有个大员走过来握着他的手开玩笑说，王大人手好白啊。他却一本正经地说，王杰手虽好，但不会要钱。那人的脸"腾"就红了，他就是当时炙手可热的满洲大员和珅。读书到这里，有些感慨，据说秦始皇有一面镜子，可以照见口是心非，说不要钱的人很多，能够毫无愧色地去照那面镜子的恐怕只有王杰了。他的学生做官回来送给他一些钱，他不要，说，以前我跟你们说什么来着？我要是要钱我说过的话成什么了？王杰生逢盛世，并没有成就什么伟业，但这句话，足以使我辈肃然起敬了。

在和珅一手遮天的时候，同为军机大臣的王杰对他一直是不冷不热，《清史稿》说："王杰持正，恒与（和）忤"，但由于他深得乾隆皇帝的信任，和珅也无可奈何。王杰很谨慎，大概怕自己太过豪爽贪杯的儿子招架不住和珅这样的人，所以不欲让他进官场吧。不知公子是否明白老父亲的一番苦心。

王杰70余岁，多次上书要求致仕还乡，嘉庆皇帝再三挽留，最后终于在他 79 岁时批准。临行,嘉庆皇帝派皇次子送至城外,并亲自作了两首诗为之送行,有句云:"直道一身立廊庙,两袖清风返韩城。"王杰身为首辅 40 载,所有的家当就一车。做文官的,一定有很大一部分是书吧。那辆车一路上丁丁当当的,因为后面载的是吃饭用的锅碗瓢盆。

嘉庆八年,一辆不起眼儿的大车,吱吱嘎嘎地走在京师至韩城的官道上。从此,朝廷里少了一位清廉耿介的高官,韩城乡下多了一个踏踏实实的老农民。

王杰回到家乡,身子闲了,便想到给家乡做点儿贡献,本地没人敢请他,最后他跑到邻县当了家教。

岳飞说的吧,文官不爱钱,武官不怕死,天下就能太平。

乾隆年间,有这样的人,是百姓的福气。

无论什么年代,有这样的人,都是百姓的福气。

晚清兵器

文 / 柴静

小时候上历史课,讲到鸦片战争,老师的讲法都是"中国军民始终不怕牺牲,英勇抗击侵略者。但是,我们使用大刀长矛,而对手船坚炮利,所以虽然中国军民浴血奋战,仍然难逃失败的厄运"。

其实,清军是有火器的。

比如枪,我们在电影里常看到的鸟铳。

有多长?2.01米。

射程,100米。

射速,1到2发一分钟。

风雨天点火效能极差。

英军用的是伯克式前装滑膛燧发枪,枪长1.16米,射程200米,射速2至3发一分钟,枪上带有枪刺。

清军的鸟枪是从1548年的葡萄牙火绳枪改装而来,比英军落后两百多年。让我吃惊的是,清朝当时其实是有燧发枪的。不过有严格的规定,只能用作御用枪。京营八旗用的枪其次,再次是驻防八旗的枪,最次就是绿营的鸟枪。

这种梯次质量配备,是为了巩固统治,以驻防监视绿营。但这种方式,却使清军的主力——绿营在鸦片战争中以最次的装备迎敌。

炮也是。鸦片战争中,绝大多数战斗是清军的岸炮与英军的舰炮之间的炮战。整场战争中,清军未能击沉英国的一艘战舰或轮船,而自己的阵地千疮百孔。

单就炮弹来比,英国用的炮弹有实心弹、霰弹、爆破弹,清军用的都是效果最差的实心弹。

奇怪的是,今天到故宫博物院去看看,存在宫里的清初的炮弹全都是"开花炮弹"(爆破弹)。但当时主持海防的林则徐和当时的造炮专家黄冕,连"开花炮弹"是什么都不知道。因为这种技术百年来只被御林军专有。

久不使用,藏于深宫,连统治者本身也都忘记了。

就这样,清军以差距两百年的武器装备实战。

这些烂武器本身也陈旧不堪。一支鸟枪,用几十年极平常,甚至有使用了166年没有更换的。

火炮也是这样,日晒雨淋,炮身锈蚀,到鸦片战争,多是清初铸造,有的甚至是前明遗物。因为在大清的武器装备体制里,没有定期报废更换的更新制度。

这个体制,首先规定各种武器的型制,再按此规定制造工艺,再按此规定工价、料价。

这种制度下,新武器的研制在一开始就以不合规定而被拒绝,新技术、新工艺又因为不合规定而被排斥,最后又用权威价格将一切新因素封杀出局——合规定不准报销。物价、工价一直在涨,兵器制造的经费却是固定的。比如火药,雍正朝,每斤银2.6分,到了嘉庆年间是每斤银2.1分。制造者无利可图,反而亏损。但是任何商人,从本能上绝不会做亏本生意,为了防止赔累,偷工减料成为必然。

1835年,广东水师提督关天培新制大炮40尊,结果在试放过程中炸裂10尊,炸死兵丁一人,炸伤一人,另外有5尊火炮有其他问题。他检查炸裂的火炮,发现"碎铁渣滓过多,膛内高低不平,更多孔眼",其中有一空洞,"内可贮水四碗"。

为了能偷工减料,贿赂验收官员又成了公开的秘密。魏源写过:"中国之官炮,之官船,其工匠与监造之员,惟知畏累而省费,炮则并渣滓废铁入炉,安得不震裂?船则脆薄腐朽不足至中程,不足遇风涛,安能遇敌寇?"

我们从小苦背战争发生的年代和地点,听到的,往往是一句话的历史。

鸦片战争对我来说,一直只是一个模糊的年份和一些"丧权辱国"的条约,直到现在,才因为工作需要,回头去看这场战争,在"奸臣—忠臣"、"投降—抵抗"、"卖国—爱国"的教材模式之外,去了解数字和事实,才在传统史学"善善"、"恶恶"的宣传功能之外,看到历史学的另一种价值——"在于提供错误,即失败的教训"。

茅海建说:"这是它最基本的价值。一个民族对自己历史的自我批判,正是它避免重蹈历史覆辙的坚实保证。"

一个乞丐的心灵

文/古清生

武训离开人间已经100多年了。他是一个中国乡下的奇人,好像知道他的人不少,而记取他的人却不是很多。我细细地把那书页翻开,耳边又一次响起了武训的故事。

武训,山东堂邑人。1886年,他59岁,得了一场重病,死于临清义塾的庑廊下。他临断气之前,还努力地睁开眼睛,凝神细听学生们的朗读,嘴角挂着安详的微笑。

武训的小时,叫武七,他是母亲的第七个孩子。目不识丁的父母,连一个名字也给不了他,人们索性就叫他武七。

大约在那个时代,叫张三王五的人很多,称为武七,这不怪。武七一点点地艰难长大,身体瘦弱得像一棵缺肥少水的高粱。他的家里,本无地产,忽然父亲又撒手而去,只余下他与母亲相依为命,终日去往街前村后行乞度日。

一双小小的黑手,要伸到无数的人前,或随了母亲,或独自行乞。偶尔乞得一枚铜板,小小的心灵一暖,便去买上一个饼回家给母亲。望着武七这孩子,母亲心暖又心凉,她只有把一双手的温暖给他,还有无奈的叹息。她像所有的贫穷母亲一样,疼着孩子,却又一无所有。

武七的孝顺没有把母亲挽留在人间,尚未将童年度过,母亲也带着她温暖的双手和无奈的叹息辞别了人世。武七成为一个孤儿,只有他瘦小的影子随他一起晃动在行乞的路上。一日日的乞讨,风中雨中,夏炎冬寒,武七如一株野地的幼苗,艰难地成长起来。年岁稍大些,武七一边给人打工,一边继续乞讨,所得一分一文积存起来。长大了的武七,忽然有一个非常的念头，他恨自己不识字，发誓要设立义学，让乡村里的孩子都不重走他的路。

这个念头在他的心里疯长，武七发奋地为人做工，有闲空就出门乞讨，不浪费一点光阴。乞讨所得的钱，他竟然悉数寄存于富商之家，以谋得一些利息，使他能够向着目标走近一步，再走近一步。时光在乞讨的路上流逝，武七把脚印留在无数的门前，给世界一个乞丐的背影。

武七足足乞讨了30年，30年的青春时光，他交给了弯弯曲曲的乞讨路。他终于积下一笔钱，一点一点地买下230多亩田地。这时候的武七，不复一贫如洗，230多亩田地毕竟不是小数目。但是武七，他仍出去乞讨，仿佛走惯了这条路。他也仍旧衣衫褴褛，仍旧是那一个乞丐形象。白天乞讨，夜间整理所得，他近乎忘记了一切。这样的一个财富积累者，乡邻当然刮目相看，便有媒人找上门来，可是武七，他一口回绝。

一个孤独的乞丐。大家这样认为。

没有一个人能知道武七心中的梦，那是怎样一个多彩的梦！武七终于在他年近不惑之时，震惊八乡地在柳林庄开设义塾。武七为设这个义塾，一次投入四千多缗钱，这是除他的田产以外所有的乞讨所得。不仅如此，他还决定将土地上的收获也资助办学。这个时候的武七，心里比阳光还明亮。

开塾那天是武七一生中最幸福的日子。他早早起来，穿戴一新，挺起了微弯的脊梁，大步来到义塾，毕恭毕敬地拜了塾师。拜过之后，武七来到学生面前，又一一拜了学生，而后退到一旁，面带笑容看着塾师开课。从此武七感到生命有了意义，他在学生的朗朗书声中得到一种无以言喻的满足和陶醉。

武七不识一字，大约因为不识一字，他对老师的敬重几近超过了神。武七开设义塾以后，不再出门乞讨，全身心地为义塾服务。每天，他必做出丰盛的菜肴，款待老师。当老师入座以后，武七则退到门外，恭恭敬敬地站着。老师等着他来入座一起吃饭，武七说："我武七是个乞丐，怎敢与老师分庭抗礼？"武七每每等老师吃罢，才肯去吃剩饭剩菜。

老师对武七的敬重甚为感动，只有一心一意教好书来回报武七。武七仍旧目不识丁，不懂得什么文化，具体到教育那么深奥的课题，他不懂，就知道有了塾馆，再有了老师和学生，那就是什么都会有。所以，他待老师和学生，非常虔诚。武七经常出入塾馆，在遇到老师午睡时，武七便跪在榻前相守，老师醒时发现此情景，万分惊讶，感动之情无法表述。在这些饱读诗书的老师眼里，这哪是一个目不识丁、半生行乞的乞丐啊！武七听说一位学生学习有所松懈，他伤心得大哭，边哭边劝学生用功学习，不要荒废学业。见此情景，义塾中不论老师或学生，没人放松教学和学习了。

开设柳庄义塾以后，武七又积累了好些年，在临清再度开设义塾。他的义举，传到朝廷官员的耳中，使朝廷官员深为感动，当即赐名他为"训"。于是，武七以他的坚韧和高尚，获得了他真正的名字：武训。武训在1886年辞别这个世界，他终身未娶。

合上史书，不由得把它恭恭敬敬地摆在书架上，凝神良久，脑子里竟然一片空茫。我无法一下子从100年前走回，好像也徘徊在临清义塾的门外，听见莘莘学子的朗朗书声。而武训，他则站立在塾馆的窗下，如痴如迷地陶醉在书声里。

我又有些恍惚了，神经质地走到电脑前，猛然地启动了电脑。心动的时候，就在这心动的时候，把它记下来。

黄花岗上泪流满面

文 / 走出风来

"夫男儿在世,不能建功立业以强祖国,使同胞享幸福,奋斗而死,亦大乐也。"这是 25 岁的方声洞在赴义前夜留下的绝笔。几天后,他和那群"如花之年"的同志相继凋落。再几日,一个叫潘达微的同盟会员将 70 几具遗骸深葬在广州西北郊的红花岗,是日改名黄花岗。作为对先烈精神的最好诠释和尊敬,孙中山后来在黄花岗烈士墓的牌坊上写了"浩气长存"几个字。

这些人大都出身殷实之家,在常人本可以过一种衣食无忧的康乐生活,他们却选择了死;他们大都二十五六岁,本来还有很多路要走,有父母需要孝敬,有妻儿需要抚养,他们却选择了死。

总指挥赵声年仅 30 岁,字伯先,江苏丹徒人。当年的起义没能成为烈士,却在失败后激愤劳累而死。他当然仍然是烈士,镇江南郊竹林寺的右侧有他的墓园,正中墓碑上有"大烈士丹徒赵伯先之墓"。墓联是他一生的写照:巨手劈成新世界,雄心恢复旧山河。这块地是他早年自己选定的,他喜欢竹林的幽静,他自己说:"他日行人遥指道,竹林深处赵公坟。"他没能埋在黄花岗,但他是黄花岗先烈们的领队,埋到哪里,哪里就是黄花岗。

副总指挥黄兴时年 35 岁。黄兴,字克强,湖南善化人。毕生革命,毕生致力于建立现代中国。民国尊孙中山为国父,我觉得至少这对于黄兴不公平。不说黄兴是开"中华民国"武功第一,几乎无役不入,每役都有必死之心,冒必死之险,我只提一两点也许不那么轰轰烈烈的事情。辛亥革命后,黄兴是陆军部长,是实际意义上的军事领袖。南北议和后,他负责解散原来五花八门的革命军。这时但凡他有一点私心杂念,完全可以在数十万裁撤的义军中挑出几万或十几万划归自己控制,作为日后自己的本钱。可他却一个不留地全部裁撤,后世的史学家们说他幼稚,有妥协性,说他不该完全信任袁世凯,而我却看到的是彻底的无私和坦荡,用唐德刚先生的话说:"大哉!黄秀才!"——黄兴是前清秀才。后一件事情大家都知道,因为不肯在入党仪式上按手印,黄兴与孙中山吵翻。孙中山有自己的考虑和苦衷,所以坚持革命队伍的纯洁性,但黄兴却一样有自己的原则和见解,因为在黄兴看来这不符合现代国家政党原则,革命党应该对国家而不是对个人效忠,这样会使革命的纯洁性发生扭曲。黄兴死后也没有埋在黄花岗,而是在长沙的岳麓山上。

孙中山后来提及这些烈士时说:"吾党菁华,付之一炬。"诚然,这里的每个人都是菁华,他们未必是天生的职业革命家,他们大多本是各行专才:林觉民,1900年入福建高等学堂,毕业后留学日本,入庆应大学文科习哲学;喻培伦,1905年留学日本,学习工科制造和药物化学;陈与燊,革命前投入报界,掌笔政;宋玉琳,曾入安庆新军,安庆高等巡警分校肄业;罗仲霍,1906年毕业于槟榔屿师范学堂,旋筹办吉隆坡尊孔学堂、荷属火水山中华学堂,历充两学堂校长及该埠报馆主笔……

这样的简历我不想再列下去,因为心痛,这些人本可以在他们的行业发挥更大的作用。倘若辛亥革命成功,倘若他们不死,他们都应该是中国各行各业的栋梁之才。孙中山也狭隘了,哪里是"吾党"菁华?分明是吾国菁华。他们最后都"付之一炬",这是中国历史上的千古一炬,光芒万丈。

稍微翻一下史料便可以发现,他们都是明明白白地赴死——没有任何侥幸。因为当时风声已经走漏,清政府已经有了防备。在这样的条件下举事意味着什么,他们其实都很清楚。"余辈求杀敌耳,革命党之血,可以灌溉于无穷,事之成败无足深计。"这是一个叫林文的烈士的话。此前的1898年,同样的话出自谭嗣同的口中:"不有死者,无以召后起。"他们都明明白白地选择了死,选择了做火炬——燃烧自己,照亮将来。

黄花岗现在少有人来祭拜,这几年国民党从台湾过来拜谒在我看来也流于形式——一个连国家统一都遮遮掩掩的政党哪里还有脸来见黄花岗的先贤们。倒是陵园里常有三三两两的老人在悠闲地下棋打牌,在我看来反而是一种对英灵的安慰：后世子孙的幸福恰好是当时他们拼命之目的。偶尔记功坊前也有鲜花，我很高兴，毕竟中国之大总有人记得先烈。记得就好，本来烈士的精神就是植根在人民心中的。

我经常到墓园去看石碑，每次我都不敢碰触石碑上的这个名字：林觉民。黄花岗起义前，几乎所有的参加人员都写了诀别书，唯独林觉民的《与妻书》不敢看，不忍看。

世间有这样柔情："意映卿卿如晤"、"吾至爱汝！即此爱汝一念，使吾勇于就死也！"

世间有这样甜美："吾真不能忘汝也！回忆后街之屋，入门穿廊，过前后厅，又三四折有小厅，厅旁一室为吾与汝双栖之所。初婚三四个月，适冬之望日前后，窗外疏梅筛月影，依稀掩映，吾与汝并肩携手，低低切切，何事不语，何情不诉！及今思之，空余泪痕！又回忆六七年前，吾之逃家复归也，汝泣告我：'望今后有远行，必以告妾，妾愿随君行。'"

世间有这样眷恋："依新已五岁，转眼成人，汝其善抚之，使之肖我。汝腹中之物，吾疑其女也，女必像汝，吾心甚慰；或又是男，则亦教其以父志为志，则我死后，尚有二意洞在也，甚幸甚幸！"

世间有这样担心挂念："吾家后日当甚贫，贫无所苦，清静过日而已。""吾今与汝无言矣！吾居九泉之下，遥闻汝哭声，当哭相和也。吾平日不信有鬼，今则又望其真有。今人又言心电感应有道，吾亦望其言是实，则吾之死，吾灵尚依依旁汝也，汝不必以无侣悲！"

世间还有这等诀别："吾今以此书与汝永别矣！吾作此书时，尚为世中一人；汝看此书时，吾已成为阴间一鬼……"

我已泪流满面。

冬至之晨杀人记

文 / 林语堂

孔子曰：上士杀人用笔端，中士杀人用语言，下士杀人用石盘。可见杀人的方法很多。

我刚会一位客，因为他谈锋太健了，就用两句半话把他杀死。

虽然死不死由他，但杀不杀却由我，总尽我中士之义务了。

事情是这样的。我虽不信耶稣，却守圣诞，即俗所谓外国冬至。几日来因为圣诞节到，加倍闹忙，多买不应买的什物，多与小儿打滚，而且在这节期中似乎觉得又应特别躲懒，所以《中国评论报》"小评论"的稿始终未写，取稿的人却于二十分钟内要来了。本来我办事很有系统，此时却想给他不系统一下。我想一人终年规规矩矩做事，到这节期撒一烂污，也没什么，就使《中国评论报》不能按期出版，中国也不致就此灭亡罢？所以我正坐在一洋铁炉边，梦想有壁炉观火的快乐，暂把胸中挂虑，一齐付之梦中炉火，化归乌有，飞上青天。只因素来安分成性，所以虽然坐着做梦，却是时向那架打字机丢眼色。结果我明晓大义，躲懒之心被克服了，我下决心正在准备工作。

正在这赶稿之时，知道有文章要写，却不知如何下笔，忽然门外铃响。看了片子，是个陌生客。这倒叫我为难，因为如果是熟客，我可以恭祝他圣诞一下，再请他滚蛋。不过来客情形又似十分重要，所以我叫听差先告诉来人，我此刻甚忙，不过如有要事，不妨进来坐谈几分钟。他说事情非常紧要，由是进来了。

这位先生，穿的很整齐，举止也很风雅。其实看他聚珍版仿宋的名片，也就知道他是个学界中人。他的颡额很高，很像一位文人学者，但是嘴巴尖小，而且眼睛渺细，看来不甚叫人喜欢。他手里拿着一个纸包，我已经对他不怀好意了。

于是我们开始寒暄。某君是久仰我的"大名"，而且也曾拜读过我的"大作"。

"浅薄得很。先生不要见笑。"我照例恭恭敬敬的回答。但是这句话刚出口，我登时就觉不妙，我得了一种感觉，我们还得互相回敬15分钟，大绕大弯，才有言归正传的希望。到底不知他有什么公干。

老实说，我会客的经验十分丰富。大概来客越知书识礼，互相回敬的寒暄语及大绕大弯的话头越多。谁也知道，见生客是不好冒冒昧昧，像洋鬼子"此来为某事"直截了当开题，因为这样开题，便不风雅了。凡读书人初次相会，必有读书人的身份，把做八股的工夫，或者是桐城起承转伏的义法拿出来。这样谈话起来，叫做话里有文章，文章不但应有风格，而且应有结构。大概可分为四段。不过谈话并不像文章的做法，下笔便破题而承题，入题的话是留在最后。这四段是这样的：（一）谈寒暄评气候；（二）叙往事，追旧谊；（三）谈时事发感慨；（四）为要奉托之"小事"。凡读书人，绝不肯从第四段讲起，必须运用章法，有伏，有承，气势既壮，然后陡然收笔，于实为德便之下，兀然而止。这四段若用图画分类法，亦可分为（一）气象学；（二）史学；（三）政治；（四）经济。第一段之作用在于"坐稳"，符于来则安之之义，"尊姓""大名""久仰""夙慕"及"今天天气哈哈哈"属于此段。位安而后情定。所谓定情，非定情之夕之谓，不过联络感情而已，所以第二段便是叙旧。也许有你的令侄与某君同过学，也许你住过南小街，而他住过无量大人胡同，由于感情便融洽了。如果大家都是北大中人，认识志摩，适之，甚至辜鸿铭，林琴南——那便更加亲挚而话长了。感情既洽，声势斯壮，故接着便是谈时事，发感慨。这第三段范围甚广，包括有：中国不亡是无天理，救国策，对于古月三王草将马二号长诸政治领袖之品评，等等，连带的还有追随孙总理几年到几年之统计。比如你光绪三十年听见过一次孙总理演讲，而今年是民国二十九年，合计应得三十三年，这便叫做追随总理三十三年。及感情既洽，声势又壮，陡然下笔之机已到，于是客饮茶起立，拿起帽子，突兀而来，转入第四段：现在有一小事奉烦。先生不是认识××大学校长吗？可否写一封介绍信。总结全文。

这冬至之晨，我神经聪敏，知道又要恭聆四段法的文章了。因为某先生谈吐十分风雅,举止十分雍容,所以我有点准备。心坎里却在猜想他纸包里不知有无宝贝,或是他要介绍我什么差事,话虽如此,我们仍旧从气象学谈起。

十二宫星宿已经算过,某先生偶然轻快地提起傅君来。傅君是北大的高材生。我明白,他在叙旧,已经在第二段。是的,这位先生确是雄才,胸中有光芒万丈,笔锋甚健。他完全同意,但是我的眼光总是回复射在打字机上及他的纸包。然而不知怎样,我们的感情,果然融洽起来了。这位先生谈的句句有理,句句中肯。

自第二段至第三段之转入,是非常自然。

傅君,蜀人也。你瞧,四川不是正在有叔侄大义灭亲的厮杀一场吗,某先生说四川很不幸。他说看见我编辑的《论语》半月刊(我听人家说看见《论语》半月刊总是快活),知道四川民国以来共有四百七十七次的内战。我自然无异辞,不过心里想:"中国人的时间实在太充裕了",《评论报》的佣人就要来取稿了,所以也不大再愿听他的议论,领略他的章法,而很愿意帮他结束第三段。我们已谈了半个多钟头,这时我觉得叫一切四川军阀都上吊,转入正题,也不敢出岔。

"先生今日来访,不知有何要事?"

"不过一点小小的事,"他说,打开他的纸包,"听说先生与某杂志主编胡先生是戚属,可否奉烦先生将此稿转交胡先生。"

"我与胡先生并非戚属,而且某杂志之名,也没听见过。"我口不由心狂妄地回答,言下觉得颇有中士杀人之慨。这时剧情非常紧张,因为这样猛然一来,不但出了我自己意料之外,连这位先生也愕然,我们俩都觉得啼笑皆非,因为我们深深惋惜,这样用半个钟点工夫做起承转伏正要入题的好文章,因为我狂妄,弄得毫无收场,我的罪过真不在魏延踢倒七星灯之下了。

此时我们俩都觉得人生若梦!因为我知道我已白白地糟蹋我最宝贵的冬至之晨,而他也感觉白白地糟蹋他气象天文史学政治的学识。

历史性的一局棋

文/(香港)金庸

"号外!号外!叮当,叮当!大新闻!"

1933年2月5日,东京街头到处响起报贩们的叫卖声和铃声,卖的是《报知新闻》的号外,向成千成万读者们报告一个"重大"消息:吴清源与木谷实在正式围棋比赛中都使用他们所创的"新布局法",这在围棋界是前无古人的。

木谷实是日本的青年棋人,和吴清源感情很好,两人共同研究而创造出来一种新的布局体系。他们合著的《新布局法》一书出版后,书局门外排了长龙,在一个短短的时间之内销去了五万册。不久,日本围棋界出现了称为"吴清源流"的一群人。

日本围棋界向来有一种本因坊制度,所谓本因坊就是围棋界的至尊,以往是一人死了或退休之后,由当时棋力最高的另一人继任,名高望隆,尊荣无比。那时日本的本因坊是秀哉(他原名田村保寿,秀哉是这位本因坊的尊号,有点儿像皇帝的年号一般)。新布局法既然轰动一时,本因坊当然要表示意见,这位老先生大不以为然,认为标新立异,并不足取。两派既有不同意见,最好的办法是由两派的首领来一决胜负。

秀哉为了保持令名,已有很久很久没下棋了,这时为形势所迫,只得出场奋战,这是日本围棋史上一件极度重要的大事。那时吴清源是22岁。

吴清源先行,一下子就使一出怪招,落子在三三路。这是别人从来没用过的,后来被称为"鬼怪手"。秀哉大吃一惊,考虑再三,决定用成法应付。下不多子,吴清源又来一记怪招,这次更怪了,是下在棋盘之中的"天元",数下怪招使秀哉伤透了脑筋,当即"叫停",暂挂免战牌。棋谱发表出去，围棋界群相耸动，守旧者就说吴清源对本因坊不敬，居然使用怪招，颇有戏弄之意。但一般人认为，这既是新旧两派的大决战，吴清源使出新派的代表手来，绝对无可非议。

这次棋赛规定双方各用13小时，但秀哉有一个特权，就是随时可以"叫停"，吴清源因为先走，所以没有这权利。秀哉每到无法应付时，立即"叫停"。"叫停"之后不计时间，他可以回家慢慢思考几天，等想到妙计之后，再行出阵，所以这一局棋因为秀哉不断叫停，一直拖延了四个多月。棋赛的经过逐日在报上公布，棋迷们看得很清楚，吴清源始终占着上风。一般棋人对于权威和偶像的被打倒不免暗暗感到高兴，但想到日本的最高手竟败在一个中国青年手里，似乎又很丧气，所以日本的棋迷们在这四个月中又兴奋，又担忧，心情是十分矛盾的。

社会人士固然关心，在本因坊家里，情形尤其紧张。秀哉连日连夜地召集心腹与弟子们开会，商讨反攻之策。秀哉任本因坊已久，许多高手都出自他的门下，这场棋赛大家自然是荣辱与共。所以，这一局棋，其实是吴清源一个人力战本因坊派数十名高手。下到第一百四五十着时，局势已经大定，吴清源在左下方占了极大的一片。眼见秀哉已无能为力，他们会议开得更频繁了。第一百六十手是秀哉下，他忽然下了又凶悍又巧妙的一子，在吴清源的势力范围中侵进了一大块。最后结算，是秀哉胜了一子（两目），大家终于松了一口气。虽然胜得很没有面子，但本因坊的尊严终于勉强维持住了。

许多年后，曾有人问吴清源："当时你已胜算在握，为什么终于负去？"吴笑笑说："还是输的好。"这话说得很聪明，事实上，要是他胜了那局棋，只怕以后在日本就无法立足。

在日本的围棋杂志上看到吴清源大胜前田陈尔和本因坊高川格的棋局。前田居然连用了两下吴清源当年所创的"鬼怪手"，要是老师还活着，他一定不敢这样"离经叛道"吧。

傲慢与非偏见

文/吕麦

学者钱钟书生于诗书世家，聪慧过人，被称为"民国第一才子"。青年时期的钱钟书颇有些自负自许，恃才傲物。

1929年，钱钟书以英文满分的成绩，考入清华大学外文系，成为吴宓教授的得意门生。他上课从不记笔记，总是边听课边看闲书或作图画、练书法，但每次考试都是第一名，甚至在某个学年还得到清华超等的破纪录成绩。吴宓对这个天才弟子"青眼有加"，常常在上完课后，"谦恭"地问："Mr. Qian的意见怎么样？"钱钟书总是先扬后抑，不屑一顾。吴宓也不气恼，只是颔首唯唯。

1933年，钱钟书即将从清华外文系毕业，校长冯友兰亲自告诉他，将破格录取他留校继续攻读西洋文学研究硕士学位。钱钟书却一口拒绝，并狂妄地说："整个清华，叶公超太懒，吴宓太笨，陈福田太俗！没有一个教授有资格充当钱某人的导师！"

不久，"长舌"的周榆瑞将这话告诉吴宓。吴宓一笑，平静地说：Mr. Qian的狂，并非孔雀亮屏般的个体炫耀，只是文人骨子里的一种高尚的傲慢。这没啥。1937年，钱钟书分别在牛津大学、巴黎大学学习和研究西洋文学。在此期间，"浪漫"的吴宓几经反复，打算和32岁的情人毛彦文举行婚礼。消息传出，钱钟书特撰文一篇，发表在国内某知名大报上，刻薄地调侃恩师的新娘为"Superannuated coquette"（徐娘半老，风韵犹存——卖弄风情的大龄女人），使吴宓的"罗曼蒂克爱情"，成为一时笑柄。

1940年春，钱钟书学成回国，许多知名学府想聘请他，这其中包括他的母校清华大学，可是，却遭到时任外文系主任陈福田、叶公超的竭力反对。吴宓得知此事后，愤愤不平，斥之为"皆妾妇之道也"。他奔走呼吁，不得其果，更为慨然"终憾人之度量不广，各存学校之町畦，不重人才"。后来，陈福田请吴宓吃饭，吴宓特意叫上好友陈寅恪做说客，力主聘请钱钟书，为清华的西洋文学研究所增加光彩。经过几番努力，"忌之者明示反对，但卒通过。"吴宓很是欣慰。只是，任教两年后，钱钟书和诸公不睦，辞职他就。吴宓又是极力挽留，但钱钟书去意坚决。

钱钟书离去后，吴宓借学生李赋宁的笔记来读。这是钱钟书讲课的笔记。内容有两门课：一是《当代小说》，一是《文艺复兴时期的文学》。吴宓在《吴宓日记》里写道："9月28日读了一天，29日又读一午。先完《当代小说》，甚佩！9月30日读另一种，亦佳！10月14日读完，甚佩服……深惋钟书改就师范学院之教职。"

多年后，钱钟书的学术、人格日趋成熟。一次，他到昆明，特意去西南联大拜访恩师吴宓。吴宓喜上眉梢，毫无芥蒂，拉着得意门生谈解学问、下棋聊天、游山玩水。钱钟书深感自己的年少轻狂，红着脸，就那篇文章向老师赔罪。吴先生茫然，随即大笑着说："我早已忘了。"

1993年春，钱钟书忽然接到吴宓先生女儿的来信，希望他为《吴宓日记》写序，并寄来书稿。当钱钟书读完恩师日记后，心内慨然，立即回信自我检讨，谴责自己："少不解事，又好谐戏，逞才行小慧……内疚于心，补过无从，唯有愧悔。"且郑重地要求把这封自我检讨的信，附入《吴宓日记》公开发表。

叶兆言说："吴宓不是一个豪爽的人，且毫无幽默感，但他却是大度、真诚的君子。""人以群分，物以类聚"。吴宓先生真诚、大度，钱钟书也同样磊落、坦荡。对于"青出于蓝而胜于蓝"的学生，吴宓老师坦然表示佩服，一再宽容谦让，足以表现出他心胸坦荡，爱才容物，这在当时和现在的社会，都是极难得的宰相肚量、君子修为。虽然，钱钟书在学问、成就上，远远超过自己的老师吴宓，但他在《吴宓日记》序中，谦恭地写道："我愿永远列名吴先生弟子之列中。"师生各自的人格风范，跃然纸上，呈现在读者眼前。

常识与记忆

文 / 陈丹青

20年前,我去纽约,不是为了移民、发财,而是为了到西方开眼界,看看油画经典的原作。当我走进纽约大都会美术馆,上下古今的西方油画看也看不过来,可没想到就在那里,我开始了中国艺术中国文化的启蒙,认清了我们民族从上古到清末的艺术家谱:在纽约、波士顿、华盛顿、伦敦与台北故宫,我所看到的中国艺术经典,竟是我在中国大陆所能看到的上百倍,而且十之八九是精品。

那么,中国大陆的艺术珍品和文物还剩多少?放在哪里?仅以北京为例,据故宫古典书画文物鉴定家单国强先生说,故宫所藏书画约有9万多件,他任职30多年来,仅只看过其中的三分之一,而1949年迄今,故宫展出的书画总量不超过一万件。照此说法,中国人不出国境,就应该看得到大量炎黄祖宗的艺术品,从美术馆得到美术的常识,由美术史牵连文化的记忆。但是,我们没有足够的钱财,缺乏太多设备,更主要的原因,我们的心思根本不在这些事情上面。要好好清理国宝,以今日世界的高水准永久陈列,还不知道要过多久。

齐白石老先生去世后,他的手稿、草图和晚年的精品,全都捐献给北京画院。几个月前,我有幸亲眼看到这批珍贵的文物,总有上千份吧,居然还像半个世纪前那样,以最简陋的方式,就像我们家里收拾早年的信札账单那样,折叠着,放在旧信封或破烂的塑料袋里。为什么呢?因为北京没有这笔闲钱,也没有心思好好整理、装裱、展示,还幸亏靠着画院保护着,珍藏着,动也不敢动。

中国只有一个齐白石,他是20世纪最伟大的中国画家,可是与他差不多年龄的西方画家,譬如长寿的毕加索,在法国西班牙两国不知有多少纪念馆、故居、美术馆,专门陈列他的每张纸片。早死的凡·高,则在阿姆斯特丹市中心公园里占有一座面积很大的个人美术馆，朝拜者每天络绎不绝。

前年我回到北京定居，发现自己又变得像出国前一般无知。在故宫、在国家美术馆，还是看不到民族艺术五千年的详细脉络，更看不到几件经典的原作。大家知道，绘画是视觉艺术，看不到真东西，一切都是空谈，就像一群聋子在那里谈论音乐。

两个月前，我在纽约买到电脑精印的几份珍贵手卷：晋代顾恺之的《女史箴图》，北宋李公麟的《海会图》，清代王原祁的《辋川别业图》，清代顾见龙的《春宵秘戏图》。人但凡得了宝贝，忍不住要显宝，我就捧着手卷给学生去上课，大家看呆了，别说没见过，就是听也没听说。上个礼拜，我又捧去给母校的老院长靳先生、新院长潘先生，还有老师兄老同学看。看过之后，靳先生一人就订购了其中四套，而潘先生说五月访纽约，要代中央美院买一批回来，用于教学。

这就是我们高等美术学院的"人文"现状：我们要到国外去买民族艺术经典的复制品，假如不买，我们连这复制品也没得玩。

公元1407年，明成祖下令起造紫禁城，当时西方人才刚从中世纪醒来不久，文艺复兴三杰还没生出来，所以要说我们故宫的岁数，远在梵蒂冈卢浮宫之上，可是今日的紫禁城严格说来不能算是博物馆，只是皇宫旧址，因为故宫深院的大量书画文物，就好比一座声名远扬的大饭馆，除了挂出皇家仿膳的漂亮菜单，基本上不营业，不开饭。

中国是亚洲最大、最古老、文化艺术最丰厚的国家，我们动不动就说"上下文明五千年"，到今天，神州大地勉强符合国际收藏标准、陈列规范、开放制度与教育功能的，只有一座上海博物馆，而上海博物馆馆藏的广度、深度、类别、级别，可能还不如美国一所大学的美术馆。

凡是先进国家，尤其是维持民族自尊的国家，都会高度重视美术馆，那是国家的荣耀，国家的脸面。

美术馆的"美术品"，博物馆的"物"，都不是顶要紧的。要说书画，要说文物，我们有，而且有的是，可是，美术馆不是挂几幅画、摆几件文物的地方，也不完全是开展览的地方。美术馆博物馆顶顶要紧的，是它的文化形象，是它的社会角色，是它的教育功能，是它在一个国家、民族和社会中活生生的作用。美术馆，是一本巨大的活的百科全书，因为美术馆的对象不仅仅是艺术家，而是所有人。

美术馆，以我的定义，就是提供文化常识、储存历史记忆的场所。

我们好像不在乎常识，不在乎记忆。种种杂志、研讨会、拍卖会、博览会、双年展以及名目繁多的活动越来越多，规模越来越大，级别与名称越来越高，远远看过去，我们的文化艺术从来没有像今天这么欣欣向荣……可是在这一切的热闹与喧嚣中，美术馆，作为一条无法替代的认知途径，一个国家的历史记忆，一个巨大的文化实体，却是长期缺席的。

　　历史的失忆症，必然引发更多的失忆。我们不知道的事情，我们大规模失落的常识与记忆，说不过来，这是沉重的话题。

奶奶和1953年的诺贝尔奖

文/董玉洁

1930年，20出头的奶奶养育了3个孩子和一群鸡鸭。那年，一窝鸡蛋孵到只剩两天出壳，母鸡却意外死亡。奶奶只好把鸡蛋移至灶头人工孵化，同时赶紧物色新的母鸡续任。奶奶知道，如果鸡仔出壳时第一眼看到的不是自己此后要追随的妈妈，那就会有麻烦。在奶奶将新母鸡物色好之前，有4只性急的鸡仔先期出壳了。这4只第一眼看错了妈妈的小鸡仔在此后的日子里总是跟在奶奶的身前脚后打转，而对"继母"感情淡薄。后来，这4只小鸡仔因为缺少母鸡的庇护先后夭折。

在此之前，奶奶及奶奶的前辈们就明白一个理儿：小鸡小鸭总是把它出生后看到的第一个在眼前晃动的物体当作妈妈，而且以后很难改变。所以小鸡仔一出世就要和它妈妈待在一起。

在奶奶孵鸡的同时，万里之遥的奥地利，一位名叫洛伦兹的小伙子正在观察一群小动物。洛伦兹从医学院毕业后回到了位于奥地利北部的家乡，承续祖业行医疗病，同时从事动物学研究。1935年春天，洛伦兹偶然发现一只刚出世的小鹅总是追随自己，几经分析，他推测这是因为这只小鹅出世后第一眼看见的是人，所以把人当作了它的母亲。进一步的实验证实了这一推测。继而，洛伦兹总结出"铭记（imprinting）现象"，又称"认母现象"，并提出动物行为模式理论。认为大多数动物在生命的开始阶段，都会无需强化而本能地形成一种行为模式，且这种模式一旦形成就极难改变。这一理论成为后来"狼孩"研究中最站得住脚的答案之一。如今我们生活中正着力推广的"母婴同室"、"早期教育"都源于这一理论。洛伦兹借此成为现代动物行为学的创始人，并于1953年获得诺贝尔医学生理学奖。

奶奶在洛伦兹之前就知道鸡、鹅有这种被称为"认母行为"的现象，但奶奶不能将此推广至所有的动物，更不能提出一套理论，建立一门学科，所以她与诺贝尔奖无缘。尽管奶奶几乎断了洛伦兹的前程，但她一生从未听说过诺贝尔和他的那个奖。

洛伦兹出生于医学世家，毕业于医学高等学府，一生著述200余万字。奶奶出生于农民家庭，没上过一天学，一字不识。在我父亲中学毕业以前，奶奶爷爷前后三代人中没有一人算得上知识分子。

洛伦兹后来曾在维也纳大学及科尼斯堡阿尔贝图斯大学出任教授，成为当时的动物行为学权威，周游欧洲诸国，一路鲜花辅道。奶奶的生活半径不出15公里，去的最远的是家乡小县城，共有3次，30多岁1次，70多岁2次，第4次是到城郊的火葬场。

洛伦兹一生拥有诸多头衔：医生、大学教授、科学杂志的创办者和主编、动物学家、动物行为学创始人、诺贝尔奖得主。奶奶终其一生都是个地地道道的农民。年轻的时候，人们呼她张小姑，出嫁后喊张婶，再后称张大妈，最终成了张婆婆。奶奶50岁后，知道她学名的人就没几个了。

1942年，洛伦兹被德国军队强征为战地医生，在刺刀的威逼下救治德军伤病员。1944年德军溃败，苏军把他视作德军医抓俘投入集中营，饱经拷问折磨。1948年，获释回奥地利。不久，重操旧业，一边行医，一边从事动物行为学研究，思路仍是那只认他为母的小鹅。

奶奶身经民国年间的军阀混战、日本入侵、解放战争、匪患与剿匪、历次政治运动，但都没对她构成太大的荣辱影响，包括"文革"及三年饥荒。奶奶出旱田下水田，日出而作，日落而息，稀的干的一般都能捞个饱。

洛伦兹膝下三子，长子死于战难，二子死于疾病，幺子过着常人的生活。尽管殊荣在身，但洛伦兹晚境不佳，孑然一身，落落寡欢，终年75岁。

奶奶生有六子一女。子女中最得意的是我父亲，一名高级教师，学生远及欧美，包括洛伦兹的故乡。奶奶在世时子孙后代已达30余户，整整一大湾人家都尊奶奶为活祖宗，但没一家随奶奶姓，而随我的爷爷姓董，尽管爷爷在 50 岁时就已去世。奶奶是突然老故的,享年 84 岁。

我保存着两张照片,一张是洛伦兹获得诺贝尔奖后的笑,一张是奶奶找到了走失的小鸡。问他们谁笑得更幸福?有人说是洛伦兹,有人说是奶奶,至今尚无定论。

万里长城

文/(台湾) 余光中

那天下午,心情本来平平静静,既不快乐,也不不快乐。后来收到元月三日的《时代周刊》,翻着翻着,忽然瞥见一张方方的图片,显示一帮外国人站在万里长城上,像是给谁当胸猛捶了一拳,他定睛再看一遍,是长城,雉堞俨然,朴拙而宏美,那古老的建筑物雄踞在万山脊上,蟠蟠蜿蜿,一直到天边。是长城,未随古代飞走的一条龙。而那些外国人,竟然大模大样地站在龙背上,而且亵渎地笑着。

"他娘的!"一拳头打在桌上。烟灰缸吓了一大跳,"什么东西,站在我的长城上!"

四个小女孩吃惊地望着他。爸爸出口这么粗鄙,还当着她们的面,这是第一次。

"爸爸。"最小的季珊不安地喊他。

没有解释。他拿起杂志,在余怒之中,又看了一遍。

"是长城。"他喃喃说。然后他忽然推椅而起,一口气冲上楼去。

在书桌前闷坐了至少有半个钟头,盛怒渐渐压下来,积成坚实沉重的悲壮。对区区一张照片,反应那样的剧烈,他自己也很感到惊讶。万里长城又不是他的,至少,不是他一个人的。他是一个典型的南方人,生在江南,柔橹声中多水多桥的江南。他的脚底从未踏过江北的泥土,更别说见过长城。可是感觉里,长城是他的,因为长城属于北方北方属于中国中国属于他正如他属于中国。几万万人只有这么一个母亲,可是对于每一个孩子她都是百分之百的母亲而不是几万万分之一。中国,他只到过九省,可是美国,他的脚底和车轮踏过二十八州。可是感觉里,密西根的雪犹他的沙漠加州的海都那么遥远,陌生,而长城那么近。他生下来就属于长城;可是远在他出生之前长城就归他所有。从公元以前起长城就属于他祖先,天经地义,他继承了万里长城,每一面墙每一块砖。

继承了,可是一直还没有看见。几十年来,一直想抚摸想跪拜的这一座遗产,忽然为一双陌生而鲁莽的脚捷足先登,这乃是大不敬!长城是神圣的,不容侵犯!长城是中国人长达万里的一面哭墙,仅有一面墙的一座巨庙。伏尔泰竟然说它是一面纪念碑,竖向恐怖,令他非常不快。也许,长城是每个中国人的脊椎,不容他人歪曲。看到外国人站在那上面,他的愤怒里有妒恨,也有羞辱。

"竟敢吊儿郎当站在我的长城上!这乃是大不敬!"立刻他有一股冲动,要写封信去慰问长城。他果然拿出信纸来。

"长城公公:看到洋策士贸然登上……"他开始写下去。从蒙恬说到单于和李广说到吴三桂和太阳旗一直说到美制皮鞋,他振笔疾书,一口气写了两张信笺,最后的署名是"一个中国人"。

一个中国人?究竟是谁呢?似乎有标明的必要吧。他停笔思索了一会儿。"有了,"从抽屉里他拿出自己的一张照片,翻过面来,注道:"这就是我,你问大陆就知道的。"然后他把信纸叠好,把照片夹在里面,一起装进信封里。

"该贴多少邮票呢?"他迟疑起来,"这倒是一个问题。"

他想和太太商量一下,太太不在房里。一回头,太太的梳妆镜叫住了他。镜中出现一个中年人,两个大陆的月色和一个岛上的云在他眼中,霜已经下下来,在耳边。"你问大陆就知道的。"大陆会认得这个人吗?几十年前告别大陆的,是一个黑发青睐的少年啊。

愈想愈不妥当。最后他回到书房里,满心烦躁地把信撕个粉碎,那张照片分成了八块。他重新坐下来,找出一张明信片。匆匆写好,就走下楼去,披上雨衣,出门去了。

"请问,这张明信片该贴多少邮票?"

那位女职员接过信去,匆匆一瞥,又皱皱眉,然后忍住笑说:

"这怎么行?地名都没有。"

"那不是地名吗?"他指指正面。

"万里长城?就这四个大字?"她的眉毛扬得更高了。

"就是这地址。"

"告诉你,不行!连区号都没有一个,怎么投递呢?何况,根本没有这个地名。"

其他的女职员全围过来窥看,大家似笑非笑地打量着他。其中的一位忍不住念起来。

"'万里长城：我爱你。'哎呀，这算写的什么信嘛？笑死……这种情书我还是第一次看见。王家香，我问你，万里长城在哪里？"

王家香摇摇头，捂着嘴笑。

"一封信，只有七个字。"另一位小姐说，"恐怕是世界上最短的信了吧？"

"才不！"他吼起来，"这是世界上最长的信。可惜你们不懂！"

"这个人好凶。"围在他身后的寄信人之一忍不住说。

他从人丛中夺门逃出来，把众多的笑声留在邮局里。

"你们不懂！"他回过身去，挥拳一吼。

冒雨赶到电信局，已经快要黄昏了。

那里的职员也没有听说过什么万里长城。

"对不起，先生，"一个青年发报员困惑地说，"这种电报我们不能发。我们只能发给一个人或者一个团体，不能发给一个空空洞洞的地名。先生，你能够把收方写得确定些吗？"

"不能。万里长城就是万里长城，不是任一扇雉堞任一块砖。"

"好吧，"那职员耐住性子说，"就为你找找看。"

说着，他把一本其厚无比的地址簿搬到柜台上来。密密麻麻的洋文地名，从A一直翻到Z，那青年发报员眼睛都看花了。

"真对不起，先生。没有这个地方啊。如果是巴黎、纽约、东京，甚至南极洲的观测站，我们都可以为你拍了去。可是……"

"万里长城，万里长城你都不知道？"

"真对不起，从来没有听说过。先生，你真的没有弄错吗？"

他气得话都说不出来，一把抓过电报稿子，回头就走。

"真是怪人。"青年发报员摇摇头。

街上还在下雨。他的雨衣，他的雨衣呢？这才想起，激动中，竟已掉在邮局里了。"管它去！"在冷冷的雨中他梦游一般步行回家去，他的心境需要在雨中独行，他需要那一股冷和那一片潮湿。自虐也是一种过瘾。其实他不是独行。他走过陆桥。他越过铁路。他在周末的人潮中挤过。前后左右，都是年底大减价的广告，向汹涌的人潮和市声兜售大都市这个年代廉价的繁荣。可是感觉里，他仍是在独行。人潮海啸而来，冲向这个公司那个餐厅冲向车站和十字路口，只有他一个人逆潮而泳，泳向万里长城。

万里长城。好怪的名字。这大都市里没有一个人听说过。如果他停下来问警察，问万里长城该怎么走，说不定会给警察拘捕。说不定明天的晚报……

顿然，他变成了一个幽灵，来自另一个世界的孤魂野鬼。没有人看见他。他也看不见汽车和行人。真的。他什么也看不见了，行人、汽车、广告、门牌、灯。市声全部哑去。他站在十字路口，居然没有撞到任何东西！他一个人，站在一整座空城的中央。

"万里长城万里长。"黑黝黝的巷底隐隐传来熟悉的歌声，"长城外面是……"

那声音低抑而且凄楚，分不清是从巷子底还是从岁月的彼端传来，竟似诡异难认的电子音乐，祟着迷幻的空间。他谛听了一会儿，脸颊像浸在薄薄的酸液里那样噬痛。直到那歌声绕过迷宫似的斜街和曲巷，终于消失在莫名的远方。

于是市声一下子又把他拍醒。一下子全回来了，行人、汽车、广告、门牌、灯。

终于回到家里。家人都睡了。来不及换下湿衣，他回到书房里。地板上纷陈着撕碎了的信。桌上，犹摊开着杂志。他谛视那幅图片，迷幻一般，久久不动。不知不觉，他把焦点推得至深至远。雉堞俨然，朴拙而宏美，那古老的建筑物雄踞在万山脊上，蟠蟠蜿蜿，一直到天边。未随古代飞走的一条龙啊万里长城万里长。雨声停了。城市不复存在。时间停了。他茫然伸出手去，摸到的，怎么，不是他书房的粉壁，是肌理斑驳风侵雨蚀秦月汉关屹然不倒的古墙。他愕然缩回手来。那坚实厚重的触觉仍留在他掌心。

但令他更惊讶的是，那一帮外国人怎么全不见了？长城上更无人影。真的是全不见了。正如从古到今，人来人往，马嘶马蹶，月缺月圆，万里长城长在那里。李陵出去，苏武回来，孟姜女哭，外国佬笑，万里长城长在那里。

第二辑　完美是个动词　　　060　-　117

完美是个动词

文 / 吴稼祥

当我从 39 个小时的昏迷中苏醒过来后，我忽然感到，单纯地活着就是一个奇迹。

塞凯赖什曾经是匈牙利国家男子击剑队队员，在 1988 年汉城奥运会上，获得花剑团体铜牌。就在他雄心万丈、梦想未来的时候，一场车祸让他永远地坐在了轮椅上。

"躺在病床上，我只想一个问题，"他在北京残奥会期间对记者说，"以何种方式结束自己的生命。"

作为结束生命的前期准备，他对前来探望的女友提出了分手，没想到女友把他的头抱得更紧，"我爱的是你，不是你的腿。"对于真爱来讲，腿，或其他东西可能是多余的。

如今，那个爱他不爱腿的姑娘，已经成了他的妻子和 3 个孩子的母亲。"听着妻子在厨房里切土豆的声音，自己在客厅里逗逗小儿子，让他发出咯咯的笑声，我就觉得自己是世界上最幸福的男人。"他说。

其实，我曾经有的幸福感比他还简单。我虽然没有失去胳膊或腿，但我 16 年前差一点失去生命。由于在 3 年时间里，我被迫成为一条自己吞噬自己的蛇，在吃掉自己身体之前，先吃掉了自己的睡眠。在最糟糕的情况下，我在一周时间里睡不着一分钟，于是渴望最后的安眠。在一个凌晨，我把 3 种安眠药全部吞下，药量足以杀死一头牛，3 种药每一种都是普通安定药效的 10 倍以上。感谢前妻，把我从死神手里拉了回来。当我从 39 个小时的昏迷中苏醒过来后，我忽然感到，单纯地活着就是一个奇迹。活着，对于我，已经没有成本，只有利润。因此，日落月升，云涌水起，都会让我莫名感动，都让我觉得世界是这样完美。

一个暮春午后,没有事先联系,我忽然心血来潮,想去探望我的挚友单少杰,他当时在人民大学西门有个很小的工作间。敲了几遍门,没有响应,估计不在,我从8层楼走下楼梯,没有丝毫失望。出了校门,走在街边的柳荫下,忽然一阵春风扑面吹来,我整个心神从一个中心点向外荡漾,一圈圈缓慢推送的涟漪让我有点发晕,我像一头被奶汁鼓胀的奶牛一样,被幸福感鼓胀着。我想拥抱每个从我身边走过的人,把我的幸福分发给他们,我想握他们的手,把我的幸福传递出去……

我知道,这就是简单的生之欢乐,它来自于生命的本源之中。我原以为这种欢欣应该像我下巴上的胡子一样,来了就不走了,要不想让别人看见它,除非你用剃刀。但最近一年多来的经历让我不敢这样确信。我和人合作创办了一家公司,因为资金被挪用,以及权力被架空等问题,我曾经失去不少睡眠和安宁。不期而遇的幸福感减少了,天天困扰我的是那些本来微不足道的小事情。

这让我体会到人类心灵中的某种可称之为"底线平衡"的心理状态:失去的越多,越容易得到幸福感;得到的越多,越容易感到不幸。有个故事说,一个国王生病,要借世界上最幸福的人的衬衫穿3天,全国的王公大臣、百万富豪都自称自己不幸,最后终于找到一个自称是最幸福的人,却是一个没有衬衫的乞丐。事实上,那个乞丐的幸福感是靠不住的。让他在王宫里住上3天,再把他丢到街上,他肯定会跌进不幸的深渊。我们不可能获得一劳永逸的幸福感,如同这个世界不可能有一种终极的完美状态。只要我们在生活,就一定有得失。当你失去一切时,一点小小的获得,都会让你幸福;当你得到一切时,一点小小的失去都会让你痛楚。

因此,只有"当下圆满",没有永久完美,因为完美与其说是世间万物的状态,不如说是人心的状态。从这个意义上说,圆满是一个过程,因此也可以说完美不是一个形容词,而是一个动词,是一个趋向于幸福感的动态心理调适过程。

有个哲学家说,人生虽然有苦难,但生活总体上是美好的。但王尔德还说过另一句话,人间正因为有美,所以结局一定是悲剧。不知道佛学大师弘一临终所说的"悲欣交集",是不是凝聚了这两层意思。

是的,完美是个动词,是一个没有完成时的动词。

学而不用

文 / 思果

友人某兄,学了二十几年法文,前些时去了法国,才第一次用这种语言,大感方便。而且替别人充当翻译,很有面子。他如果不去游法国,不知几时才会用到法文。当然他可以看法文书,不过能说、能听,多么快乐!

学武功的,也许一辈子都用不着,也许有一次被歹人欺侮,被迫自卫,打倒对方。我们学一样本事,到底几时用,有多大用处,很难说。在美国,西班牙文更有用,因为美国靠近南美洲,那里有很多说这种语言的国家,甚至美国也有很多古巴和墨西哥后裔,都说这种话。可一般美国人学会西班牙语,一生又用几次呢?

最好是学砌房子,自己可以替自己加建一间房,修理、改造。不过我们学会许多技艺,不一定像砌房子那样用得到,就如法文,学了它不一定到法国旅行。古人学了韬略,未必遇到明主,发挥他的专长。也许在山里耕田,老了死掉,一生没有作为。我想像诸葛亮那样的人,如果不遇到刘备,他也不会失望,韬略在他胸中不会折磨他。

从小学起学到老,人可以学很多,到底哪些有用,哪些无用,很难像造屋和韬略那样能预先确定。本国的文字总会有用,非学不可。即使这一样,也大有伸缩性。要识多少字就够用?一千、两千、三千、五千?要能写什么样的中文?写信、写报告、写论文?报纸当然要能看,古籍也要能看吗?这些问题我全答不出,因为有人根本字都不会写,一辈子也过得挺不错,现代的美国人大多数的英文都不通,他们可以一生不碰到麻烦。

算术、数学要学多深才能够做人?我也说不出。化学、物理要知道多少?中国人没有这两样学问过了多少万年。西方人也不见得人人有化学、物理的知识。地理,啊!美国有许多人本国的州都知道不全,全国地理学会的会长一再叹气。历史也一样,大家知道的有限。许多博学的人学了无数科目,每个科目都懂得很多,几乎是一部百科全书、有脚书橱,不过,不怕得罪他们，他们的知识99%一生都用不着，白白花了心血学了。说实话，人如果算好有用才学，大可什么都不学。

不过学问是很奇怪的东西，再多也不会嫌多，一点没有可就很糟，至少生活贫乏，宇宙狭小。最无用的莫如文学，可是教育家总教人学点文学。多懂一种外文，多懂点说那种话的人，你不一定和他们往来。我们请别人坐下，这个请字用得美，西班牙人说"希望你有这个好意坐下"，比英国人还要客气。我们不一定碰到西班牙人，不过知道他们这样文明也很有意思。

有了一肚子学问，人的气味就不同了。他死了，他的学问跟他一起下棺材，除非他有著作，可是一天不死，他活得挺有意思；别人听他谈吐，会觉得与众不同。不知道有多少身怀绝技、博学多才的人，就在我们周围。

你园子里有几株树，一天来了几位朋友，多数人都不知道是什么树，可是在座有位会计师，他对植物学大有研究，一看就知道树的名称，一一讲出。我有一位做银行经理的朋友，他能倒立；还有一位朋友能用四种地方戏唱一支曲子。

任何一群人在一起，其中会有一位，某一方面他有特别技能或知识，谁也不知道他有。他私底下花多年工夫学习锻炼，也许一辈子不露一手。这种种技能和知识虽然未必应用，我相信是生活的滋养，给人寄托。虽然换不来金钱、名誉、地位，本身却就是利益，就是会下棋也是好的。

哈佛有什么错

文/[美] 高燕定

在国内，一般说，没有人认为上名校有什么错。名校的招牌很重要，名校可能决定一切，决定是否可以找到好工作，甚至决定一生的前途命运。

我认为，在美国就不一定。上哪个学校，上不上名校，与今后的前途不一定十分相关。选校与自己的条件、专业选择、人生目标、职业方向有很大的关系，是因人而异的。我相信，今后，中国的选校思维也会朝这个方向变化。

有位律师告诉我，她的女儿上了普林斯顿大学，但是，因为基础不够好，大学本科成绩较差，成了无法改变的记录。因为著名法学院很重视考生的本科成绩，后来，她遗憾地上了一所普通的法学院。

女儿在全国性的活动中认识了与她同龄，家住佛罗里达州的一对双胞胎姐妹。她们是电影制作迷，在高中时期，她们自己编导并且摄制了一部据说很不错的电影。她们的理想就是成为专业电影编导。那年，两姐妹同时报考了哈佛大学和南加州大学电影学院，双双被两所学校录取。她们做了什么选择呢？哈佛，是世界最著名的大学之一；南加州大学，差远了，综合排名30。不过，它的电影学院是全美最著名的，其辉煌成就包括每年至少有1位毕业生获奥斯卡金像奖提名。自有电影以来，美国80%的电影作品出自该学院的毕业生之手。不言而喻，从小就决定从事电影事业的她们，毫不犹豫地选择了南加州大学。如果她们去哈佛，也许就错了。

有位哈佛毕业生，来自得克萨斯州南部，紧靠墨西哥湾的科珀斯克里斯蒂市，这个城市有20多万人口，西班牙裔移民较多。虽然他高中毕业时在本校的500多名学生里排名第一，但是，到哈佛以后才知道，原来，各校各地的教育水平差别很大。他在哈佛第一年成绩惨不忍睹，自信心大受打击。因为基础较差，以后成绩一直上不去。结果他没有读完学位，到银行找了一份工作。他说，一生最大的错误就是上了哈佛，完全是自寻烦恼，把自己从顶峰摔到谷底。

我有位同事的儿子，体育很好，是校篮球队、美式足球队的主力，有少数族裔的背景，学习中上等，被麻省理工这个世界最难读的大学录取。不过，他不是学术型的学生，大学4年换了3个专业，2000年勉强毕业，靠了当时的强劲股市，在加州一家银行工作。不久前，这位同事因为要搭我的车回家，才不好意思地告诉我，汽车被儿子借走了，儿子因为"不喜欢"银行的工作，已经"下岗"3年了。因为大学成绩太差，申请读研究生根本没指望，找工作又高不成低不就，他至今失业在家。

有人认为上名校和非名校对学生的前途没有太大的影响，凡事都靠自己，是金子就会发光。实际上，有时上不上名校对前途影响巨大。比如，有很多著名投资银行和顾问公司特别喜欢到顶尖大学招收毕业生，无论他们学的是什么专业，只要是哈佛、耶鲁、普林斯顿、斯坦福大学的毕业生就优先录用，因为他们认为这些名校的学生聪明，反应敏捷，学什么都快。同时，对那些送上门的非名校学生的简历看都懒得看。投资银行和顾问公司到顶尖名校招收毕业生的数量是非名校的数倍甚至十几倍。一边是拼命拉人，一边是点缀似的招几个。学业成绩好，综合素质强，有竞争力，有心毕业以后到华尔街投资银行和咨询公司工作的学生，上名校绝对没有错。

也有人认为，大学的好坏不重要，读研究生或者读最后一个学位时学校和导师的名气才重要。其实，这话只对了一半。对于学理工科而言，这个观点也许不错，但是，对于学习人文社会学科而言，其结果可能会很不一样。

高中毕业之前，选择大学必须与本科毕业以后进一步的升学计划，乃至最终的职业目标紧密联系起来，这是科学地设计人生、规划未来的极为重要的步骤。

女儿高中毕业时，面临着选择大学的问题。她被6所大学录取，无论上哪所学校，都会有不错的前途，它们各有优势。不过，她一心想今后上法学院，读法学，当律师。上大学应该根据职业目标来决定，这一点没有异议。看看读哪个大学今后上著名法学院的几率高，就知道该作什么选择。

从当年仅能查到的耶鲁法学院公布的数据看，耶鲁法学院1998年录取的学生中，那6所大学的分布是：哈佛61人、普林斯顿22人、阿姆斯特学院 11 人、杜克大学 14 人、得州大学 7 人、莱斯大学 4 人。显然，这个统计数据提供了一定的决策依据。

其实，当时我们还没有找到足够的统计数据。《华尔街日报》根据调查统计，制作出一个美国精英大学排行榜。这个排行榜是对 2003 年进入美国著名法学、医学和商学三大学院的 5100 多名学生的背景进行调查以后得出来的。调查的方法是，各选取 5 所顶尖的法、医、商学院，调查这 15 所学院录取的学生本科毕业于哪些大学。

哈佛大学在这个排名榜中稳居榜首，当年有 21.4% 的各届哈佛毕业生进入最顶尖的 15 所法、医、商学院，紧接哈佛之后的依序为耶鲁大学、普林斯顿大学，前面提到的杜克大学 8.61%，排名第六，阿姆斯特学院 7.66%，排名第九，莱斯大学 3.8%，排名二十，得州大学，只有 0.62%，排在五十名以后。

显然，对于目标是读著名的法、医、商学院的学生，只要努力进入高比例输送学生到三大学院的精英名校读本科，就能大大提高进入这些著名学院的机会。

从这个排行榜可以清楚地看出，本科院校的选择可能影响终生职业和前途。

统计信息是科学的人生决策的依据，掌握了可靠的统计数据后，你还没有踏入大学校门，就已经很清楚地知道，大学毕业以后可能有什么样的前途，什么样的机会，有多大的几率能够成就自己的理想和职业目标。

该上哪个大学，不该上哪所学校，该不该上名校都是因人而异的，取决于个人的能力，对未来前途的规划，与职业目标的设定有密切关系。

将来的目标是上著名的法、医、商学院的，本身有相当实力的学生，选择名校，选择哈佛，没有错。

大学是间坏公司

文 / 陈漠

近30年来，中国的大学经历了市场化（如取消毕业分配和实行收费制）、国际化（如"建世界一流大学"和大规模合并）、产业化（如疯狂扩招和建大学城）三大高潮。它变得像混合了政府和企业功能的奇怪公司：是公共服务，却由家长们高额支出；是产业经营，却背负了2500亿元债务；出售产品，却没有售后服务；是投资，却不保证你的回报。

一个高三学生如果有幸连续看过这十多年的高考志愿填报手册，一定会晕掉。十多年来风水轮流转，各种热门专业层出不穷，如果大学是公司，那它们就是深圳华强北那些山寨手机厂商，iPhone流行时就做HiPhone，什么流行就一窝蜂仿它、山寨它、做滥它。

早些年流行经济类专业，各个大学学院纷纷开设国际贸易、货币银行学、金融学、应用经济学等等，后来又流行法学，人人都想着进公检法，过"律考"；接下来是工商行政管理、公共关系学、广告学、市场与营销等市场管理专业，没几年风头又转到了IT行业，于是计算机类学科汗牛充栋；然后是影视、艺术、表演、播音与主持类专业挤破了头，连工科院校都敢设影视学院，最后是物流管理、电子商务、艺术品投资管理、房地产经营管理、物业管理、动漫设计等面向新时代的专业热得烫手。

十多年的大学专业热潮，每一次大学里的专业热潮之后都预示社会上这个行业的烂掉。因为是山寨公司，它们看重的是"快速反应能力"，谁能短平快地抓住热点，大量吃进原料囤积，迅速做出仿版，就算战略上成功。

现在的大学流行开分公司，所有大学都到一个地方去开子公司，称作大学城。整合资源、辐射效应、集约模式、融资管理、引领发展、促进转型,这些在大学城建设中经常出现的词汇,就如同商业教科书。

有知名大学的生意好做,没有知名大学的城市也有新招,便由政府出面撮合当地二三流学校与外地知名大学联办分校。对于当地来说,可算得上是招商引资,对于外地大学则算是拓展业务。负责一点的,隔三差五有本校教师飞行执教,算是连锁经营,不好的则是自生自灭,留个招牌而已,只能算是授权加盟。

有分自然有合,院校合并算是我国教育界的一项盛事,学院合并升格为大学,专业性大学合并升格为综合大学,理工大学有人文学院,科技大学有影视学院,更不用说如今几乎每所大学都有医学院。合并风潮据说是为了集中师资力量、加强学科水平,为合出几所世界级大学而努力。最高目标自然是全国合为一所大学,如此一来,世界大学排名榜必然会有一所仰之弥高的中国大学。再不济,学生人数也是世界前列。

曾有媒体报道,我国高校负债实际的数字可能在4000亿到5000亿元之间。这真是任何一个职业经理人的噩梦,但好在大学这间公司,有着不同凡响的翻身策略:扩招负债,卖地偿还。

大学不印钞票,学生们的钞票却是源源不断地流进来。教育体制改革中的诸多口号中,高等教育产业化是执行得最有力的,这直接就意味着学费连年上涨,扩招年年实行。大学这间公司的生产方式本来就特殊,先收钱,后办事,赢得口碑继而趋之若鹜。

大学这间公司美妙的地方是,它的收入既来自政府拨款,又来自学费等自创营收,它的产出既算是公共服务,又算是商品。这样哭穷、赖债时两头都有道理,排列组合一下有不少选择可用。既有校长呼吁增加拨款,又有校长抱怨学费太低,硬件不够时怨钱少,就业率低时怪社会,负债时它说自己是公共服务,收钱时它又成了产业经营。

最美妙的还在于,它永远不用对资产负债表负责,永远不用对股东负责,永远不用对产品质量负责,永远不用对客户负责。作为普通公民的我们,以纳税人的身份已经为这间公共服务公司缴过税,再为子女入学向这间经营性公司交一次费,然后毕业就业再由自己解决,最后它负债还要所有人一起承担。即使这样,我们也永远看不到它的账单。一名学生,自入学到毕业,从原材料到成品,从产品继而变为员工,经历过这间公司完整的生产线。你以学费为投资,试图换取一个未来,终于——恭喜你,你毕业了。

好学生到哪里去了

文 / 杨扬

同学聚会，免不了会回想大学时的光辉业绩，而那些当年成绩最好的同学，又自然是大家经常关心的。无意中我发现，那些大学中成绩最为出色，被同学、老师寄予厚望的同学，多年后在专业方面并不像人们想象的那么出类拔萃，而原先不怎么出名，甚至是事业上不怎么被看好的同学，倒是事业有成。我原以为这只是现在大学教育中存在的现象，不料翻阅胡适日记，发现胡适的时代也是如此。1931年8月28日，胡适在日记中写道：

看完《中古思想史》试卷。上年下学期，我讲此科，听者每日约400人，册子上只有200人，而要"学分"者只有75人。

这75人中，凡90分以上者皆有希望可以成才。85分者尚有几分希望。80分为中人之资。70分以下皆决无希望的。此虽只是一科的成绩，然大致可卜其人的终身。

在这要学分的75人中，90分的，有8人；85分的，有8人；80分的，有14人；75分的，有8人；70分的，有14人，余下的就是专业上"决无希望"的了。而这"决无希望"的25人中，有4人被胡适打了零分，原因是互抄。被胡适认为最有希望的8人中，后来出名的真不多，85分的群族中也不怎么样。倒是80分中出了个有名望的，那就是后来被不少新儒家视为重量级思想人物的牟宗三。牟宗三是山东栖霞人，1927年考入北大预科，1929年升入哲学系。在胡适的花名册上，牟宗三注明是哲学系二年级学生。胡适除了给牟宗三打80分外，还有两句批注："颇能想过一番，但甚迂。"如此评语，此生在胡适看来也不会有什么大的事业前途，但偏偏是这位学生后来做得最为出色。

同样的情况在胡适身上也发生过。在1934年3月27日胡适日记中，保存着一张宣统二年（1910年）第二次考取庚子赔款留学美国学生榜。这一次共有70名学生考取，学生榜是按照考分高低排列的，第一名是来自上海南洋中学的考生杨锡仁，平均分数是79.35。第二名是来自江苏江南高等学校的考生赵元任，平均分数是73.4。胡适排名第55，是来自上海中国新公学的考生，平均分数为59.175。假如按照成绩来排的话，胡适应是在中下水平。但就是这位排名第55的考生，不到10年便"暴得大名"，一跃而成为中国新文化运动的领袖，声望和事业成就大大超过了其他同学。假如再溯源看看第一届庚子赔款的留美学生，前几名如程义法、金涛，今天能知道他们名字的可能已很少，大家不知道这些人的事业成就。倒是排名在其后的如梅贻琦（第6名）、胡刚复（第13名）、王世杰（第15名）等，在中国现代文化史上留下了自己的名字。

这些历史的往事当然不一定全都反映出事实的全部内容，譬如，有些学生当初的确是优秀，但考官的评价尺度和后来种种困扰个人事业发展的因素太多，也会造成人才的最终夭折。但反过来，也让人看到，事业的成功不是一朝一夕的事，而是多种方式多渠道的。一条道走不通，说不定换一条道却可以走通。这样的道理简单是简单，但置身其中有时是很难悟清的。

和谐的第二遍茶

文 / 王坚

去加州大学圣芭芭拉分校最简捷的路，是开车从 101 号高速公路拐上 217 号公路，这时，身后是连绵的群山，左边是浩瀚的太平洋，正对的就是圣芭芭拉分校的大门了。减速开进校门，看见的第一幢楼是座两层高的红褐色小楼，优雅地掩映在热带特有的棕榈树下，从悬崖上俯瞰着碧蓝的海水。这就是闻名于世的美国理论物理研究所（Institute for Theoretical Physics），又名曰"科恩楼"（Kohn Hall），以第一任所长沃尔特·科恩（Walter Kohn）的名字命名，他还是圣芭芭拉分校第一位诺贝尔奖得主。

喜讯传来的那天，学校沸腾了。香槟在每个人手上传递，阳光在每杯酒的泡沫上跳跃，一浪浪的潮水推涌着一阵阵暖湿的海风，每个人的心都在波涛中沉醉。在欢乐的海洋中。我大声地对我的辅导老师摩西博士说："这是我第一次亲眼看见一位活生生的诺贝尔奖得主！"摩西博士笑着回答："你还可以摸他呢！"

物理系当天就在楼厅的橱窗里展出了诺贝尔奖基金会的通告和有关科恩教授的简历。简历上的很多细节我都忘记了，有一句话却随着记忆，愈久弥新。"犹太人科恩，纳粹大屠杀的幸存者于 1939 年 8 月乘坐一班离开维也纳的火车，逃离了纳粹德国占领下的奥地利。"那一年，科恩教授 16 岁，在他出逃后仅 3 周，第二次世界大战爆发，他的父母、老师和众多的亲友在战争中被屠杀。

2001 年秋天的一个下午，我驱车从 217 号公路开进校园。下午的阳光有些刺眼，把红色的科恩楼晃得发白。因物理楼整修，科恩教授的办公室搬到了旁边的外语楼三层。物理系所有的理论物理教授都在三楼，整层楼安静得像没有人。凝固的空气下，只有思维的智慧，光速般穿梭来往，没有阻隔。我不由得屏住了呼吸，轻手轻脚地走到科恩教授的办公室门前，他的门开着，屋里却没有人。正在踌躇的时候，我看见科恩教授的身影出现在楼道的那一头。他走得很慢很慢，他的步伐微微地颤着。

"你找我吗？"一个平缓的声音从另外一个世界传来。

"是的，科恩教授，我找您。"

"那请进来吧。"

"你找我有什么事呢？"他的声音低沉而温和，仿佛房间里秋日的光亮。我告诉他我受《北京青年报》之托，询问他愿意不愿意接受一次采访，科恩教授没有正面回答我的询问，却告诉我美国国家科学基金会和纽约的一家科学博物馆曾联合对他做了一次详细的采访，他问我能不能就用那次采访的内容。

"我很忙。"他非常抱歉地对我说。我知道时间对于这位老人是怎样的珍贵，他把自己的分分秒秒都投注在工作上，即使在得奖以后，他仍一如既往地天天来学校工作。但我觉得我们中国人应该采访他，了解他，不仅仅是因为他科学上的成就，更重要的是他坎坷的经历，勇敢的精神，还有他对人类、对生命的态度。我说，《北京青年报》是一份面向青年读者的报纸，我们希望科恩教授能为中国的年轻人说一些话。科恩教授点了点头，说："好吧，让我看看什么时间合适。"他戴上眼镜，拿出一本记事本，一页页翻看。"我要和我的牙医预约个时间，治治我的牙。人老了，牙总坏，年轻人，你不想因为采访而让我的牙都掉光吧？"他抬起头，顽皮地看着我，自己笑了起来。他的牙缺了一颗，笑的时候，露出个小黑洞。我想起了一件事，就告诉他："科恩教授，您这儿缺了一颗牙。在您得了诺贝尔奖以后，我太太对我说，只要我也把这颗牙敲下去，我也能得诺贝尔奖。"他听了，笑得更开心，满脸的皱纹全部荡漾着舒展开，"你要是愿意，你可以把这颗牙拔了，但我可不建议你这样做。万一得不了诺贝尔奖，你千万别赖我。"他笑着拿起话筒给牙医打电话，等了半天，却没有人接听。他无可奈何地放下电话，叹了口气。

"好的牙医总是难找。咱们就先定在下周三上午10点，不过这只是个临时安排。我的牙最重要，要是我得在星期三看牙，咱们再另约时间。你的电话是多少？"他记下了我的电话号码，对我说："我有一样东西让你看看。"他站起身，缓慢地走到隔壁的办公室，从壁橱里拿出一筒茶叶，递给我,"这是昨天别人送我的,你帮我看看上面写了什么。"

我接到手中,是一筒台湾产的茶叶,盛放在透明的玻璃筒里。绿色的标签,上面古色古香地写了四个繁体字"御香绣球"和另外四个小字"台湾制造"。我不由松了口气,幸亏这八个字我还认得。于是我开始给科恩教授翻译:

"御就是皇家(royal)的意思,中国人总认为皇帝吃用的东西是最好的,所以很多做生意的人都打着皇家的旗号吸引顾客。香就是香味(fragrance)的意思。最后两个字是一个词,就是某种球(ball)。"我这才发现茶叶卷裹在一起,呈球状。科恩教授耐心地听我讲完,显然对我最后两个字的解释不满意,追问道:"是什么球呢?"我嗯呀了半天,想不出一个英文词来准确地翻译"绣球"。是刺绣的球呢?还是公主择偶扔的球呢?

"对了,您看过中国传统的舞狮吗?"科恩教授说看过。"那您记得在狮子前面,有个人举着个球逗引狮子吗?"

"就是那个球吗?"科恩教授连忙问。

我抹了抹汗:"就是那个球。"他知道了所有的答案,显得非常高兴。"我的同事去烧开水了,等他回来,咱们一起喝茶。"

我问他:"您知道中国传统的喝茶方式吗?"

"你们中国人怎么喝呢?"

"我们传统上不喝第一遍茶。新茶泡一遍,水要倒掉,然后再泡第二遍,这一遍的茶水最好。如果再泡第三遍,茶就无味了。不过,我自己从来不这么讲究,第几遍的茶我都喝。"科恩教授很感兴趣地听着,问我:"那第一遍要泡多久呢?"我一下子卡在那里,谁会注意第一遍水要等多久呢?冲一下?等五分钟?"我想,冲一下就行了吧?"我的声音虚得让自己都不好意思听。

他同意地点点头:"我也注意到第二遍和第一遍确实不一样,第二遍茶更……"他陷入沉思之中,极力地想找一个合适的词,周围的世界对他,瞬间消失了。他的目光深邃而沉静,他的手指停在满是皱纹的额头,一动不动。我静静地等着,时间在倦怠的风中浮游,潮水的声音传了进来,在发亮的墙上撞得粉碎。

"和谐(harmonics),第二遍茶更和谐。"他的声音再一次从另一个世界传来。

这时,他的同事拎着一个紫砂茶壶走了进来——真正的紫砂茶壶。科恩教授站起身，对他的同事说："这位从中国来的年轻人说中国人喝茶只喝第二遍。今天，咱们做做试验，也只喝第二遍。"他的同事是位戴着眼镜、瘦瘦的中年人。他微笑着和我打了招呼后，就和科恩教授兴致勃勃地开始他们科学的试验，泡第二遍茶。两人先为泡多少粒茶争执了一会儿，最后折衷决定放15粒茶。同事小心翼翼地把茶倒在手心，精确地数出了15粒，放在一个水杯里。科恩教授颤抖着拎着壶，倒进少许热水，把茶叶冲了一下。水倒掉，把泡得半展开的茶叶放进茶壶，他们问我要等多久，我说大概五分钟吧。于是，同事拿来桌上的闹钟，开始五分钟的计时。时间到了，科恩教授用他精确的科学方法泡出中国茶水的清香，飘散了出来。

他从壁橱里拿出了两只茶杯，一只给了他的同事，一只给了我，他自己则用那个水杯。他给每人斟了一杯，说："请。"他抿了一口，闭着眼回味了一下，"确实不一样，第二遍茶更和谐。"我记起来林语堂写的散文，就讲起了这个典故：第一遍茶是十二三岁的小姑娘，第二遍茶则是十六七岁的妙龄女郎，第三遍茶就是人老珠黄的少妇了。科恩教授听完，若有所思地点点头，说：

"一个人的生命又何尝不是如此呢？"

"那您现在是第几遍茶呢？"他的同事问他。

科恩教授笑了，说："我还是第二遍茶，和谐的第二遍茶。"

告辞科恩教授出来，太阳已经西斜了，远处的青山被抹上一层诱人的嫣红，海面上的波浪在夕阳中泛着金光。下午的热气散去，凉爽的海风吹袭而来，竟夹带着茶水的清香。我站在和平的天空下面，想起科恩教授的话：

"我要把我所有的成就都献给大屠杀中遇难的人。我觉得我不仅仅是为我自己工作，我是在为所有那些被屠杀的人们而工作。"

我的灵魂我的书

文/(香港)梁文道

有一年,一个美国小伙子考上了哈佛大学念工程,他很高兴。哈佛大学第一年的课程跟美国许多大学一样,有一个核心课程。所谓核心课程,就是全体学生都必须要上的公共课。于是这学生就选了一门课,但之后他非常后悔。选了什么课?是《中古英文文学》。你想想看,一个想学工程的学生,跑去念中古英文文学,所以非常痛苦。

更要命的是,这个教授年纪大,说话语速缓慢,上课很闷,一点趣味都没有。这个学生很痛苦,所以常常逃学。好不容易上完了一学期的课,放暑假了,他很高兴。他要打散工挣钱,就在学校附近的一家旧书店找了一份兼职。

他干什么呢?这种书店常常收到电话,被叫去别人家里收一些旧书回来,然后出售——他就干这个。也不是去估价,而是上门去看那些书得用多少箱子和多少人去搬——就帮忙干这个。

有一天,他接到一个电话,老板派他去哈佛所在的美国波士顿剑桥镇旁边的一个花园洋房去搬书。他于是就去了,一个老太太开的门。老太太的脸色有一点忧伤,经过介绍他才发现,这个老太太竟然就是教他那门很沉闷的中古英文文学课程教授的夫人,原来这个教授上完这学期的课后没多久就死了。死后留下一屋子的书,老太太觉得这一屋子的书令她睹物思人,所以决定全部卖掉,恰好是这个小伙子被派来上门收书。这时,小伙子才意识到,原来他上学期刚刚上完的那门课是这位教授一生当中的最后一门课,他是这位教授一生当中最后的一批学生之一。虽然他不喜欢这位教授,但这时他也觉得心情很沉重。当他去看这些书该怎么搬时,发现在教授书房的一整面墙的书柜上全是廉价的侦探小说，这个学生就笑了。这个老家伙平时上课很严肃，原来最爱看的是侦探小说。书房后面是一扇落地的大玻璃门，出去就是一个小花园，不是很豪华，但是很干净、雅致。老太太说："我丈夫生前最大的嗜好就是种种花、剪剪草，他喜欢研究这个。"

在花园玻璃门旁边又有一两个书柜，里面放的全是一些园艺方面的书籍。看了半天，这个学生就作出了决定：今天我不搬这些书了！他开车回去，和旧书店老板说："老板，我自己想把这个教授全部的书都买下来。"老板说："这些书你全要？价钱你能付得起吗？"这个学生说："我这个暑假在这打工挣的钱全部都归你了。"老板说："那还不够。"学生说："那么这样吧，我接下来三个暑假都来你这打工，工钱全部给你，行吗？"老板问他："你为什么买这些书？"这个学生说，原来平常上课的时候，他只觉得这个教授很沉闷、很学术，原来这只反映了教授的一面。当他去了教授的家，看了他的书房、看了他的藏书之后，他发现了这个教授完整的立体人格。这个教授喜欢廉价版本的侦探小说，侦探小说里面还画线做笔记——笔记里面还写粗话：这一段写得真他妈的好！这个教授还喜欢种花草，草坪上洒水器刚刚洒过，叶子上面还有水珠，这些都是教授生前最爱的东西。

一个人的爱好、兴趣，甚至癖好（也许癖好在某些人的眼中是缺点），都彻底地浮现在教授的书房里面。当时这个学生有很强的感觉，我如果把这些书分门别类地放在旧书店书架上去卖，教授所有的藏书就崩溃了、解体了。而现在当这些书在它们主人书房里的时候，它们是完整的。完整的意思是什么呢？这些书完整地表达了它们主人的人格、灵魂。所以这个学生觉得，只要教授的藏书还在，只要这些书仍然是完整地在一起，这个教授就还没有死，他的灵魂还在这些书里面。这些书里面夹了一些纸条或者插了一张音乐会的门票、某场电影的门票——这些都是一个人生命的轨迹。这个学生觉得很难过、很悲痛，他觉得他应该让这个教授的灵魂完整地保留下来——要把它们买下来，不要拆散它们！这个店长听了他的话之后就说："算了，这些书我六折卖给你，你在我这里打3年工就够了。"于是他在这里打了3年的工。这个故事是真的。

你见过贫困生吗

文 / 李岳

谁能穷一辈子？在被贫穷纠缠的日子里，我唯有用这句话安慰自己。

你见过贫困生吗？就是需要靠别人的捐赠求学的那群人……

我就是。

也许你想象中的我们衣不蔽体，食不果腹，目光呆滞，形容憔悴，那么我告诉你，我身上的这套校服比任何人的都干净，站在人堆里很显眼，你看着会觉得舒服。只是我坐在这里写文章的时候，鞋子里还是湿的，只因为鞋底断了，天又下雨，没办法。

我刚生下来的时候，足有10斤重，爸妈很高兴，却不知道他们将要为这个10斤重的东西耗费多少心血。我只吃了3天奶，然后妈妈没奶喂我了。他们用米粉和奶粉硬是把我养活了，只是我经常生病，有时妈妈拿着奶瓶，爸爸拿着药瓶同时哄我。幸好我那时没有记忆。

然后我上了小学。如果不追溯到"奶瓶时期"的话，我的贫困史从那时就开始了。那时候，卖包子的阿姨是小朋友的偶像，然而我很少光顾，我自认为在期末得一个印着"特等奖"的笔记本更有价值。

幸好那时我一直是第一，这份荣耀让我的童年快乐加倍，而没有留下什么缺憾，除了没有包子吃。在知道什么叫巧克力派的时候，我上了初中，开始懂事，知道什么叫"耻辱"。一次朋友的家长当着我的面教训他："你看他的鞋子打了补丁，学习还那么好，你穿Adidas，为什么还考倒数第一？"我搞不清我该庆幸还是羞愧。

还有一次，与兄弟学校联谊，我仍然穿着那双有补丁的解放鞋上台接受捐款。主持人报着我们的名字，按着家庭贫困程度和学习成绩优劣的顺序，我们鱼贯而上。人们在鼓掌。可我感觉自己像被押解的犯人，耳根发热，手足无措，眼里只是一片闪光灯。我的脚指头扭动着向后缩，像踩了蛇似的火辣地肉麻着。我知道那些记者们会以为我们是感动至此。等到主持人请我们下台时，我像撞了鬼一样往下逃。

同是那双鞋，我穿着它演老红军的时候，面对台下的闪光灯，我感到的是光荣，我不清楚为什么前后会有这么大的不同？

然而，快乐至上。无论发生什么事，我都将它往好的方面想。这是班主任老师教我们的。她宽容而亲和，幽默而活泼，立志做我们的朋友，你可以想象我们多么爱戴她。但是……在"朋友老师"面前，有时你依然只是贫困生。那次，老师派我去拿作业本。走到门前我看见她的钱包规规矩矩地靠在那儿，红色的印着"欢迎做客"的小地毯上点缀着蓝色百元大钞的角。"老师怎么这么不小心呢？"待我要将它捡起来时，手像被点穴似的忽然停在半空。我最近不是弄丢了同学交来的竞赛款吗？老师不是怀疑过是我自己挪用了吗？这是考验我吗？将家里钥匙给我，但我恐怕不会傻到在屋里作案。那么对于门外的"横财"呢？穷怕了的小孩子会不会贪财动心呢？用心良苦啊！我忘了后来的事，只记得我气冲冲地离开时将钱包踢到了一边也没发觉。很久以后，我的一篇小说里出现过这样的情节：一位贫困生拿着双崭新的"千层底"去感谢老师的帮助，敲门时却听见老师们在讨论他会不会偷钱，他放下鞋转身就走……你知道这不是没有来由的杜撰。

无论如何，我的初中时代很圆满，我顺利地考进了县里的重点高中。在我们那里，要走出穷山沟改变自己的处境只有两条路：打工和读书。前者充其量只能让家里的柴米油盐更丰盈一点，附带增加一点见过世面的优越感，所以我只有读书。

我拿回通知书的那晚，父母商量了很久。从那以后，父亲就整天沉默着抽烟，母亲整天红肿着眼睛。不幸我那时处在最叛逆的时期，我抱怨自己为什么没有生在达官显贵家做贵公子，而窝在这里整天挑牛粪。我处处与他们较劲，现在想来，我依然无法原谅自己的尖锐与幼稚。有一晚，我与爸爸吵了起来，他打了我一耳光，然后我冲着他说了一句："不就是我不该考取了吗？你养不起我为什么不在我出生的时候把我掐死？"然后我义无反顾地玩起了离家出走的游戏。在后山的一个树洞里，爸爸把哭得睡着的我抱了回去。

我不知道我要为自己的选择庆幸还是懊悔。在城市里，我格格不入。星期天，同学们都出去玩了，我一个人躺在床上看上铺的床板，我知道自己在变得孤僻。有本杂志上的一篇文章描绘乡下贫困生用的是表情木讷、瘦长毛多，背负着太多道义的沉重。我不知道自己离这些还有多远。

每当教室外有老师叫学生出去，我总疑心他要把我也叫去催学费。有一天真的叫到了我，原来是市报的杨记者要采访贫困生。在会议室里，他发给我们每人一张纸，让我们把自己的家庭状况和求学经历用抒情记叙文写出来，写得越生动越感人越好，他将把我们的稿子择优刊发，在市报社搞一个"希望捐赠热线"。我扫视着同学们，很多人在咬着笔头艰难地构思，但更多的人像我一样望着空洞的稿纸发呆。我知道这里有老师安排的全身名牌的"贫困生"，他们可以把它仅仅当成一次作文来看待，但我不行：谁可以轻描淡写地揭自己心头的伤疤？现在我最不愿去的是那个会议室和教师宿舍。走到这两个地方的时候就像走进了到处是摄像机的房间，每一寸皮肤都有被曝光被偷窥的尖锐疼痛。你听我说，父母总是习惯在我上学时塞给我一包茶叶或木耳，对我说："去送给××老师吧，经常走动走动，或许能把学费免了。"我唯有顺从地把东西塞进包里，因为我只要一拒绝，父母便会火冒三丈。我又怎么忍心再惹他们生气。我怎么向他们解释在同学们疑惑的目光中提着礼品穿街过巷，然后徘徊着敲门，见到老师后放下礼品就走的尴尬感觉呢？毕竟父母也曾像小学生似的坐在老师面前，双手放在膝上，堆着笑脸，一遍遍求着老师担保晚一点交学费。看着孩子在自己面前受苦和看着父母在自己面前受辱，哪一个更残酷？

只要学校通知放假，我就兴奋得不行，盼着快点回家。每当我走近家门的时候，会有短暂的犹豫，我怕见到父母过度劳累而佝偻的背，怕见到他们缠满创可贴的手。而当我真正到家之后，所有的不适又马上消失。我只想多做点家务事弥补一下什么，或许是自己让他们过度操劳的不安，或许是自己欠下的太多的亲情债。然后，我上学时，妈妈又会塞给我一大堆鸡蛋、板栗、核桃、木耳……"这是你自己的，这是给你老师的……"如此，周而复始。一次，爸爸赶了很远的路来看我。看到他站在校门口，头上包着白头巾，提着帆布袋时，我真的很高兴，根本没在意同学们成分复杂的眼神。而爸爸却再也不来看我了。他说给我丢了脸。唯一的一次，我忍着泪对他说："你是我爸爸，穿得再差也是我爸爸，谁敢笑话我们，谁会穷一辈子……"

"谁能穷一辈子？"在被贫穷纠缠的日子里，我唯有用这句话安慰自己。在夜深人静的时候，我时常想起在我上学时给我两块钱车费的老奶奶，想起17岁吐血死去的姐姐要我读书时的坚定眼神，想起老师送的那包温暖我一冬的衣服，一边愁着明日三餐一边安慰着自己。

然而当我迷糊着醒来的时候，新的一天又开始了，新的失望正在等着我，可地球并不因我自以为水深火热的苦痛而不转了，这世界正常得很。

所以我唯有将曾经的耻辱、反抗、抱怨、诅咒化为记忆的沙，让它沉在时间的河里，以此保持河水的清亮。所以你看到的我只是一个有着很多不愿让人提及的往事，有点虚荣，斤斤计较，孤僻，同时又勤劳、善良、俭朴的普普通通的贫困生。

然而，谁能贫穷一辈子？

假如重新选择

文/卞毓方

假设任你选择一种职业,你打算干什么?美国人的回答充分显示了干一行厌一行。一位军界要人说:"去乡间开一个杂货店。"一位女部长说:"到哥斯达黎加的滨海游览区开一家旅馆。"一位市长说:"改行当摄影记者。"而一位劳工部部长说:"出任一家冰激凌公司的总经理。"

假设有来世,你打算作何选择?日本有一百多位商人接受测试,回答可说是五花八门,尽其想象。其中,表示继续从商的很少,大部分人愿意当艺术家或学者,有男士说想投胎为女子,有人说甘愿退出人的世界化为植物,甚至有人说愿意变为一只狗。

我觉得这试验很有噱头,于是作东施效颦。一日,拜访作家谌容,趁便问:"假设时光倒流,您会不会重新选择?"谌女士其时正在戒烟,她一边嗑瓜子,一边说:"我想这没什么好选择,我就是喜欢写作。"

又一日,看望学者金克木。当着金老的面,我什么也没提,只是漫无边际地闲聊。回家后,给金老拨了个电话。金老在电话那头笑了。他说:"花非花,雾非雾,美国人、日本人怎么说,我不管,反正永远当不了真。你要我说吗?一定要?我的答复只能是——哈哈哈哈!"

随后,我或用电话直接征询,或借助朋友的帮忙,在周围广为撒网。测验的结果是——

剧作家吴祖光、画家吴冠中与法国文学专家罗大冈全都笑而不答。

北大中文系著名教授袁行霈则说:"来世,肯定地说,我还想教书。"

中国市长协会负责人陶斯亮轻盈地一笑:"要有来世,我就学音乐。"

小提琴演奏家盛中国对今生的选择十分自负:"音乐是一种深入灵魂超越国界的语言,我不想改弦易辙。"

清华大学电子工程系教授郑君里摇了摇头："知识分子还是要当的，但不想再搞工程方面的研究，可以搞文学、社会科学。为什么？工程方面涉及的人太多，难以出成果。"

作家袁鹰："继续当编辑，我觉得这差事很美……"

作家蓝翎："这个问题我如此回答你：我最初的愿望是学英语，我的后辈都是工程技术人员。"

诗人牛汉："这辈子由于种种原因，没写出大名堂，壮志未酬，遗憾哪遗憾！因此，下一辈子还是要写诗，下两辈子下三辈子也还是要写诗！"

雕塑家郑于鹤："我是搞造型艺术的，我觉得几十年时间根本不够，若有可能，我想二百年三百年地连续搞，也许能做出点成绩。"

书法家徐楚德："我嘛，来生还是写字，既可躲进小楼成一统，避免外界干扰，又有成就感。"

经济学家管益忻："那我就要考虑怎样在陆地和地球之外重建人类的家园了。"

作家蒋子龙："下辈子我想做一只鸟。天空多干净，鸟儿多自由，它既可以高飞，也可以享受地面，可以走、跑、停，还可以演唱。"

作家石英："若有可能，下辈子当个隐士，怎样？"

最后，我又拨通了学者季羡林的电话。不久前曾经登门求教，季老赠了我五本书，我讲了一些读后感，末了小心翼翼地探问："假设有来世，先生……"季老答："你别问，我不相信有来世。"我连忙申明："这仅仅是假设，假设……"季老没吱声，也许是没弄明白我的意思，也许是觉着不值得回答。

灯下翻阅季老赠我的散文集《赋得永久的悔》，在《一个老知识分子的心声》一文篇尾，不期觅得现成的答案。季老在讲了过去七八十年中的酸甜苦辣后，笔锋一转说："我从来不相信什么轮回转生。现在，如果让我相信一回的话，我就恭肃虔诚祷祝造化小儿，下一辈子无论如何也别再拨弄我，千万别再把我拨弄成知识分子。"

荒野之鹰

文/(台湾) 简媜

总是独自走上生命的每个阶段,从全然陌生的环境开始安顿自己。小学毕业,明明附近有所国中,我却跑到离家40分钟车程的国中就读。好不容易与他们熟了,成为一分子;明明附近有几所高中可供选择,却大胆地跟导师讲:"我要去台北考高中!"第一次,我知道北一女、中山、景美等学校,我问老师志愿顺序,他不太确定,但终于帮我排妥。他没问万一考上了,怎么安顿?我没提,那是我自己的事。

拿到准考证,回家才跟家里提,家人一向不管我功课。那时父亲逝世两年,母亲出外工作兼了父职,阿嬷管田地、家园,我是老大,弟弟妹妹才上小学。谁管得到我?也不需任何人叮咛,我跟老天爷扛上了,赌一口硬气对自己讲:"你要是没出息,这个家就完了!"

15岁,捆了今生的第一个行李,连牙刷、毛巾都带走。屋前厝后,巡了一趟,要狠狠记住家的样子,躲在水井边哭一场,忽然长大了5岁。我不嫉妒别人15岁仍然滚入父母怀里,睁着少女的梦幻眼睛,而我却得为自己去征战,带刀带剑地不能懦弱。

所以,孤零零地在台北寄人篱下,每天花3个钟头往返于台北一所高中与复兴南路的亲戚家。台北火车站前,清晨卖饭团的妇人,我拿她当妈妈。坐在淡水线火车上,饭团啃完啃书本,每本书烂得软趴趴。课堂上,闭眼睛都知道老师说错一个年代。

那时,校内的读书风气不盛,许多人放学后赶约会、跳舞、逛夜市;情况好的,赶补习班。我没有玩的权利,也没经费参加课外补习班。还是那副硬脾气,就不相信出考题的能撂倒我,非上好大学不可。

这样逼自己,正常的十七八岁身心也会垮的。平常,没谈得来的朋友,她们追逐影星、交换情书,我没兴致;想谈点生命的困惑与未来梦想,她们打不起精神。我干脆跟稿纸谈,谈迷了,就写文章、投稿,成天在第二堂下课后冲到训导处门口的信箱，看有没有我的信。若是杂志社寄来刊稿消息，我会乐得一看再看，看到眼眶泛红；大报副刊寄回退稿，则撕得碎碎地喂垃圾桶，我想："总有一天……"为了那一天，吃多少苦都值得。

我做事一向劲道猛，非弄得了如指掌不可。迷上写作，连带搜别人作品看得眼睛出火。他们写得好，我写不好，道理在哪儿得揪出来才能进步。常常捧着两大报副刊上的名家作品，用红笔字字句句勾勾，我不背它们，我解剖它们，研究肌理血脉，渐渐悟出各有各的路数，看懂名家也有松垮垮的时候。那时很穷，买不起世界名著，铁了心站在书店速读，霍桑的《红字》，赫塞的《流浪者之歌》，《泰戈尔全集》，托尔斯泰的《高加索故事》……有些掏钱买了，其余则浏览，希望将来变成大富翁把它们全娶回家，看到眼睛也甘愿。"世界太大，生命比世界更大，而文学又比生命辽阔！"我决心往文学路上走，不回头。

缺乏目标的年轻生命好比海上扁舟，我知道自己的一生要往哪里去，考大学只是眼前目标。我知道为什么必须上大学，不是依社会价值观、师长期待或盲目的文凭主义，而是依自己对生命的远大梦想。

高二暑假，每天凌晨4点起床早读，按照作战策略，这个暑假必须总复习所有科目并预读高三功课，至少做一遍从各补习班、明星学校搜集的题库、试卷及历年联考试题，并且每隔半月"验收实力"——看自己能考上哪一所学校。

想睡觉，不行。开始思考打仗应该用智慧，光靠死拼不行！思考为什么叫人啃一头死牛没人要吃，煎成小牛排就美味得不得了。于是，把"作战计划"改成"大学联考料理亭"，依据自己的兴趣及胃纳，按照清醒到昏沉的时刻表安排筵席。

所以，"历史"变成身穿古装的我恣意穿梭于时空隧道，采访秦始皇谈如何并吞六国，跟汉武帝吃饭谈外患问题，陪成吉思汗远征探险。

"地理"也好办，那是我跟心爱的白马王子周游世界的旅行见闻。"数学"确实有点伤脑筋，三角函数实在不像个故事。"三民主义"，决定留到联考前一个月，再以革命心情奋战，仿效黄花岗七十二烈士。

某日午睡，梦到自己只考了200多分，沮丧极了，恐惧这一生就这么成为泡沫。夜晚，虫声四起，前途茫然的孤独感占满内心，在日记上写着："我会去哪里？我会去哪里？"

抽屉里有一沓没写完的稿子，其中有一篇关于一个高中男生离家出走的故事。想往下写，又收进去，索性把专放稿件与写作大纲的抽屉贴上封条，仿佛唯一的财产被法院查封。

如此安顿之后，升高三，当同学们一个个迸发高三杂症，勉强念书，或奔波各补习班像只无头苍蝇，我却笃定得像块磐石，心稳稳地纹风不动。继续以自己的作息方式安排读书计划，虽然高三下学期的课堂考试成绩糟透了，但我摒弃老师的授课进度及测验计划，照自己的时间表走，不急、不慌，从不脱序。我读书喜欢问"为什么"，思考答案。有时"国文"里的问题必须从"历史"找解答，"历史"里的疑问，可以从"地理"得到线索。

活读比死背深刻，而且有乐趣。如此一遍遍地读到胸中如有一面明镜，且国文、历史、地理知识相互串联、佐证，活生生如能眼见一朝一代风华。联考前一个礼拜，同学们灰头土脸、乱了军心，熬夜赶进度；我却无事可干，反其道而行，逛市场吃红豆冰，买西红柿弄蛋炒饭，早晨、黄昏到山径散步，过几天舒服日子。其实无形之中，脑子里正在整编、活络所有念过的内容，使枝枝节节的知识更加密实，形成实力。我有自信，问任何问题，我都能说出一番道理。

联考那日，大多数人像进刑场，我却觉得像游园会。没放榜，我已算出自己到台大，就算科系不理想，选个学风自由的大环境再转系总比意气用事只是填几个志愿再挤破头转校保险。我想到一个人才荟萃、高手辈出的大环境逼自己成长，所以，台大文学院6个系全填了。同学问我："万一上考古系怎么办？"我说："那就去挖坟墓嘛！"老师看我的志愿单，同样皱眉头。我仍坚持从头填到尾，人生哪能一下子就称心如意？我把选校搁第一顺位，进了大环境，一切好说。"考进哪个系不重要，从哪个系毕业才重要！从哪个系毕业又不重要，将来走哪一行更重要！"我一向不认为一次联考就定了一生，往后的变数很大，多的是进自己的第一志愿科系，毕业后才改行的例子。与其4年后再从头学，我宁愿花一年时间好好摸索清楚，二年级时在哪个系，对我而言，就是决定了今生。

放榜后，在大屯山城赁居的小屋打点行囊，一下子天地开了。3年高中生活留下的日记、写的文章，一把火烧了，我的青春岁月在火光中、泪眼里化为灰烬。那些忧喜苦乐全不计较，也无须保存，我知道自己又要去陌生地方从头开始，就像过去每个阶段，命运交给我一张白纸一样。

在不断飘荡中，能感受自己的生命有了重量与意义是最大的收获。我太早离开家庭的保护,却学会独立、为自己的生命做主。虽然无法像一般人拥有快乐的青少年时期,可是也学到同龄孩子学不到的,如何做一只在荒野上准备起飞的鹰。当一切匮乏、无人为我支撑时,我惊讶自己能从"无中生有"磨砺出各种能力,守护自己。这样的训练比考上心目中的大学更重要——或者反过来看,因为有这种训练,才考上心目中的大学。

年轻生命蕴涵各种潜力,愈早自我开发愈能起飞。可惜,大部分的人沉溺在家庭的优渥保护下,只知道吃鱼而不懂如何打造一根钓竿,其实学会钓鱼才是大训练。有的人则可能因家庭破碎而击溃向上意志,不懂得把恶劣环境当做生命中的"少林寺时期",练就一身铜墙铁壁功夫。每个人成长的困境不同,但我仍然相信,对生命热爱、对梦想追寻的这份毅力,会引领我们脱离困境。不要轻易认为今天就是末日,因为明天的太阳跟今天不一样。

如今回想高中生涯,短短三年,却把我一生的重要走向都起头了;我如愿转入中文系,如愿成为作家。少年时,怨怼老天,现在懂得感谢。

因为,当他赐给你荒野时,意味着,他要你成为高飞的鹰。

做自己的预言家

文/(台湾) 吴若权

回顾成长的岁月,有三件事情神奇中又有点冥冥注定,每当想起来的那一刹那,就会令我汗毛竖立、鸡皮疙瘩站起,不得不对宇宙与自我之间的互动,油生敬意!其中,两件是好事,一件是遗憾的事。

几年前,住家过于老旧需要重新装潢,我在整理典藏多年的书籍时,在自己高中二年级的国文课本最后一页,发现我在联考之前密密麻麻重复写下100次的预言:"我会考上国立政治大学;我会考上国立政治大学;我会考上国立政治大学;我会考上国立政治大学……"

当时,我的功课并不顶尖,每个学期在班上的排名大约第10名到第20名,模拟考的成绩时好时坏,最好的状况也不过是全校第40名,加上高中联考时曾遭受重挫,对升学一直没有信心,唯一能凭借的信念只是不断用功苦读。我是不懂读书方法,只会死读书的那种小孩,在事倍功半的情况下,能如愿考上国立政治大学,实在是一则奇迹。

而更令自己觉得神奇的是:我几乎忘了自己曾经如此认真地写下对命运的预言:"我会考上国立政治大学。"只是冥冥中的一种心念的力量在催促着我用功而已。

事后,跟朋友聊起,他们都笑说:"如果当年你写的是:'我会考上国立台湾大学。'也许命运又会不同。"

我同意他们的说法,也因此得到一个经验——要做梦,就做大梦,只要你意志坚定,并付诸行动,美梦就会成真。

第二次神奇的经验,发生在刚踏入社会工作的第五年。当时我转战于不同的职场,做了几份自己很喜欢,但别人并不看好的工作。有一位十分关心我的长辈特别约我用餐，想要了解我为什么跳槽换工作，还在百忙之中为杂志撰写专栏。

记得那是个冬日的午后，阳光暖暖地洒在他的身后，我面对他，很恭谨地说："我要成为一个快乐多职人。"

他的笑容中，带着几许讶异。在传统的观念里，这简直就是"不务正业"。

十几年后，再碰到这位长辈，他依然记得那个午后的对话，不过他的笑容里多了些许肯定，他说："没想到所有的'不务正业'都变成你的'正业'。"

其实当年对他说"我要成为一个快乐多职人"时，只是一个概念，心中也没有多大的把握，后来能够梦想成真，的确要感谢很多人的帮忙。

第三件事，想起来就只有遗憾了。母亲被高血压等慢性病缠身多年，又有家族遗传性的糖尿病，我常担心她的病情恶化，或可能导致中风。虽然也曾多次提醒她要遵照医嘱按时服药，多做运动。但我一忙，也就没有每天特别留意她的状况，倒是经常悲观地想起："万一她意外中风时，我要怎么处理？"

几年前，当母亲在菜市场因为脑血管破裂而昏倒，我被通知前往抢救时，心里升起一个念头："我最担心的事情，终于发生了……"

经过急救后，母亲的身体已经大不如前，幸好有父亲陪伴她接受长期的治疗与复健，病情在医生的掌握之中。每当看见父亲扶着母亲颠颠倒倒走路的样子，我十分后悔当时有那个"万一她意外中风时，我要怎么处理"的坏念头，更遗憾的是，我既然有过这种坏念头，为什么没有适时预防它发生。

这些经验带给我很大的启示：除非天灾，否则生命没有意外，每个人都可以成为自己的预言家！心念的力量，往往可以跨越现实的阻碍，结合所有对你有利的条件，构成一个神奇莫测的磁场。

只要你愿意立定志向，努力付诸行动——

美梦可以成真，它是世间最美丽的"预言"；

噩梦可以避免，它是最值得警惕的"寓言"。

作家保罗·科贺在《牧羊少年奇幻之旅》一书中说："没有一颗心，会因为追求梦想而受伤……当你真心渴望某样东西时，整个宇宙都会联合起来帮你的忙。"

那个蠢女孩是我

文 / 张爱玲

常有个人在记忆深处躲躲闪闪，待我细想时，那个身影已走远。有一天月光格外皎洁，在月光下我终于记起：那个曾经很蠢很蠢的女孩是我。

起初我并不蠢。记得7岁上学时教室很大，稀稀落落地坐着20多名同学，梳辫子的只有7位。老师看了看那怯生生的"半边天"，先让大一些的琴做了学习委员，却选不出文艺委员领着同学们在课前唱歌，后来慧眼识珠，发现我嗓门儿挺大又挺大方，便委任了我。

老师们都很愿意做我们的班主任，理由极简单：学生少，操心事少；女生少，操心事更少。所有的班主任也都说我们班女生最友好，总是和和气气的。她们却忘了：女孩子天生会掩饰。其实，文艺委员与学习委员之间很格格不入呢。

我不知道嫉妒心是何时潜入体内并随着身体一天天长大的，反正我开始嫉妒琴，正像琴一直嫉妒我——因为我们的成绩太相近了，每次读完考试分数，老师如果表扬女生常常表扬我们俩或者我们其中的一位。势均力敌就有了敌意，有了敌意的琴先拉帮结伙，她拉着那5个女生课间高高兴兴玩，放学亲亲热热走，我形单影只地待在操场或闷头回家时，恨琴恨得咬牙切齿。

有一天傍晚，我和高年级同学玩跳格子。跳到天黑才想起书包，书包早被锁在教室了。急得团团转时发现教室玻璃刚好坏了一块，于是我拨开闩就跳了进去。拿了书包正要出来，我忽然想到琴，偷着锁门说不定就是她干的，那天她值日。我拿不出书包做不成作业自然要挨老师训，她早就盼着这天呢。旧恨新仇忍无可忍，我想报仇了，一回身看见讲台上有截粉笔头儿，还是给她起个绰号"骂"她一下吧。少年时代给我起的绰号往往并无道理，想了半天胡乱起了一个，借着教室里最后一点儿微亮写在琴的书桌里。写完了就报了仇，跳出教室就把这事丢在脑后了。

第二天早自习一进门，琴正骂人，看见我音量提高了一倍。我才知道我的报复手段不仅偷偷摸摸不那么光明正大，而且惹了麻烦。最麻烦的不是在学校，琴知道老师要来了便早早住口；最麻烦的是路上，琴用她的骂声对我实行围追堵截，我像灰溜溜的小老鼠，琴成了打鼠英雄。

琴很能骂人，指桑骂槐、破口大骂全会。在她的骂声中，我来不及想自己的愚蠢，原有的嫉妒却变成了完完全全的恨。

五年级时新来了两位女生，其中就有我的表姐，为了考入市重点特地从林区转来重读。加入了新成员，"半边天"不但没多云转晴，反而阴云密布了：表姐的成绩开始遥遥领先，琴很不服气，私下里便说她是重读生。话被传过来，表姐便立场坚定了，女生阵营里从此有了两个帮派，没有战争也虎视眈眈。

我们常在一起挖空心思贬低对方，以示敌弱我强。有一天发现琴"长着满脸横丝肉，一看就不像好东西"，令我们狠狠开心了一阵子，尤其是那常常形容坏人的"横丝肉"替我出了许多怨气。

我们，包括琴，都以为自己很聪明，所作所为理所当然，发布考中学成绩时大家都傻了：老师认为最有希望的几个甚至表姐，都没有考入那所向往已久的重点中学。

也许是因为那次惨败，琴比我们先长大了。有一天陪妈妈逛街，远远看到琴，我早早扭过头去，听见琴问："大娘上街呀？"妈妈说："嗯。琴你有工夫到我家里玩儿吧。"

"哎。"

我那时混沌未开，等琴走远就问："妈你理她干吗？你不知道我俩不好吗？"妈妈瞪我一眼："这孩子到底是大两岁懂事了，人家想和好。"

"我才不和她和好呢。"

虽然妈妈开导了半天，我却忘不了琴的那些恶骂，几次碰到她探询的目光都以冷眼拒绝了。

多年以后我才慢慢聪明过来：无论在哪儿，无论做什么，我都会遇到对手。我们太习惯于把对手列为敌人，太习惯于嫉妒甚至诽谤，一个人的真正长大却是从真诚地欣赏对手开始的。

我也曾是华尔街的『肉』

文 / 陈思进

15年前,当我过五关斩六将闯入华尔街,在其间占有了一席之地时,感觉不知道有多好!华尔街——全世界精英热切向往的地方,我梦想的"圣地",心里喊着:华尔街,我来了!

在华尔街我一直干得不错,从最底层开始做起,虽然有两次因公司兼并而下岗,但每一次都找到了更好的位置,不到10年便升至中层,算顺风顺势。可渐渐地感觉有些地方不对劲儿,具体又很难说出个子丑寅卯来。

2004年的一天,逛书店时一本书抓住了我的眼球:《华尔街的肉:我从绞肉机中死里逃生》,拿起来一翻,便放不下了。

作者安迪·凯斯勒和我背景相似,也是电脑软件出身,因为这个背景,进入华尔街担任了半导体行业的分析师。最后在摩根斯坦利准确预测到以英特尔为代表的半导体行业的崛起,迅速在华尔街奠定大牌分析师的地位。然而与此同时,他毅然辞职离开了华尔街,放弃了每年几百万美元的高薪。

真是有人辞官归故里,有人漏夜赶考场。凯斯勒为何在辉煌之时离开华尔街?想必书中一定有答案。我买下了这本书,一个晚上一气看完,而后一夜未眠,陷入了沉思。

书中最触目的一句话:在华尔街"无论你做哪种工作,我可以向你保证,它什么意义也没有!你只不过是小齿轮、小卒、小兵……我就是华尔街的一块肉,在华尔街每一个人都只是一块肉,'他们'从我们身上榨取脂肪，熬炸后被拿来当做保持市场润滑、有效率的机油，每个人都有利可图。但是，每个人也都随时可以被取代。一旦你的油被榨干……"这些话字字句句敲打着我的心，与我多年来的感觉不谋而合，那就是我不过是在替"他们"做嫁衣。

而"他们"又是谁呢？

凯斯勒讲了不少故事，毫不留情地揭露了华尔街那些投资银行家和证券分析师，如何为自身的利益进行巨大的欺骗，并操纵市场。而问题的关键是，几乎所有的表面合法的行径背面，都隐藏着罪恶的勾当。这就是华尔街，许许多多阴谋被华丽的表面装潢所包围，只有撕去那层包装纸，我们才可能看见无数的丑陋、贪婪和疯狂。

其实，"他们"不仅指华尔街的大鳄们，包括凯斯勒本人。这本书等于是作者的忏悔录。

书中讲到一个故事，当英特尔的股价在 20 美元时，凯斯勒分析它的前景看好，应该会涨到 35 美元。但他的同事罗森，当年高科技企业的头牌分析师，非要他把目标价格调整至 50 美元。"就这样，靠着分析师不断提高价格目标，作出建议，推高了股市，从而形成了泡沫。"

后来泡沫破灭，凯斯勒和罗森的桌上堆满了投资人激动与愤怒的电话留言纸。凯斯勒向投资人一一回电致歉，而罗森竟然连错误都不愿承认。

不过即使我们向投资者承认了错误，结果又能怎样？损失的钱还能回到他们的账面上吗？我也有过类似的经历，曾经数次按老板的要求，在"做多"时，故意高估公司的业绩，或者在卖空某股时刻意贬低该股的价值。所以这个"他们"也包括了我自己，我们都曾为虎作伥。

凯斯勒更在书中详细地揭示了华尔街的本质，书中不止一次指出，华尔街本身不产生财富，而只是做资本的再分配。有些公司很容易融资，而有的公司则必须付出更高的代价获取资本。华尔街控制着资本的门路，向期望进出此资本市场的公司收费，借此攫取巨额利润："企业所支付的是融资费用（例如承销手续费），投资人付出的是交易经纪佣金，这看似公平合理，其实'肮脏'的秘密在于，华尔街人把这些公司创造的利润的一半，'分配'进入了自己的口袋！"

真可谓英雄所见略同，我也不止一次想到这个问题。我当时所任职的公司，是华尔街几大包销商之一，我曾参与过多家公司的上市，包括一家中国大型企业，亲眼目睹我们公司如何通过 IPO 的定价、佣金的比例、再加上市后通过做"Green Shoe 期权"（是一种包销商在获得发行人许可下可以超额配售股份的发行方式），将全部融资至少 40% 融进了我们公司的腰包。虽然好像都合法，但是合理吗?!

这不就像《水浒》里梁山好汉在山上设卡拦路取财："此山是我开，此树是我栽，要从此路过，留下买路钱。"梁山好汉还算是劫富济贫，还会仗义疏财，而华尔街人包装得更精良，通过高薪和年底的巨额奖金，将"买路钱"收入囊中；同时还在媒体上大肆炫耀"战绩"，比拼谁家的"买路钱"拦截得更多。

凯斯勒在书中还谈到，在华尔街证券中，一边是魔鬼般高智商的精英们，另一边则是无数愚蠢的个人投资者（也就是国内所称的"散户"）："他们根本不懂证券投资，不宰他们宰谁？个人投资者总是等到股票价格上涨时才会开始追高买进，然后又抱怨股价下跌；或是紧抱着行情好的股票不卖，认为一定还会再涨，等到价格下跌时，又来责怪你。"这话大家可能不爱听，但这的确是事实。事实上即使散户们学懂了证券投资也没用，因为信息严重不对称，就像打麻将，你手中握的牌对手一览无余，你说你能赢吗？

这真是"店大欺客"，而另一方面是"客大欺店"。凯斯勒讲了微软怎样玩股市的故事。有一次，微软也许下星期要为员工配股定价格，于是选这个时机召开分析师会议，说服分析师们将微软的评级降低："在会上，微软总裁乔恩·合利说：'我想对各位的获利预估表示一点意见，在座的有些分析师的预估值太高，应该向下修正。'"为了自己的利益，分析师怎么敢得罪微软呢，只能无条件服从。结果，那天微软股价一天跌去 4.5%。

"他们"把市场简直当木偶般玩耍。

尽管在华尔街十几年，类似的事件碰到不少，而《华尔街的肉》进一步证实了我一直说不清、道不明的感觉，顿时萌生退意。不过一夜思考之后，便想再待着看看情况的变化再说吧，说不定这本书出版后，会促使华尔街改变呢。

我太天真了。华尔街岂会为了一本书而改变？其实，这本书也不过是将华尔街人早就心照不宣的事情说了出来而已。

2007 年底，眼看着华尔街越玩儿越离谱，我再次翻看这本书，终于下定决心，不能再为虎作伥，便像凯斯勒那样，"从绞肉机中死里逃生"，挥挥手，不带走一片云彩……

词典的故事

文 / 阿来

很多我这个年纪的人回忆起自己的青少年时代，往往会慨叹今天的青少年是多么的身在福中不知福。而且，这种感叹总是很具体地指向吃，指向穿，指向钱，都在很物质的层面，所谓的忆苦思甜。我也经历过那样困窘的生活，却不太在意那些物质层面上的比较，而是常常想起那个年代精神生活的匮乏。

比如，我上师范学校的1978年，全班同学都没有教材。是老师拿出"文革"前的教科书，我跟班上几个字写得比较像样的同学用了好多个晚上，熬夜刻写蜡纸，油印了装订出来，全班人手一册，作为教科书用。

我出生在一个偏僻的小山村里，上的是两个班合用一个教室一个教师的复式教学的小学。快读完小学了，不要说现在孩子们多得看不过来的课外书与教辅书，我甚至还没有过一本小小的字典或词典。那时，我是多么渴望自己有学问啊，我觉得世界上的所有学问就深藏在张老师那本翻卷了角的厚厚的词典中间。小学快毕业了，学校要组织大家到15公里外的刷经寺镇上去照毕业照片。这个消息早在一两个月前，就由老师告诉我们了。然后，我们便每天盼望着去到那个当时对我们来讲意味着远方的小镇。虽然此前我已经跟着父亲去过一两次，也曾路过那镇上唯一的一家照相馆，但我还是与大家一样热切地希望着。星期天，我照例要上山去，要么帮助舅舅放羊，要么约了小伙伴们上山采药或打柴。做所有这些事情都只需要上到半山腰就够了。但是这一天，有人提议说，我们上到山顶去看看刷经寺吧。于是，大家把柴刀与绳子塞进树洞，气喘吁吁地上了山顶。那天阳光朗照，向西望去，在15公里之外，在逐渐融入草原的群山余脉中间，一大群建筑出现了。这些建筑都簇拥在河流左岸的一个巨大的十字街道周围。十字街道交会的地方有小如甲虫的人影蠕动，这些人影上面，有一面红旗在迎风飘扬。大家都没有说话，大家都好像听到了那旗帜招展的噼啪声响。我们中有人去过那个镇子，也有人没有去过，但都像熟悉我们自己的村庄一样熟悉这个镇子的格局。

不久以后，十多个穿上新衣服的孩子，一大早便由老师带着上路了。将近中午时分，我们这十多个手脚拘谨东张西望的乡下孩子便顶着高原的强烈阳光走到镇上人漠然的目光中和镇子平整的街道上了。第一个节目是照相。前些天，中央电视台新开的《人物》栏目来做节目，我又找出了那张照片。照片上那些少年伙伴，都跟我一样，瞪大了双眼，显出局促不安，又对一切都感到十分好奇的样子。照完相走到街上，走到那个作为镇子中心的十字路口，一切正像来过这个镇子与没有来过这个镇子的人都知道的一样：街道一边是邮局，一边是百货公司，一边是新华书店。街的中心，一个水泥基座上高高的旗杆上有一面国旗，在晴朗的天空下缓缓招展。再远处是一家叫做人民食堂的饭馆。我们一群孩子坐在旗子下面的基座上，向东望去，可以看到我们曾经向西远望这个镇子时的那座积雪的山峰。太阳照在头顶，我们开始出汗。我伸在衣袋里的手也开始出汗。手上的汗又打湿了父亲给我的一元钱。父亲把吃饭与照相的钱都给了老师，又另外给了我一元钱。这是我迄今为止可以自由支配的最大的一笔钱。我知道小伙伴们每人出汗的手心里都有一张小面额的钞票，比如我的表姐手心里就攥着五毛钱。表姐走向了百货公司，出来时，手里拿着许多五颜六色的彩色丝线。而我走向了另一个方向的新华书店。书店干净的木地板在脚下发出好听的声音。干净的玻璃柜台里摆放着精装的毛主席的书，还有马克思、列宁的书。墙壁上则挂满了他们不同尺寸的画像，以及样板戏的剧照。当然，柜子里还有一薄本一薄本的鲁迅作品，再加上当时流行的几部小说，这就是那时候新华书店里的全部了。不像今天走进上千平方米的大型书城里那种进超市一样的感觉。我有些胆怯地在那些玻璃柜台前轻轻行走，然后，在一个装满了小红书的柜台前停了下来。因为我一下就把那本书从一大堆毛主席的语录书中认了出来。

那本书跟语录书差不多同样大小，同样的红色，同样的塑料封皮，但上面几个凹印的字却一下撞进了眼里：《汉语成语小词典》。我把攥着一块钱人民币的手举起来，嘴里发出了很响的声音："我要这本书！"

书店里只有我和一个伙伴，还有一个营业员。

营业员走过来，和气地笑了："你要买书吗？"

我一只手举着钱,一只手指着那本成语词典。

但是,营业员摇了摇头,她说,我不能把这书卖给你,买这本书需要证明。证明我来自什么学校,是干什么的。我说自己来自一个汉语叫马塘,藏语叫卡尔古的小学,是那个学校的五年级学生。她说那你有证明都不行了。"这书不卖给学生,再说你们马塘是马尔康县的,刷经寺属于红原县,你要到你们县的书店去买。"我的声音便小了下去,我用这种自己都不能听清的声音说了一些央求她的话,但她依然站在柜台后面坚决地摇着头。然后,我的泪水便很没有出息地下来了。因为我心里的绝望,也因为恨我自己不敢大声表达自己的想法。父亲性格倔强,他也一直要我做一个坚强的孩子,所以我差不多没有在人前这样流过眼泪。但我越想止住眼泪,这该死的液体越是欢畅地奔涌而出。营业员吃惊地看着我,脸上露出了怜悯的表情。

她说:"你真的这么喜欢这本书?"

"我从老师那里看见过,我还梦见过。"

现在,这本书就在我面前,但是与我之间,却隔着透明但又坚硬又冰凉的玻璃,比梦里所见还要遥不可及。

营业员脸上显出了更多的怜悯,这位阿姨甚至因此变得漂亮起来。她说:"那我要考考你。"

我看到了希望,便擦干了眼泪。她说了一个简单的成语,要我解释。我解释了。她又说了一个,我又解释了。然后,她的手越出柜台,落在我的头顶,深深地叹了口气,说:"不容易,一个乡下的孩子。"然后便破例把这本小书卖给了我。

从此,很长一段时间,我像阅读一本小说一样阅读这本词典。从此,我有了第一本自己的藏书;从此,我对于任何一本好书都怀着好奇与珍重之感。而今天,看到新一代的青少年面对日益丰富的精神食粮,好奇心却完全表现在与知识无关的地方,心里真有一种痛惜之感。如果在这样优越的条件下,面对丰富的精神食粮,我们却失去了好奇与珍重之心,社会的物质生活丰裕,我也觉得仍然像生活在精神一片荒芜的20多年前。

我们在17岁时干些什么

文/舒婷

17岁。——有个共同点,就是每天在镜子前,龇牙咧嘴挤压青春痘。

儿子现在的班级成立文学社,众同仁在冥思苦想给班刊命名时,盯着社长硕果累累的苞谷脸,豁然贯通,遂一致同意叫《青春痘》。社长即儿子,一任而已,其伟大使命莫非就是贡献脸上的那张"横看成岭侧成峰"的样板?

他老爸17岁时,引为己任的是作家使命感,社长交椅一坐好几年,几至坐穿。文学自是圣殿一般,班刊非"采贝"即"鼓浪",满纸豪言壮语,脸上火力更足,未有"珊拉娜"洗痘水、敷痘霜之类济世良方,常常这瘤那瘤叠罗汉,冒冒尖尖岌岌可危。至今太阳穴两旁赫然留有遗迹,雨天可存好几盆水哩。

我17岁时下了乡,水清风净滋润,缺鱼少肉没有油脂浪费脸上。偶尔鼻尖眉头爆出一两颗信号弹,便忧心如焚,有男知青来串门,将刘海拉来拨去设法遮丑。就着油灯读名著,唱"外国民歌两百首",抄古今中外格言,写华丽动情的信。技痒时诌几行诗,随着手抄本四处乱飞。没有刊名,捞不到社长当,时时提心吊胆。

17岁,儿子不叠被不整理书桌,更不洗衣服和臭袜子,喊泡茶来饭盛好;鞋要自选衣要名牌,每月上一次发廊,整天问有什么好吃的?唯一自己动手的只有开冰箱和打电脑游戏。不过,长途旅行时他是家中全劳力,因为老爹老妈的颈椎、腰椎、肩周关节遭岁月风化,儿子便手提肩扛,嘴里咬着自己的机票和身份证。同学中有"月薪、周薪"的,儿子领"日薪",从未超支略有节余;压岁钱、奖金(提琴或作文比赛所得)或生日红包统统自觉上缴,尚无经济头脑不懂回扣。

他老爸17岁的上半岁紧锣密鼓打拼准备上中文系，屁股和膝头的补丁厚如烙饼，而且颜色迥异。海外频频寄来的进口布料、纯毛衣服，窝赃般地压在箱底发霉生蛀。他身任学生会副主席、团委书记、对敌斗争积极分子兼足球队长，该足球队转战全省没有失过一个球，遂去大连参加全国少年足球比赛度过17岁生日。下半岁碰上"文化大革命"，忙着写大字报贴标语早请示晚汇报，被抄家和去串联。绘画学3个月，小提琴练半年；饭不会做衣服不会洗，直到两年后去插队。

我17岁体重只有42公斤，要挑50公斤的谷担，摸田、育秧、割稻，学一样哭一场。自留地里栽菜秧子，不长叶子只生虫，幸亏种番薯倒是光长叶子，便不绝采来炒着吃。跟着《新华字典》每天学5个生字，翻英汉读物，背唐宋诗词，做大学梦。腋下夹一本禁书，到各知青点去投桃报李，换来各种意外的惊喜；衣裳、头发每日一洗，抽屉、衣箱纹丝不乱，学会用二两肉、一板豆腐、几棵芥菜做一桌佳肴，和伙伴过中秋节，然后佯醉，为了不必到结霜的小河边刷碗。

17岁的儿子崇拜贝克汉姆、谢霆锋和麦当劳。小时候日必称郑渊洁，从未仰视过老爸老妈。称班主任"凡姐"，直呼物理老师"阿弟"，说班上男生都叫女朋友"老婆"。趁机追问儿子有没有拍拖？答：还没有那么畅销。上网聊天，打又臭又长的电话，时而卷着舌头说两句英语。从幼儿园开始，音乐小学、音乐中学、小提琴专业浸泡10年，一打开私房音响，还是张信哲和王菲。功课百忙之中，不忘见缝插针频频跟电视机接吻，因近视已达750度，不肯戴眼镜。

17岁时他老爸开始写小说，至今没得发表；再写诗，发表以后除了他的老娘将《诗刊》放在菜篮里向左邻右舍显宝外，似无追星女青年；改写寓言、随笔、科幻小说，书出得薄薄的，反响也是小小的。喜欢马雅可夫斯基、雷锋、贝多芬、郭小川，其中没有我。有心栽花无心插柳，而今所出版的书大多是数十万字一本本诗歌理论，这是后话。

17岁时我梦想的是一斤膨体纱毛线，可以打件时髦的套衫；一柜满满大部头小说，最后是卷了边，发了黄，略有破损，这样的书才好看；梦想不用向队长赔笑脸，不必上大队部去送礼，也无需走县城"四个面向办公室"找关系，忽然一纸通知书，便腾云驾雾进了大学。猛听一声吆喝："翻谷啰！"震醒过来，还在晒场边打盹。

从未想过成为一名作家或诗人，更不懂得梦想当母亲。咳，17岁！

善的情怀

文 / 梁晓声

我有几名学生，毕业后教在京工作的外国人的小孩子汉语，常向我讲述他们工作中发生的事，使我沉思不已。

其中一名学生，在给外国的小孩子们讲完《水晶鞋》的故事后问他们，成了王后的灰姑娘，该怎样对待那人品恶劣的母女三人呢？外国孩子七言八语，想出了种种惩罚和报复的方式。这使他们格外开心，直至下课都还意犹未尽。

但是外国的家长们纷纷提出了严肃的批评，说那样给孩子上课是不可以的。

我的学生很郁闷，打电话请我解惑。

我一听就明白双方在什么问题上发生矛盾冲突了。

我的学生第二天在课堂上对外国的孩子们谈了她自己的一番看法。她说，人性是有先天缺陷的，比如自私、嫉妒、报复心理等等。所以人要自我教育，以防止自己人性的先天缺陷一味发展，最后堕落为人性的恶。《水晶鞋》中人品恶劣的母女三人，最终因为自己的所作所为感到了内疚和羞愧，所以她们在可以教育之列，而教育她们的方式一般应该是宽恕。如果做了王后的灰姑娘利用自己的权势派兵将那母女三人统统抓起来，投入监狱，证明灰姑娘自己的人性在从弱者成为强者之后，也由善变恶，受恶驱使了。当一个人变得强势了的时候，他或她就应该更具有宽恕之心，而不是任由强烈的报复之心驱使自己的行为……

我的学生这样讲了以后，那些外国家长们满意了。

《丑小鸭》这篇安徒生的童话，在我的学生讲给她的学生们听了以后，又有外国家长们不满意了。

他们的问题是——如果童话里那只丑小鸭渐长渐大，最终还是命中注定地长成了一只普通的家鸭，而不是天鹅，那么它该拿自己怎么办呢？它的自卑感不是会更加强烈了吗？它还能正常地活下去吗？

我个人觉得以上问题提得何等的好啊！因为世上的鸭子从来就比天鹅多。童话中以天鹅象征高贵优雅，以鸭子象征平庸无奇。将鸭子和天鹅来拟人，普通的人一向就比不普通的人多。普通并不意味着平庸。一个人在小时候向往不普通的人生，这是自然而然的。但在自己成为大人以后，却发现自己的人生与"不普通"三个字根本无缘，那么便有了一个如何面对普通人生的心理问题。外国的家长们，之所以替自己的孩子们提出问题，其实说明他们颇为重视"普通人之人生观"的教育而已。也同时说明，即使一篇经典的童话，包括经典小说等，如果不进行更理性的诠释，也都有可能被误读。

我的学生明白了外国家长们的意图，于是隔日在课堂上鼓励她的学生们改编《丑小鸭》，其前提是，长大了的丑小鸭并没变成美丽的天鹅，倒是确定无疑地成为了一只鸭子。它是从主人捡来的一只野鸭蛋里孵出来的，从此以后也只能与比野鸭更普通的家鸭为伍了……

使老师也就是我的学生没有料到的是，这些外国的小孩子们表现出了和讨论《水晶鞋》同样高涨的参与热情，他们为鸭子设想了多种多样的命运。有的设想它获得了宝贵的友谊，那只起先处处看它不顺眼的老鸭子成为了它的启蒙老师，教给了它许多为"鸭"处世的经验，使它成为了一只善于与那一户农家饲养的其他家畜家禽和睦相处的鸭子，一只对其他家畜家禽富有同情心的鸭子，一只肯无私帮助其他家畜家禽的鸭子，一只在其他家畜家禽之间产生矛盾冲突时，勇于表明正义立场同时又极力主张和平的鸭子。总而言之，它成为一只不仅奉献鸭蛋也备受尊敬的鸭子……还有的孩子是这么设想的———只年轻的公鸭对它的真爱的追求。而那只老鸭却依然瞧它不顺眼，坚决反对儿子和它的爱情。老鸭一再督促儿子去追求一只美丽的白天鹅。最终当然是爱情战胜了专制的父权……

外国的孩子也罢，中国的孩子也罢，世界上的所有孩子原本都是心地善良的。因为善良的想法比之于恶毒的想法更能使孩子们的心灵感到愉悦。而孩子们的想象力无论多么超常，本质上也是平凡的，他们想象力的方向，大抵总是要归于善的。须知这世界上的一切大思想家们的思想，都是生长在善的情怀中的。

人格是最高的学位

文 / 白岩松

很多很多年前,有一位学大提琴的年轻人去向本世纪最伟大的大提琴家卡萨尔斯讨教:"我怎样才能成为一名优秀的大提琴家?"

卡萨尔斯面对雄心勃勃的年轻人,意味深长地回答:"先成为优秀和大写的人,然后成为一名优秀和大写的音乐人,再然后就会成为一名优秀的大提琴家。"

在采访北大教授季羡林的时候,我听到一个关于他的真实故事。有一个秋天,北大新学期开始了,一个外地来的学子背着大包小包走进了校园,实在太累了,就把包放在路边。这时正好一位老人走来,年轻学子就拜托老人替自己看一下包,而自己则轻装去办理手续。老人爽快地答应了。近一个小时过去,学子归来,老人还在尽职尽责地看守。谢过老人,两人分别。

几日后,北大的开学典礼上,这位年轻的学子惊讶地发现,主席台上就座的北大副校长季羡林正是那一天替自己看行李的老人。

听过这两个故事之后,我强烈地感觉到:人格才是最高的学位。

这之后我又在医院采访了世纪老人冰心。我问先生,您现在最关心的是什么?老人的回答简单而感人:是年老病人的状况。

当时的冰心已接近自己人生的终点,而这位从五四爆发那一天开始走上文学创作之路的老人心中对芸芸众生的关爱之情历经近 80 年的岁月而仍然未老。这又该是怎样的一种传统!

冰心的身躯并不强壮,即使年轻时也少有飒爽英姿的模样,然而她这一生却用自己当笔，拿岁月当稿纸，写下了一篇关于爱是一种力量的文章，然后在离去之后给我们留下了一个伟大的背影。

今天我们纪念五四，80年前那场运动中的呐喊、呼号、血泪都已变成一种文字停留在典籍中，每当我们这些后人翻阅的时候，历史都是平静地看着我们，这个时候，我们觉得80年前的事已经距今太久了。

然而，当你有机会和经过五四或受过五四影响的老人接触后，你就知道，历史和传统其实一直离我们很近。

世纪老人在陆续地离去，他们留下的爱国心和高深的学问却一直在我们心中不老。但在今天，我还想加上一条，这些世纪老人所独具的人格魅力是不是也该作为一种传统被我们向后延续？

前几天我在北大听到一个新故事，清新而感人。

一批刚刚走进校园的年轻人，相约去看季羡林先生，走到门口，却开始犹豫，他们怕冒失地打扰了先生。最后决定，每人用竹子当笔在季老家门口的土地上留下问候的话语，然后才满意地离去。这该是怎样美丽的一幅画面！在季老家不远，是北大的博雅塔在未名湖中留下的投影，而在季老家门口的问候语中，是不是也有先生的人格魅力在学子心中留下的投影呢？

听多了这样的故事，便常常觉得自己是个气球，仿佛飞得很高，仔细一看却是被浮云托着：外表看上去也还饱满，但肚子里却是空空的。这样想着就有些担心了，怎么能走更长的路呢？

于是，"渴望年老"四个字对于我就不再是幻想中的白发苍苍或身份证上改成60岁，而是如何在自己还年轻的时候，便能吸取优秀老人身上所具有的种种优秀品质。

于是，我也更加知道了卡萨尔斯回答中所具有的深义。怎样才能成为一个优秀的主持人呢？心中有个声音在回答：先成为一个优秀的人，然后成为一个优秀的新闻人，再然后是自然地成为一名优秀的节目主持人。

我知道，这条路很长，但我将执著地前行。

一个出租车司机的 MBA 课

文 / 刘润

有一天，我从徐家汇赶去机场，在美罗大厦前搜索出租车。一辆"大众"发现了我，非常专业地、径直地停在我的面前。这一停，便有了后面这个让我深感震撼的故事，像上了一堂生动的 MBA 案例课。

"去哪里……好的，机场。我在徐家汇就喜欢做美罗大厦的生意。这里我只做两个地方：美罗大厦，均瑶大厦。接到你之前，我在美罗大厦门口兜了两圈，终于被我看到你了！从写字楼里出来的，肯定去的不近……"

"哦？你很有方法嘛！"我附和了一下。

"做出租车司机，也要用科学的方法。"他说。

我一愣，顿时很有些兴趣，"什么科学的方法？"

"要懂得统计。我做过精确的计算，我每天要开 17 个小时的车，每小时成本 34.4 元……"

"怎么算出来的？"我追问。

"你算啊，我每天要交 380 元给公司，一天 17 个小时，平均每小时固定成本约 22 元；油费 210 元左右，平均每小时 12.4 元油费。加起来是不是就是 34.4 元？"我有些惊讶。我打了 10 年的车，第一次听到有出租车司机这么计算成本。以前的司机都和我说，每公里成本 0.3 元，另外每天交多少钱之类的。

"成本是不能按公里算的,只能按时间算。我做过数据分析,每次载客之间的空驶时间平均为7分钟。如果上来一个起步价,10元,大概要开10分钟。也就是每一个10元的客人要花17分钟的成本,也就是9.7元。不赚钱啊!如果说做浦东、杭州、青浦的客人是吃饭,做10元的客人连吃菜都算不上,只能算是撒了些味精。"

这位师傅听上去真不像出租车司机,倒像是一位成本核算师。"那你怎么办呢?"我更感兴趣了,继续问。

"千万不能被客户拉了满街跑。要通过选择停车的地点、时间和客户,主动地决定你要去的地方。"我非常惊讶,这听上去很有意思,"有人说做出租车司机是靠运气吃饭的职业。我以为不是。你要站在客户的位置上,从客户的角度去思考。"这句话听上去非常专业,有点像很多商业管理培训老师说的"Put yourself into others' shoes(设身处地为别人着想)"。

"给你举个例子,医院门口,一个拿着药的,一个拿着脸盆的,你带哪一个。"我想了想,说不知道。

"你要带那个拿脸盆的。一般人小病小疼的到医院看一看,拿点药,不一定会去很远的医院。拿着脸盆打车的,那是出院的。住院哪有不死人的?今天二楼的谁死了,明天三楼又死了一个,从医院出来的人通常会有重获新生的感觉。那天这个人说:走,去青浦。眼睛都不眨一下。你说他会打车到人民广场,再去坐青浦线吗?绝对不会!"

我不由得开始佩服。

"再给你举个例子。那天中午人民广场,好几个人在前面招手。一个年轻女子,拿着小包,刚买完东西。还有一对青年男女,一看就是逛街的。接下去是个里面穿绒衬衫、外面套羽绒服的男子,提着笔记本电脑。我看一个人只要3秒钟。我毫不犹豫地停在这个男子面前。这个男的上车后忍不住问,为什么你毫不犹豫地开到我面前?前面还有别人。我回答说,还有十几分钟就1点了。那个女孩子是中午溜出来买东西的,估计公司很近;那对男女是游客,没拿什么东西,不会去很远;你是出去办事的,拿着笔记本电脑,一看就是公务,这个时候出去,估计应该不会近。那个男的就说,你说对了,去宝山。"

"那些在超市门口、地铁口打车,穿着睡衣的人可能去很远的地方吗?可能去机场吗?"

有道理!我越听越有意思。

"很多司机都抱怨,生意不好做啊,油价又涨了啊,都从别人身上找原因。我说,从别人身上找原因,你永远不能提高。从自己身上找找看,问题出在哪里。"这话听起来好熟,好像是"如果你不能改变世界,就改变你自己"。

"有一次,在南丹路一个人拦车,去田林。后来又有一次,一个人在南丹路拦车,还是去田林。我就问,怎么你们从南丹路出来的人,很多都是去田林呢?人家说,在南丹路有一个公共汽车总站,我们都是坐公共汽车从浦东到这里,然后搭车去田林的。我恍然大悟。你看我们开过的这条路,没有写字楼,没有酒店,什么都没有,只有公共汽车站,在这里拦车的多半都是刚下公共汽车的,再选择一条最短路径打车,通常不会高于15元。"

"所以,态度决定一切!"我听十几个总裁讲过这句话,第一次听出租车司机这么说。

"要用科学的方法做生意。天天等在地铁口排队,怎么能赚到钱?要用知识武装自己。学习知识可以把一个人变成聪明的人,一个聪明的人学习知识可以变成很聪明的人。一个很聪明的人学习知识,可以变成天才。"

"有一次一个人打车去火车站,问怎么走。他说这么这么走。我说慢,上高架,再这么这么走。他说,那就绕远了。我说,没关系,你经常走你有经验,你那么走50块,你按我的走法,等里程表50块了,我就翻表,多的算我的。最后,按我的路走,多走了4公里,快了25分钟,我只收了50块。乘客很高兴。这4公里对我来说就是1块多钱的油钱。我相当于用1块多钱买了25分钟。我一小时的成本34.4块,我多合算啊!"

"在大众公司,一般一个司机三四千,好的大概5千左右。顶级的司机大概每月能有7千。全大众两万个司机,大概只有两三个每月能拿到8千以上。我就是这中间的一个,而且很稳定,基本不会有大的波动。"

到此为止,我越来越佩服这个出租车司机。

"我常常说,我是一个快乐的车夫。有人说,你赚的钱多,当然快乐。我对他们说,你们正好错了。是因为我有快乐、积极的心态,所以赚的钱多。"

说得多好啊!

"要懂得体味工作带给你的美。堵在人民广场的时候,很多司机抱怨,又堵车了!真是倒霉。千万不要这样,用心体会一下这个城市的美,外面有很多漂亮的女孩子经过,非常现代的高楼大厦,虽然买不起,但是可以用欣赏的眼光去享受。开车去机场,看着两边的绿色,冬天是白色的,多美啊。再看看里程表,100多了,就更美了!每一样工作都有美丽的地方,我们要懂得体会。"

"我10年前是强生公司的总教练,8年前在公司做过3个不同部门的部门经理。后来我不干了,一个月就三五千块,没意思,就主动来做司机。我愿意做一个快乐的车夫。哈哈哈哈。"

到了机场,我给他留了一张名片,说:"你有没有兴趣这个星期五,到我办公室,给微软的员工讲一讲你怎么开出租车的?你就当打着表,60公里1小时,你讲多久,我就付你多少钱。"

我迫不及待地在飞机上记录下这堂生动的MBA课。

不是所有的猩猩都叫苏尔坦

文 / 蒋方舟

我认识的同龄人中有个最成功的姑娘，我把她的小半生看做21世纪具有中国特色励志版的翻版《名利场》。

她上的是一个一流但不算顶尖的大学，在大学最后一个学期，忽然一夜间打通任督二脉，结识了许多人，靠一张完美的推荐信去了剑桥攻读研究生。在剑桥，她只交往外国男朋友，很短时间就练了标准的女王英语。她和华人学生会主席交上了好朋友，成为他的继任，毕业后直接进了一家全球顶尖的投行当了CFO。

我跟朋友说起她的故事。我的朋友目如秋水羡慕道："她让我想到喜宝。"亦舒阿姨小说里的喜宝，少女强人、金刚芭比，感动中国的事迹是曾眼不动心不乱地说："我要很多很多的爱，如果没有，那我就要很多很多的钱。"我没有我朋友的浪漫，我说："她倒是让我想到了一只猩猩。"

一只叫苏尔坦的猩猩——这是我在中学英语课本上读到的故事。有个叫做科勒的科学家做过一个实验，他从一个蛮荒之岛上抓了几只猩猩，把它们装到笼子里。笼子上方悬挂了一只香蕉，笼子里还放了些箱子。猩猩们饿了半天，却无计可施，只有一只叫苏尔坦的猩猩想出办法，垒砌箱子，够到了香蕉。第二天情形一样，但笼子里只剩下前一天的胜出者苏尔坦，科学家还在箱子里放满了石头，当饥饿的刺激无比清晰，到了极限，苏尔坦终于想出了办法——它清空了箱子里的石头得到了香蕉。第三天，科学家把香蕉扔在笼子外面，给了苏尔坦几根棍子……

我看到这里，简直要愤而摔书了。这看似是智力测试，甚至可以崇高地称之为智商刺激的行为，可是这科学家难道不像个虐待狂吗？

英语课本里还有苏尔坦的插图，它摆出思想者雕塑的姿势，愁眉不展。我当然知道它最后勇夺香蕉，但这张图还是触动了我心里为数不多还柔软的地方。它的可怜之处，不仅在于被困在铁栅栏里，而且还被迫去想多么无聊的问题——"怎样用这个得到那个？"每一次实验，都是一次思维的强权，让猩猩放弃自己（我相信每个动物都有的）形而上思考，被迫去想象工具性的无聊问题，一步步走向一个心理极权的国度，放弃自己脑袋里的想法，而走向卑贱的实用理性领域。

不是所有的猩猩都是苏尔坦，那成功的姑娘也不一定如我诅咒——是一只猩猩。但可以肯定的是，她在大部分时间里想的问题必然和猩猩一样：如何用这个争取／换取／兑现那个。

不是所有的猩猩都是苏尔坦，我知道一定会有人反驳，还有不在乎这些问题的人啊，还有无论是对箱子，还是对香蕉都嗤之以鼻的人，还有永远游离在实用之外，甚至游离在实际之外的人，是啊，还有她们，史称"文艺女青年"。

我曾经在某大型娱乐节目自称"文艺女青年"，脱口而出的瞬间，我就在内心扇自己扇得一个踉跄。

后来，果然收到了很多吐槽，除去那些恶毒的，还有很多关心我的朋友，他们痛心疾首，不解为什么我会在公众场合用这个名词侮辱自己。

因为我找不到其他的词啊！现在的分类如此粗暴，你不是苏尔坦，你就是文艺女青年；你不是成功而庸俗，就是失败但自我欺骗能力很强。如果你两者都不是，那只有天知道你是什么物种。

我前段时间和台湾的一个记者聊天，我们80后自以为的奇葩辈出，被她看着却是惊人的单一。她说台湾地区有点像内地30年后的样子，明显的标志就是台湾地区的年轻人已经走向多元化，内心认定的理想人生都不同。

我听了她的话很开心。这就说明，30年后，除了大猩猩、文艺女青年，我们也许能等来第三种动物。

最后一名

文/(台湾) 王文华

最近,我迷上当最后一名。

从小到大,我都是第一。第一志愿的学校、第一志愿的公司、第一志愿的女朋友。好像没有第一,人生就不值得活。

我不是天才,为了保持第一,要很努力。于是我逼自己去学作文,逼自己补习,逼自己和外表完美、个性不适合的女友在一起。

这样走了一大圈,如今,我忘了第一志愿学校里学的东西、离开第一志愿公司的荫蔽、藏起第一志愿女友送的纪念品。我像是一个长途飞行的旅人,终于落地,而最棒的是不需要等行李。

然后我突然发觉:当最后一名也不赖。

第一次有这种感觉是在两年前的瑜伽课上。当时我对瑜伽一无所知,朋友带我去上课,我看到同学们像折叠式手机一样,轻易地把头向前弯到小腿,而我向前弯10度,额头已经青筋暴出。同学们站着时可以把右腿抬高90度,然后全部侧拉到右边,而我背靠着墙,提起腿还摇摇欲坠。

那堂课结束后我有两个结论:一、我再也不要来了。二、原来最后一名是这种感觉。

后来我还是去了,除了因为女同学们的好身材,也为了再次体会最后一名的快感。

刚开始,我对当最后一名还觉得羞愧。偷偷在家练习,到了教室用力勉强自己。然而,当我了解到自己是绝对追赶不上这些同学时,我放弃了。

放弃,不是说不去了。我还是去,但不再有任何"竞争、比较"的心,我甚至放弃了"进步、突破"的要求。

从小到大,我没这么自暴自弃过。过去我认为任何人都可以日新月异,任何事都可以苦尽甘来。现在坐在瑜伽教室里,我不想再对自己严厉,只希望和自己携手同行。我不再想征服世界,只想认识自己。

于是能做的动作我就做，不能做的就以仰慕的眼光看着女同学。赶得上就跟同学做同一个动作，赶不上就中间跳过。我发现：当我承认自己是最后一名，我不再给自己求胜的压力，别人也没对我有任何期待，因此我能单纯地享受瑜伽，反而做得更好。

老师怕我自尊心受伤，问我要不要转到初级班。我说我要留下来，因为在这里，我才能当最后一名！

职场的成功，原则是"没把握不出手"。生活的成功，原则是"广泛地尝试"。因为怕输而不试，会错过很多美景。每个人都有强处和弱点，你不需要在人生每一件事上都得第一。

我还记得当年念MBA时的第一堂课，老师说："世界上只有两种人：第一名和失败者。"当时我和所有同学一样热血沸腾，发誓要变成改变世界的精英。这么多年过去了，现在我只想骄傲地说："老师，我失败了。"

生命的最佳状态

文/于丹

庄子曾假托孔子说了这样一件事:

孔子最喜欢的学生颜渊对孔子说:我曾经渡过一个名字叫觞深的深渊,看见摆渡的人,划船技术太高明了,简直是"操舟若神",如有神助一般。我就很羡慕地问他:操舟可以学吗?他回答说:可以。但是他又透露了一个秘密,如果你要是会游泳的话,你学划船就特别容易;要是你会潜水的话,即使你从来没见过船,你也会划船了。请问老师,这是怎么一回事呢?

孔子听了说,一个真正会游泳的人就不怕水,甚至把水都忘记了。这样他划船的时候就不害怕,因为即使船翻了,他生命也有保障。会潜水的人,他可以把波浪看成是陆地上的小山丘,把深渊看成是前方的一个高冈,哪怕船翻了,也看成是车子后退一样。他连水底都可以潜,还会怕翻船吗?

孔子告诉学生,人如果有大见识,再去学一件技巧,就容易得多;如果没有阅历,心中就会忐忑。

孔子甚至还给颜渊举了这样的一个例子:赌博的时候有下注大的,有下注小的。拿一个瓦片当赌注的人,他赌得自如潇洒,反正他赌的就是个瓦片;拿漂亮昂贵的带钩当赌注的人,他赌起来可能就战战兢兢,施展不开,心存恐惧了;拿黄金当赌注的人,一定会神志昏乱。

凡是看重外物的人,内心一定笨拙。在我们今天的生活里,很多人越是面临重大的抉择,越会失手。他并不是输给了对手,而是输给了自己。当我们患得患失时,当我们心有所虑时,你所有的经验和技巧,都不可能得到最好的发挥。

庄子在《达生》篇里,讲了一个木匠的故事:

鲁国木匠梓庆"削木为镰"。把木头做成悬挂钟鼓的架子两侧的柱子，上面雕饰着猛兽。看见的人都惊讶无比，以为鬼斧神工。

鲁侯召见梓庆，要问一问他其中的奥秘。梓庆对鲁侯说：我准备做这个的时候，不敢损耗自己丝毫的力气，而要用心去斋戒。斋戒的目的，是为了"静心"。

斋戒到第三天的时候，我就可以忘记"庆赏爵禄"了。斋戒到第五天的时候，我就可以忘记"非誉巧拙"了，也就是说，大家说我做得好也罢，做得不好也罢，我都已经不在乎了，也就是忘记名声了。到第七天，达到忘我之境，我可以忘记是在为朝廷做事了。大家知道，为朝廷做事心有惴惴，有了杂念，就做不好了。

这时，我就进山了，静下心来，寻找我要的木材，观察树木的质地，看到形态合适的，仿佛一个成型的就在眼前。我就把这个最合适的木材砍回来，顺手一加工，它就成为现在的样子了。

木匠斋戒七天，其实是穿越了三个阶段：忘记利益，不再想着用我的事情，去博取一个世间的大利；忘记名誉，不再想着大家的是非毁誉对我们有多么重要；忘记自己。人其实只有达到忘我之境，才可以做到最好。

自由在高处

文 / 熊培云

先给大家做一道智力题吧。

请挪动其中一个数字（0、1 或者 2），使 "101 – 102=1" 这个等式成立。注意：只是挪动其中一个数字，只能挪一次，而不是数字对调。

我不想吹牛，几年前当我第一次看到这道题的时候，只花了不到一分钟的时间便做出来了。而后当我把这道题转述给一些朋友时，有一位朋友，冥思苦想两个小时后终于放弃。我至今未忘他那痛苦的表情。当我将答案告诉他后，他彻底崩溃了。

当然我也拿这道题折磨过西方朋友。都说西方人的逻辑思维比东方人强，至少在这道题上，我认为不见得。在从瑞士到巴黎的列车上，为了解闷，我让同行的几位瑞士和法国旅客做这道题，竟无一人能答。随后，在巴黎到北京的飞机上，包括一位意大利人、一位德国人和一位中法混血儿，也都没给出答案。待知道答案时，他们的表情同样是无奈而痛苦。

无论国界，无论东方与西方，时常会困于某种思维陷阱。

在公布答案之前，对于那些还在苦思冥想的朋友，通常我会让他们重温《肖申克的救赎》这部电影——如果他们看过的话——问他们这部电影里有些什么经典镜头至今未忘。

电影主人公安迪是一位银行家，因被错判入狱，不得不在牢狱里度过余生。然而，他并没有绝望，他相信"有一种鸟是关不住的，因为它的每一片羽毛都闪着自由的光辉"。后来，这位银行家成功越狱。

为了提示那些思考者，我会从这部电影中抽取三个经典镜头：

其一，安迪和狱友一起修葺监狱的屋顶，并且与狱警达成交易，获得在屋顶上喝啤酒的权利。在影片的画外音中，安迪的好友瑞德这样叙述："1949 年春天的某天上午 10 点钟，我们这帮被判有罪的人，在监狱的屋顶上坐成一排,喝着冰镇啤酒,享受着肖申克国家监狱狱警们全副武装的保护。我们就这样围坐在一起,喝着啤酒,沐浴着温暖的春光,就像是一个自由人,正在修理自家的屋顶……我们是万物之主!"

其二,安迪坐在监狱长的办公室里,反锁房门,将监狱广播的音量调到最大,播放《费加罗的婚礼》。此时,镜头拉升,所有囚徒仰望天空,恍惚间肖申克监狱像是洗礼人心的教堂。

其三,安迪从下水道逃出,站在泥塘里,在电光雨水之下,张开双臂,体味久违的、失而复得的自由。

不知道读者是否注意到,这里的三个镜头都与高处有关。无论是在屋顶上喝啤酒,仰听自由的乐声,还是张开双臂欢呼自由,自由都在高处。而我所出的这道题,也是答案在高处了。

一切很简单。你只需将"102"中的"2"上移,变成平方便大功告成,接下来你会看到这样一个等式:"$101-10^2=1$"。

为什么这道题让许多人终于放弃,想来还是因为思维定式吧。一说到"挪动",首先与最后想到的都是左右挪动。而如果你能不受制于这种约束,让这里每个数字都东奔西突,活跃到在你的眼前跳舞,你就会很快找到答案了,至少我当时是这样找到答案的。

其实,有关这道题的分析何尝不能适用于我们的社会与人生。不得不承认,我们常常陷于一种横向的思维,一种左右的思维之中,而很少有一种向上的维度、个体的维度、神性的维度和时间的维度。

世界就像是一个广场,如果只知道左右,而忘了站在高处张望,是很难找到方向的。什么时候。当你能超拔于时代的苦难之上、人群之上,能从自己出发,以内心的尺度衡量人生,才可能是自由的。

回到安迪,他之所以能够从肖申克监狱里逃出,正是因为空间禁锢了他,而时间又拯救了他。一天挖不完的隧道,他用19年来挖;一天做不完的事,他用一生来做。我说人是时间单位而非空间单位的意义亦在于此——我们都是时间的孩子,如果你的一生都像安迪一样追求自由,知道自由在高处,那么你的一生就是自由的。

发出声音永远是有用的

文 / 毕淑敏

有一年,我应邀到一所中学演讲。中国北方的农村,露天操场,围坐着几千名学生,他们穿着翠蓝色校服,脸蛋呈现出一种深紫的玫瑰红色。冬天,很冷。

我从不曾在这样冷的地方讲过这么多的话。虽然,我以前在西藏待过,经历过零下 40 摄氏度的严寒,但那时军人们急匆匆像木偶一般赶路,缄口不语,说话会让周身的热量非常快地流失。这一次,吸进冷风,呼出热气,在腊月的严寒中面对着一群眼巴巴的农村少年谈人生和理想,我口中吐冒一团团的白烟,像老式的蒸汽火车头。

演讲完了,我说。谁有什么问题,可以写个纸条。这是演讲的惯例,我有什么地方说得不妥当,请大家指正。孩子们掏出纸笔,往手心哈一口热气,纷纷写起来。老师们很负责地在操场上穿行,收集字条。

我打开一张纸条。上面写着:我很生气,这个世界是不平等的。比如,我为什么是一个女孩呢?我的爸爸为什么是一个农民,而我同桌的爸爸却是县长?为什么我上学要走那么远的路,我的同桌却坐着小汽车?为什么我只有一支笔,他却有那么大的一个铅笔盒?

我看着那一排钩子一样的问号。心想这是一个充满了愤怒的女孩,如果她张嘴说话,一定像冲出了一股乙炔,空气都会燃起蓝白的火苗。

我大声地把她的条子念了出来。那一瞬,操场上很静很静,听得见遥远的天边,有一只小鸟在嘹亮地歌唱。我从台子上望下去,一双双乌溜溜的眼珠,在玫瑰红色的脸蛋上瞪得溜圆,还有人东张西望,估计他们在猜测纸条的主人。

据说孩子们在妈妈的肚子里,就能体会到母亲的感情。很多女孩子从那个时候,就感受到了这个世界的不平等,因为你不是一个男孩,你不符合大家的期望。

这有什么办法吗?没有。起码在现阶段,没有办法改变你的性别,你只有认命。我在这里说的"命",不是虚无缥缈的命运,而是指你与生俱来的一些不能改变的东西。比如你的性别,比如你的相貌,比如你的父母,比如你降生的时间地点……总之,在你出生以前就已经具备的这些东西,都不是你所能左右的,你只能安然接受。

不要相信对你说这个世界是平等的那些话,在现阶段,这只是一厢情愿。不过,你不必悲观丧气,其实,世界已经渐渐在向平等的灯塔航行。比如100年前,你能到学堂里来读书吗?你很可能裹着小脚,在屋里低眉顺眼地学做女红。县长的儿子,在那个时候,要叫做县太爷的公子了,你怎么可能和他成为同桌?在争取平等的路上,我们已经出发了。记住,没有什么人承诺和担保你一生下来,就享有阳光灿烂的平等。你去看看动物界,就知道平等是多么罕见了。平等是人们智慧的产物,是维持最大多数人安宁的策略。你明白了这件事情,就会少很多愤怒,多很多感恩。你已经享受了很多人奋斗的成果,你的回报,就是继续努力,而不是抱怨。

身为女子,你不要对这样的不平等安之若素。你可以发出声音,说了和没有说,在暂时的结果上可能是一样的,但长远的感受和影响是不一样的,对你性格的发展是不一样的。而且,只要你不断地说下去,事情也许就会有变化。记住,发出声音永远是有用的,因为它们可能会被听到并引发改变。

说实话,让一个受到忽视的女孩子,很小就发出对于自己不公平待遇的呐喊,几乎是不可能的。但我思索再三,还是决定保留这个期望。因为今天的女孩,也可能变成明天的母亲。如若她们因循守旧,照样端起了不平等的衣钵,如若她们的女儿发出呼声,也许能触动她们内在的记忆,事情就有可能发生变化。当然了,如果女孩子长大了,到了公共场合,这一条就更要记住并择机实施。记住,呐喊是必须的,就算这一辈子无人听见,回声也将激荡久远。

第三辑　生活的一种　　　118 － 171

生活的一种

文 / 贾平凹

院再小也要栽柳,柳必垂。晓起推窗,如见仙人曳裙侍立;月升中天,又似仙人临镜梳发。蓬屋常伴仙人,不以门前未留小车辙印而憾。能明灭萤火,能观风行。三月生绒花,数朵过墙头,好静收过路女儿争捉之笑。

吃酒只备小盅,小盅浅醉,能推开人事、生计、狗咬、索账之恼。能行乐,吟东坡"吾上可陪玉皇大帝,下可陪卑田院乞儿",以残墙补远山,以水盆盛太阳,敲之熟铜声。能嘿嘿笑,笑到无声时已袒胸睡卧柳下。小儿知趣,待半小时后以唾液蘸其双乳,凉透心臆即醒,自不误了上班。

出游踏无名山水,省却门票,不看人亦不被人看。脚往哪儿,路往哪儿,喜瞧峋岩勾心斗角,倾听风前鸟叫声硬。云在山头登上山头云却更远了,遂吸清新空气,意尽而归。归来自有文章作,不会与他人同,既可再次意游,又可赚几个稿费,补回那一双龙须草鞋钱。

读闲杂书,不必规矩,坐也可,站也可,卧也可。偶向墙根,水蚀斑驳,瞥一点而逮形象,即与书中人、物合,愈看愈肖。或听室外黄鹂,莺莺恰恰能辨鸟语。

与人交,淡,淡至无味,而观知极味人。可邀来者游华山"朽朽桥头",敢亡命过之将"××到此一游"书于桥那边崖上者,不可近交。不爱惜自己性命焉能爱人?可暗示一女子寄求爱信,立即复函意欲去偷鸡摸狗者不交。接信不复冷若冰霜者亦不交,心没同情岂有真心?门前冷落,恰好,能植竹看风行,能养菊赏瘦,能识雀爪文。七月长夏睡翻身觉,醒来能知"知了"声了之时。

养生不养猫,猫狐媚。不养蛐蛐儿,蛐蛐儿斗殴残忍。可养蜘蛛,清晨见一丝斜挂檐前不必挑,明日便有纵横交错,复明日则网精美如妇人发罩。出门望天,天有经纬而自检行为,朝露落雨后出日,银珠满缀,齐放光芒，一个太阳生无数太阳。墙角有旧网亦不必扫，让灰尘蒙落，日久绳粗，如老树盘根，可作立体壁画，读传统，读现代，常读常新。

要日记，就记梦。梦醒夜半，不可睁目，慢慢坐起回忆静伏入睡，梦复续之。梦如前世生活，或行善，或凶杀，或作乐，或受苦，记其迹体验心境以察现实，以我观我而我自知，自知乃于嚣烦尘世则自立。

出门挂锁，锁宜旧，旧锁能避蟊贼破损门；屋中箱柜可在锁孔插上钥匙，贼来能保全箱柜完好。

对爱不再怀疑

文/[美] 陈冲

三舅公是我奶奶的弟弟,三舅婆是他太太。小时候从来没有听说过奶奶有这么个弟弟,到美国之后方才晓得。可能是当年怕"里通外国"的罪名而不敢认这门亲。

到美国的第一夜与第二夜,我住在三舅公家。现在想想那是一幢极小极普通的房子,在纽约远郊地皮便宜的地方。但是那两天我觉得有这样高级的、门前带草坪的房子,三舅公与三舅婆他们一定很有钱。第三天我搬到了学生宿舍。以后,三舅婆曾来校园里探过我一次,带了些好吃的。那年底,我还在她家里过了我到美国后的第一个圣诞节。第二学期,我转学到了加州,便与三舅公、三舅婆渐渐失去了联系。他们只是十分偶然地出现在我父母的言谈中,并使我知道他们的日子其实过得很清苦,所以总也不肯退休。

由于我自己的生活中常常充满了一些不可思议的问题,自顾不暇,这些年中确实很少想到过三舅公与三舅婆,所以当三舅婆突然给我打来电话时,我很有些吃惊。

三舅婆的一位老友是我先生的病人,她也因此而找到了我。她在电话中说她常在报刊上读到有关我的消息,能重新找到我,她非常高兴。三舅公故去后她不常出门,也很少跟人见面,但她想来旧金山见见我。挂好电话,我不觉纳闷起来,我和她的接触总共才三四天,又是在十多年前,这次来,不知还有什么其他的事。早些年,在我到美国刚开始拍电影挣了些钱之后有些亲戚或干亲戚们曾经来借钱,我因此猜她或许也是缺钱吧。我把与她共处的那几天细细回想了一番,虽然不熟,但她在我初到美国时给过我温饱,又是亲戚,我其实早该主动寄些钱去的。

一见到三舅婆，我便提出当晚要请她吃晚饭，她说不用了，就去喝杯咖啡吧，有些事要跟我说。我开车陪她去了一家安静的咖啡馆，叫了咖啡和点心，等她开口。她含情脉脉地望了我一会儿之后说："真没想到我这生这世还能再见到你。你不知道我多想见见熊家的人呵！"说着眼圈就红了。我虽然姓陈，但我奶奶姓熊，所以我身上也流有熊家人的血。她丈夫死后，她太想他了，以至能与跟他有血缘关系的人见上一面，竟也成为一种安慰。我呆呆地望着她，心里突然好难受，难受里还夹着羞愧。老人为情而来，我却如此俗气，以为是来借钱的。

三舅婆见我愣着不说话，便问我先生对我好不好，我说好。她说："现在你还年轻不会懂，将来你就知道，天底下能跟你说话的就只有你男人。"一面说，她的泪水止不住地往外流。三舅婆这辈子没有孩子，三舅公是她唯一的亲人。他们1948年一起到巴西，打了17年工，攒够了钱才一同迁到美国。三舅公在纽约哥伦比亚大学拿了学位后在一家银行工作。三舅婆在哥伦比亚大学找到了一份秘书性质的工作，一直在那儿做到退休。他们沦落天涯，相依为命50多年。所以三舅婆每说一个"我好想他"，我心里都要紧一紧。我知道她思念得好苦，好无望。舅公死了4年了，她还这样不能自拔，这以后的日子可怎么过呢？我劝她想开些，半开玩笑地讲给她听我认识的一位70多岁的老太最近嫁了个80岁的，日子过得很开心。她笑了笑，但好像笑得高深莫测，也许是笑我无知。我觉得自己讲什么话都有些不合适，只好又呆坐在那里。她自言自语地说："他一天都没有拖累我，说去就去了，也没让我伺候他几年。"从来没有老人跟我这样诉过衷肠，我感动之余，又有些窘迫。我们沉闷了许久。突然，她擦干了眼泪鼻涕，换了个人似的跟我说："有件事告诉你，因为你是熊家的后代。"我让服务员给我们添上了新鲜的咖啡，听她慢慢讲。

三舅公和三舅婆颠簸辛苦了一辈子，除了纽约远郊的那幢小房子以外，总共存下了9万美金。勤俭节约了一生是为了一同养老。可三舅婆刚退休一年，三舅公便去世了。她怎么能一个人去花这笔钱呢。几十年来攒下的心血钱，蓦然之间变得毫无价值。三舅公这几十年来给过她两件贵重的礼物。一件是金婚纪念日时送的金刚钻石与白金手镯，另一件是70岁生日送的紫貂大衣。三舅婆将这两件礼物卖掉换来1万美金，加上9万存款一并捐给了哥伦比亚大学。每年有不少富翁给哥大捐钱，一捐就是1000万，所以三舅婆的10万美金不算什么。三舅婆就去找校长谈，有人捐100万，但是那人拥有几十亿。她虽然只捐了10万，但这是她毕生的全部积蓄，校长问她为什么这样做，她告诉校长这是为她死去的丈夫做的，"我们一辈子庸庸碌碌，存下这些钱来，他没有来得及花。现在他死了，没有留下子女来思念他，也没有留下什么业绩，我捐了这钱，在哥大留下他的名字，作为纪念。"校长听了十分感动，决定在校园里5个长长的石雕凳上刻上三舅公的名——"我们怀着爱心纪念大卫·熊。""我常去那儿坐坐，"三舅婆一脸平静的骄傲，"你如果去纽约也可以去看看。"

我对眼前这位老人肃然起敬。她的精神力量让我震惊。望着她简朴的衣着，我突然想到，"你现在靠什么过活？"她豪爽地答道："我有退休金，还有社会福利金，实在老了就去养老院。"我不由得想到美国养老院是多么凄惨的地方，而10万美金可以换取到最好的保姆和专业护士，在她自己家里给她无微不至的照顾。

三舅婆的眼睛里没有任何对同情心的邀请，也没有任何对自己所作的牺牲的炫耀。能在她的眼睛里看到的只是一个浩瀚、富有的精神王国，她与三舅公在一道，就跟我最后一次在圣诞节之夜见到他们时那样。

犹如在这浑浊、有限的物质世界里流过一股清泉，它透彻，明亮，使我对爱不再怀疑，对未来不再恐惧。

半个自己

文 / 陈染

在某个单位或者某个社会群落中,一个人倘若不能够经常地迎合别人,别人就会转回头送还给你一堵石头砌成的墙壁。渐渐地,这样的"别人"多起来,你身边的墙壁自然而然就会四处而起,八方林立,你就会觉得生活的窗口处处向你关闭,方便与通融之门的把手被握在各种各样的"别人"手中,你寸步难行。

你还看到,很多时候,人群判定一匹马的价值,并不是依据它的矫健和力量,而是依据它的鞍具是否漂亮、贵重。判定一阵春风是否和煦,并不是用肌肤本身感受它的温馨和舒展,而是用耳朵去倾听风铃是否清脆和亮丽。作为精神食粮的一本书的分量,却被放在称量饼干几斤几两的天平上来计算;而一个丰富,复杂的活生生的个人,则更是……似乎一切都是依据事物本质之外的表象来衡量。

这时,你发现你的双脚需要的不仅仅是鞋子,鞋子下边还需要有道路,这道路自然不能是那种拧着劲儿的绊人脚步的绳索,而是那种势如破竹、水一样通畅的"出路"。

而你需要出路,就如同音乐需要耳朵,绘画需要目光,如同氧气需要肺,佳肴需要胃。

慢慢你发现,人群实在"危险",你必须舍弃一半本真的自己,把这半张脸孔化装成毫无个人特征的众人皆同的模样,半边身体的骨骼也必须是圆润的,以换取各种各样的"别人"在各种各样的路口的通行证。你必须学会与他人"处于危险的一致"。

能够生存下去,正是在于你每时每刻地脚踏这种危险而平庸的基石之上。这也正是克尔凯郭尔以抗拒和否定的态度所指出的"群众的时代"、"个人不能救助的时代"。

你其实只有半条命!因为,你若是想保存整个生命的完整,你便会无生路可行，你就会失去全部生命。

许多年来，我始终在自己的身体里，为保存半条生命还是失去全部生命，进行着无声的选择。这一场看不见的较量从未离开过我。我无法彻底"这样"或者彻底"那样"。

最终的答案是无疑的：我只有半条命，我只能拥有半个自己。只要还想活下去的话。

我作为半个人而存在着，她像一个清醒的旁观者，冷静而痛惜地看着被割舍、牺牲出去的另一半，如同看着另外一个人。她们就像合租在一套住宅里的漠然的邻居一般彼此无关，同时居住在我的体内。

属于我自己的这一半，尽管她有更多的时间独处一室，显得冷落寂寞，但她忠于了自己，顺从着自己的精神，因而她是充满趣味的，内心充盈的，而被贡献出去的那一半，每日混杂在热热闹闹的现实生活里，接受着别人不断地抛掷给她的许许多多应接不暇的貌似真实的虚伪。她不得不给自己的思想和本意戴上面具，甚至是镣铐，像每天消化食物那样消化掉那些真实的虚伪，所以她依然是孤独的。

怎么赚钱

文/韩少功

要赚钱,首先要会算账:

第一,身体健康就是赚钱。现在医药费太贵,你赚了个几万、十几万,可能一场病就落得个倾家荡产。烟酒无度,乱吃乱喝,不注意学习保健常识,不警觉伪劣食品,空气和水污染闹得一家生病,到底合不合算?

第二,教好子女就是赚钱。俗话说得好,穷人怕崽大。儿女好,穷家可以变富,反之富家必然变穷。人都是要老的,教好子女是父母最重要的中长期投资。教育子女尤其要重视品德和性格。一个没有责任感的人,在对上司和下属没有责任感之前,首先是对父母没有责任感,拿父母当实践对象。家里有了这样的血吸虫,你留下十万、几十万也没有用,管不了他一辈子的。

第三,警惕时髦就是赚钱。绝大部分时髦都是商家制造出来的,是媒体炒作出来的。今天说双眼皮漂亮,明天说单眼皮漂亮,今天说红头发漂亮,明天说绿头发漂亮。你要是信以为真跟着跑,就是中了人家的奸计,傻乎乎地给人家送银子。有些电器产品,好几代的升级技术早就有了,但商家保密,不一次性推向市场,而是一轮轮来逼着你升级,一轮轮来掏你的腰包。

第四,简朴生活就是赚钱。花红一时,草绿四季。富豪奢侈之家的抗风险能力其实最弱,因为船大了不好掉头。所以说富人是高危险行业,也是高烦恼群体,这里有"边际效应"。比方富人家的孩子是比较难教好的,因为他缺少压力。富人家也最容易成为犯罪的目标,因为穷人没什么油水,在这一点上,安全感也是钱,比方说养保镖、养大狼狗、砌高墙的成本。富人有了钱还要玩乐,开着车来我们这里看山看水,但你们不花一个钱,天天都在享受这一切,为什么把自己看得那样穷?富人有了钱还要健身,买个会员金卡,但你们不用花一个钱,天天也在活动筋骨和出汗,为什么就觉得这不是钱?

最后一点,是说给50岁以下的人听的:勤学多思也是赚钱。据我观察,现在很多人不能生财,生了财也守不住财,主要原因是上当受骗。我建议大家以后少打点麻将,多读点书报,多接触点高人,看电视时少看点武打片,多看些长知识和学本领的节目。不光要学科学技术,还要学习法律政策知识和市场经济知识,包括学会辨别和判断各种宣传,减少自己的无谓亏损。

说的这些,是普通人都能做到的,如果赚不了大钱,至少能赚到小钱,更重要的,是赚来金钱买不到的人生重要财富。

我喜欢

文/(台湾) 张晓风

我喜欢冬天的阳光,在迷茫的晨雾中展开。我喜欢那份宁静淡远,我喜欢那没有喧哗的光和热。

我喜欢在春风中踏过窄窄的山径,草莓像个精致的红灯笼,一路殷勤地张结着。我喜欢抬头看树梢尖尖的小芽儿,极嫩的黄绿色里透着一派天真的粉红。

我喜欢夏日的永昼,我喜欢在多风的黄昏独坐在傍山的阳台上。小山谷里稻浪推涌,美好的稻香翻腾着。慢慢地,绚丽的云霞被浣净了,柔和的晚星——就位。

我喜欢看秋风里满山的芒。在山坡上,在水边上,白得那样凄凉,美而孤独。

我也喜欢梦,喜欢梦里奇异的享受。我总是梦见自己能飞,能跃过山丘和小河。我梦见棕色的骏马,发亮的卷毛在风中飞扬。我梦见荷花海,完全没有边际,远远在炫耀着模糊的香气。

我喜欢看一块平平整整、油油亮亮的秧田。那细小的禾苗密密地排在一起,好像一张多绒的毯子,总是激发我想在上面躺一躺的欲望。

我还喜欢花,不管是哪一种,我喜欢清瘦的秋菊,浓郁的玫瑰,孤洁的百合,以及幽闲的素馨。我也喜欢开在深山里不知名的小野花,我十分相信上帝在造万花的时候,赋给它们同样的尊荣。

我喜欢另一种花儿,是绽开在人们笑颊上的。当寒冷的早晨我走在巷子里,对门那位清癯的太太笑着说:"早!"我就忽然觉得世界是这样的亲切,我缩在皮手套里的指头不再感觉发僵。到了车站等车的时候,我喜欢看见短发齐耳的中学生。我喜欢她们美好宽阔又明净的额头,以及活泼清澈的眼神。

我喜欢读信。我喜欢弟弟妹妹的信,那种幼稚淳朴的句子,总使我在泪光中重新看见南方那座燃遍凤凰花的小城。最不能忘记那年夏天,他从最高的山上为我寄来一片蕨类植物的叶子。在那样酷暑的气候中，我忽然感到甜蜜而又沁人的清凉。

我特别喜爱读者的来信。每次捧读这些信件，总让我觉得一种特殊的激动。在这世上，也许有人已透过我看见一些东西。

我还喜欢看书，特别是在夜晚。在书籍里面，我不能自抑地要喜爱那些泛黄的线装书，握着它就觉着一脉优美的传统，那黯黯的纸面蕴涵着一种古典的美。历史的兴亡、人物的迭代本是这样虚幻，唯有书中的智慧永远长存。

我喜欢朋友，喜欢在出其不意的时候去拜访他们，尤其喜欢在雨天去叩湿湿的大门。当她连跑带跳地来迎接我，雨云后的阳光就似乎忽然炽燃起来。

我也喜欢坐在窗前等他回家。虽然走过我家门的行人那样多，我总能分辨出他的足音。如果有一个脚步声，一入巷子就开始跑，而且听起来是沉重急速的大阔步，那就准是他回来了！我喜欢他把钥匙放进门锁的声音，我喜欢听他一进门就喘着气喊我的名字。

我喜欢松散而闲适的生活，我不喜欢精密地分配时间，不喜欢紧张地安排节目。我喜欢充足的沉思时间。我喜欢晚饭后坐在客厅里的时分，我喜欢听一些协奏曲，一面捧着细瓷的小茶壶暖手。当此之时，我就恍惚能够像一些田园生活的悠闲。

我也喜欢和他并排着骑自行车，于星期天在黎明的道上一起赴教堂。朝阳的金波向两旁溅开，我遂觉得那不是一辆脚踏车，而是一艘乘风破浪的飞艇在滑行。

我喜欢活着，而且深深地喜欢能在我心里充满着这样多的喜欢！

真正的幸福是什么

文/[日] 黑柳彻子

小时候，有一次我在一瞬间突然在心里悄悄地感到"真开心啊"。那是在一个黄昏，雨哗哗地下着，但是爸爸已经结束工作回家来了，家里人都在，连牧羊犬也进了屋，灯很明亮，我和弟弟坐在饭桌旁，等着妈妈把饭做好。我心里非常安宁，因为大家都在一起，大家都在这里。爸爸对妈妈说了一句什么话，妈妈看着爸爸笑了，我们也笑了。我从心里感到快乐。

半个多世纪过去了。这近20年来，我作为联合国儿童基金会的亲善大使去了许多国家，那里的孩子们都非常需要帮助。

去年，在西非的利比里亚，我和曾经在内战中充当童子军的孩子们见了面。那些孩子们10岁的时候就被迫拿起枪去参加战斗，朝大人和孩子们开枪。还有很多孩子和家人失散，成为了孤儿。

我还见到了许多营养不良的孩子们。

海湾战争结束5个月之后，我去了伊拉克。由于遭到多国部队的高精确轰炸，伊拉克全境的发电站都被破坏了。没有了电就无法净化河水，自来水管里流不出水来，巴格达的居民们甚至要到底格里斯河里去汲水，然后就直接饮用河水。但是由于城市无法进行下水道处理，厕所里的污水甚至会流到河里去，为数众多的孩子感染了伤寒等传染病，或者不停地腹泻。综合医院什么病都治疗不了，牛奶、药品、手术用的麻醉药、预防的疫苗等都已用完。因为停电，无法进行肾脏透析，总之什么都无法进行下去。每天早晨，医院门前母亲们抱着生病的孩子排成长队，气温高达50℃。我曾经见过一个婴儿，因为营养不良，他的脸简直像是老人的脸。本来婴儿的脸蛋和嘴唇周围都应该是胖乎乎、圆鼓鼓的，可这个孩子的脸上却满是皱纹。才刚刚3个月的婴儿，他的腿就像是木筷子一样，从大腿开始就布满皱纹。那个孩子突然定定地看着我的眼睛，他才3个月大啊！那一瞬间，我发现那孩子眼睛里也完全没有小孩子的水灵劲儿，干巴巴的，仿佛是老人的眼睛。那个孩子的眼光中流露出绝望的神情，简直不像是孩子的眼神，好像在诉说："为什么我会这样呢？"我还发现，不仅仅是这个孩子，那些早夭的婴儿们也这样睁着眼睛使劲地看着世界，那眼光也都像是老人的，他们仿佛要多看一眼这个世界："我的人生这么短暂，我要好好看一看！"

在非洲的卢旺达，由于胡图族和图西族的冲突，上百万的图西族人被杀害。实在是非常恐怖。我在部族冲突结束4个月后去了卢旺达，那时候，被屠杀的人的尸体还随处可见。在屠杀进行的时候，小孩子们在一片惨叫声和临死的呻吟声中四处奔逃，亲眼看到自己的父母和哥哥姐姐被杀害，孩子们还不明白是怎么回事，就夹杂在大人们中逃生。在这些孩子幼小的心灵中，留下了深深的痛楚，因为他们认为自己家人被杀是因为他们自己的过错。

地球上有很多孩子就这样一边为家人和自己的命运担忧，一边拼命地生存下去。仅仅一小部分孩子能够喝上干净的水，能够吃饱饭，能够打预防接种的疫苗，能够接受教育。

"真正的幸福是什么？"当地球上所有的孩子都能够安心地满怀着希望生活的时候，那就可以说是真正的幸福了。

如此想来，我小时候在那个下着大雨的夜晚，待在家里感觉到"好开心"的那一刻，就可以说是真正的幸福了吧！孩子把自己封闭在屋中，拒绝去上学、家庭暴力、儿童的自杀、家庭的崩溃、杀害亲生孩子、虐待动物……诸如此类的问题困扰着现代家庭，而一个完全没有这些问题的家庭可以说是真正的幸福了吧！

"能够和家人在一起相视而笑的家庭"，这并不是什么新说法了，但在我看来，这就是"真正的幸福"了。

情愿不自由

文/六六

新加坡人有一种强迫症,住得久了,连我都有这种毛病。

我手里若攥着垃圾,可以走上好几百米,直到眼前有垃圾筒为止;看见地上有纸屑,一定要捡起;口里有痰,就吐在随身带的纸巾里,哪怕身边就是沟渠。

新加坡是我见过最干净的城市,到处丛荫掩映,楼房外观崭新,马路上没有斑驳,城市里空气清新。初到新加坡,总疑惑于这里如何才能控制得如此洁净,后归咎于重罚之下必守规矩。此地罚款之狠、牢狱之凶近于苛刻。起初我也生活得战战兢兢,小心注意自己的一言一行,千万不要触犯了繁杂的法律条令。

这里的法律包括:禁止乱涂乱画,禁止高声喧哗,禁止浪费资源,禁止公共场所抽烟。用以警示外人的著名案例,就是有个美国男孩,把资产阶级自由化那一套搬到新加坡来,对着马路上的汽车喷彩,后被捉,鞭刑数下,克林顿求饶都未能幸免。据说那年新加坡国际形象极差,总理访问美国,在白宫外等候接见都被拒绝。不过结果是这么多年以来,连素以放浪形骸著称的美国人,在这里都过得规规矩矩的,不敢越界。

条例执行成了习惯,就感觉不出其间的严酷。我现在生活在新加坡,就觉得很逍遥自在:不必担心在小摊吃饭染病,这里有国家规定的消毒程序;不必害怕人多挤不上车,大家都自觉排队,老人孩子优先上车;不必担心收到假钞,造假那是死罪;在商店买东西不存在坑蒙拐骗,也极少有砍价的可能,明码实价,爱买不买。一切有法律罩着,一切有标准可循,看着似乎刻板,生活起来却很随意,省却许多麻烦。

当年新文化运动的时候,顺带掀起了一股恋爱自由的热潮,许多文人雅士纷纷蹬掉家乡父母之命的原配,寻找自己的Soulmate,一时间结了离,离了再结成为一种时尚。但有一个文坛大佬胡适,却厮守着小脚原配安然度过一生。当然,此迂腐之举遭众革命义士的嘲弄,称其为不懂得享受自由恋爱。

　　胡适淡然一笑答曰:情愿不自由,就是自由了。

　　这也是我对新加坡的理解。

蜘蛛网

文 / [新加坡] 尤今

一位睿智的朋友，从丝丝缕缕的蜘蛛网里，看到了自己变化多端的心路历程。

十余岁时，在路上一蹦一跳而"巧遇"纵横交错的蜘蛛网，会毫不犹豫地在地上捡起树枝，主动出击，一戳、一挑，看见偌大的一张蜘蛛网在电光石火间灰飞烟灭，变成缠在树枝上的一缕"幽魂"；再看到惊惶失措的蜘蛛方向不辨地狼狈逃窜，便会有一种痛快的刺激感传遍全身。在这个凡事好奇的年龄里，别人的伤痛，是掠过身旁一股无关痛痒的轻风，纵使他人的伤痛是因为自己主动挑衅而造成的，他的心湖也不会泛起任何涟漪。

到了廿余岁，在小径上无意间碰触到那牵牵绊绊的蜘蛛网，看到洁白的上衣或洁净的裤子这里那里纠缠不清地沾着灰灰黑黑的蜘蛛网丝，只觉邋遢、只觉生气。这个年龄，正站在人生美丽的起点，眼里看到的，仅仅是远方那发光发亮的大目标；别人的不幸，他无暇顾及；他最大的期盼是一路顺风地向上攀爬，他最大的忌讳是被路上不明不白的石头绊住脚步。

年届30，匆匆赶路而踏烂一张或多张蜘蛛网，他只风淡云清地随手挥挥、弹弹、拍拍，蛛丝网迹便消失无踪了。衣裤不沾污痕，心湖也不留黑影。在凡事顺遂的旺盛中年，他天不怕、地不怕，反正条条大路通罗马；得罪了人嘛，心中也无须负疚，反正柳暗花明又一村；他一心只想把天空开拓得更辽阔，把生活弄得更缤纷。

到了40岁，不小心撞坏了一张编织得好像八卦阵一样的蜘蛛网，看到蜘蛛跌跌撞撞地逃，不安的阴影会像鬼魅一样笼罩心中。他心里会想：啊，这是不祥之兆吗？这个年龄，大局已定，人也开始相信命运和命理了。行事会尽量小心，避免误伤无辜；看到别人的歹运，又会患得患失地认为那是为自己而敲的警钟。

年过半百，心境却又豁然开朗了。那是完完全全不同的一个境界。在路上不疾不徐地走着时，倘若大意地弄坏了一张蜘蛛网，会心怀歉意向蜘蛛虔诚地道歉。既然已知天命，当然也就知道了蜘蛛勤勤勉勉地编织一张大网为的正是稻粱谋，在经历了半世辛酸苦辣人情冷暖之后，对于蜘蛛的心情，自然也就能够感同身受了。这是一种美丽的觉悟，但是，为什么这种觉悟竟来得这么迟呢？

现在，年届耳顺的这位朋友，常常牵着他小孙子的手，到附近的公园去散步。看到蜘蛛网，便和孙子一起蹲下来，细细地看。看蜘蛛如何利用肛门尖端的突起部分泌黏液，再看黏液慢慢地在空气中渐渐地凝成细丝。

当蜘蛛把网织好之后，他便会对他亲爱的孙子说道："宝贝，记得，永远、永远不要把蜘蛛网捣坏，因为你摧毁的，不是蜘蛛的一张网，而是蜘蛛的一个家。"

把一份温柔提早放进孩子的心，当他走在人生的道路上时，便不会忘记，时时停下脚步，关心别人的伤痛。

像晒蜡僧一样

文 / 王晓莉

每次见到朋友老姜，都会觉得他和别人不一样。

一天，老姜的妻子告诉我一件事。有次老姜跟人约好8点在广场书店门口等，到9点了，那人也没来，老姜却还在那里等。等了一上午，一个人影也没有。到晚上那人打电话来解释，说是白天忘了，明天老时间老地点见吧。他也不抱怨不生气，第二天又去。

老姜妻子边讲边咬牙，说，这个人太实心眼了。

我听得笑起来，对她说，原来你们老姜是个晒蜡僧呀。

晒蜡僧是近代中国佛教界的一个不起眼僧人的绰号，但他的本名或法名叫什么，我并不知道。

晒蜡僧是个寺院香灯师，负责给大殿里的佛像上香和点灯。他自小天性驽钝，实诚，人说什么听什么。有天正逢"六月六"，是翻晒衣物和书籍的好日子。寺院里的其他僧人们想逗逗他，就说，我们都晒东西了，你负责看管的那些蜡烛也拿出来晒一晒才行啊。

真的吗？晒蜡僧在一旁问。

当然了。

于是，他兴冲冲地把那些香烛，不辞劳苦地一趟趟搬到了大太阳底下。

蜡烛哪里经得起烈日的直接晒烤。还不到晚上，它们就化成了一摊不成形的蜡泥蜡饼了。老方丈把晒蜡僧叫到身边，说，蜡烛怎么变成这样了？

晒蜡僧理直气壮地说，六月六就是要晒东西的啊。师兄们也说了，蜡烛也要晒。晒蜡僧的绰号就由此而来。

我还没讲完故事，只见老姜妻子就点起头来，说，像，老姜就是像晒蜡僧一样。

那晒蜡僧后来呢？她又问。

寺院里的人见晒蜡僧竟然什么都相信，有心要再逗逗他。就说，你的悟性太高，这里已经不能够再教你了。听说有名叫谛闲的老法师，是当代高僧，你不妨去拜他为师。

晒蜡僧信了。他果然跑到谛闲的寺庙去，对接待的知客师父说，人家都说依我的悟性，只有谛闲法师能教。我要见法师。

知客师傅一听就知道这是个愚钝之人。只是因为谛闲法师平时嘱咐过，无论聪慧还是愚钝，都要一视同仁，他们便有些哭笑不得地把他安顿下来，安排他在寺院伙房做洗菜的事。

谛闲法师听了这整件事情经过后，心知晒蜡僧并不是狂妄或自大，他只是完全地相信了别人的话而已，他就有空也给晒蜡僧讲讲经。

晒蜡僧居然愚笨到有时一句经竟然要三四天才记得住，但他有个可贵之处是坚持。一句经要三四天，一本经有时就要一年。但他并不觉得苦恼或自卑，他只是听，记，悟，一下一下，一点儿不急不躁。

十数年过去，晒蜡僧已学有所成了。当谛闲法师不得空的时候，他竟然也可以代替谛闲法师给别人讲经。只不过他和别的讲经师不同，别人讲完了就歇，他讲完了，脱下袈裟，换回旧衣服又继续去洗菜。

旁边有人说，你现在是讲经师父，可以不洗菜了。经要讲，菜也还是要洗的，他说。半句怨言或不满都没有。

有一天，在讲经台上，下面的人发现，晒蜡僧静静地圆寂了，面相如睡，一丝不安和痛苦也没有。

故事讲完了。老姜妻子沉默了很久。看来她是像我一样，被晒蜡僧这样的人打动了。

生活在现代社会的我们，已经很难见到一个人的一生，可以如此的安静、实诚、不疑、不欺。而且在我看来，无论僧俗，这都是人生最完美的境界。机巧的人，总是可以得到更多的看得见的好处。世人喜欢与艳羡的，也总是锦上添花。这正是世界越来越物质主义的原因之一吧。而那笨拙的人，他没有太高的智商，这使他常常都贫穷、卑下，在人际关系里也总是处于下风。

但他对于世界和周围的一切，都是天赋的信与望。没有阴影，没有心机，他的心灵因而像天心月满之时的景象，空静无瑕。

他反而是获得了大的智慧。

动听的花园

文 / 张岚

在美国密西根州州立公园里，有一间非常特殊的教堂，这间教堂里没有十字架，只有一个祭坛。光线从窗户上方透进来，祭坛上有这样一段祷告词："请你尊敬生命，请你重新用嗅觉、听觉去发现生命，去发现光，发现影子，发现云、水、风声、水声……"

那年夏天，我的耳疾又重犯了。清晨醒来，耳畔"嗡嗡"作响。捂住耳朵，响声还在；跑到另外一间屋里，响声依旧，冷汗渗满全身。为我诊治的大夫曾告诫：这种耳疾，反复后治愈的难度更大。

窗外浓阴匝地。北京六月的阳光丝丝缕缕投射下来，闪烁着迷人的光彩。勤劳的小贩们已码好整齐的小菜，叫起早市的吆喝。我看见晶莹的水珠在新鲜的菜蔬上滚动，看见小贩们亮开了喉咙，却听不清熟悉的叫卖声。我的耳边，只有嘈杂的、连绵不断的耳鸣。

妈妈劝我："听听音乐吧。"我说："不想听，进到我耳朵里，调子都跑没了。"

"出去走走呢？""不想走，没力气。""那你看看窗外吧。"

我倚到窗边，发现楼群间的空地上堆了许多水泥、石灰、砖头和石材，几个长衣长裤的民工正在石材上敲打什么。

"他们在做什么？"我好奇地问。

"你才注意吗？"妈妈吃惊地说，"好些天了。要修建一座花园。这些民工在石材上凿出花样，再砌起来，天天叮叮当当，吵死了。"

"我听不见。"我无奈地应着。

这以后，我经常不由自主地倚在窗边，看民工们劳作。他们先把几块长形的石料雕出图腾的图案，竖起来当做小小花园的入口；又把几套弧形的石凳打凿出美丽的花样，配在几张圆圆的石桌边；再敲出三五块石板，低低地一搭，随意一放，便成为舒适清凉的长几。不久，吊车运来一些仿欧式黑色生铁作雕花扶手的黄木靠椅，和毛玻璃做成的日本式路灯。一个精致、小巧、融合中西风格的楼群间花园渐渐现出它的风貌。

民工们开始最后一项工作：他们用水泥砌出花坛，待水泥干后，每人一把锤子和凿子，骑在花坛上，随意地乱敲起来。一个流火般的中午，我俯坐窗前，突然地，耳边传来"叮叮当当"的响声，那么清晰，那么清脆，连绵不断，在寂静的午后，仿佛大大小小的玉珠滚落玉盘。我简直不敢相信自己的耳朵，仿佛一下子，从嘈杂的世界里回转过来，耳边只有一片静谧和这清清爽爽的"叮当"声。我甚至不敢变动体位，害怕稍微的移动，便丧失了这美妙的音乐。这样静静地坐了好一会儿，微微地起了一阵小风，白杨树的片片叶子碰撞在一起，发出"哗哗"的声响，仿佛几十只小手互相拍着，轻轻歌唱。我的心禁不住一阵狂喜，我可以听见凿石花的声音，我可以听见风吹过树叶的响声了！这声音，曾经于我是那样的普通与熟悉，以至于当做生活的必然，从来没有细细地品味过。如今，在我部分地丧失听力又恢复以后，我才发现，世界上有这么多美妙无比的声音，融合在一起，共同构成我们神奇的生命，就像一个盲而复明的人，更能体察出花的鲜艳，草的嫩绿，阳光的灿烂。

虽然我的耳疾又反复了几次，但每一次重新跌回到耳鸣的世界时，我不再沮丧，因为我曾听见过"叮当"的凿石花的声音和杨树的欢笑声。在盛大的夏季，风是不常有的，那么我就期待着"叮当"声更清晰，更持久。邻居们都在抱怨，这声音打搅了他们因燥热而发狂的神经。只有我，每当清楚地听到这"叮当"声，便把它当做一种美妙的享受，一个重返健康世界的愉悦的信息。

花园终于造完了。这时人们才发现，那些水泥上敲出来的毫无规律的小坑坑，远远望去，连成模糊一片，仿佛那花坛是用古典的大理石砌出来的一般。

那花园于我，是在动听的声音中建立起来的。我有时不禁默默地祷念着："请你尊敬生命，请你重新用嗅觉、听觉去发现生命，去发现光，发现影子，发现云、水、风声、水声……"

插线人生

文/马伯庸

我每天早上都从稠如蜘蛛网的线路中醒来……

这种生活状态已持续很久,没有一个明确的开始,而是循序渐进,如同生物进化一样,从蓝藻到猴子,坚定前进而且了无痕迹。

我的床边有无数黑的、白的、红的、棕的电线,扭曲成蛇形包围在枕头和床边,如同知更鸟搭建的鸟巢。

我一度很困惑,为什么会有这么多线呢?我难道不是反对"后现代电子物化生存"的自然主义急先锋吗?于是我静下心来仔细清点,试图找出原因来。

我的床头柜不过方寸,上面几乎被各种电子设备和相关电源线占满。

首先是手机充电器的线,这个是没办法省掉的,我的手机必须保持24小时开机。从业两年多来,除了颈椎病、椎间盘突出、鼠标手等上班族常见的疾病以外,还有手机恐慌症。只要手机离开自己5米以外几分钟,我就会非常不安。这种情况下,保持手机电池电量是必然的。

然后是PSP游戏机充电器的线,这个也是省不了的。在班车上,在地铁里,在公司的厕所里,PSP给我带来了时间夹缝中的短暂愉悦,充分发扬了钉子精神。我最怕的是无聊,一旦出现必须原地等待而手里没任何可读的东西时,我就觉得加倍难熬。自从PSP在手以后,我再也不怕排队或者等车了,甚至有时候觉得排的队伍不够长,或者车来得太早。

还有一条手提电脑的电源线,更加省不了。从新西兰开始,我就养成了躺在床上用手提电脑的恶习,每天在临睡前两小时打开电脑搁到床头。DELL电池表面上花团锦簇,其实一次连半小时都坚持不了,我每次使用的时候都得用外接电源。一般我用电脑用困了,就会随手扔到床下去,翻身即睡。外接电源就连着电脑扔在枕头边,如同一根绞索……嗯,不吉利,如同一个冠冕。

台灯线。这个是可以省的，不过我不敢……这是母亲夜巡的时候下的懿旨。我一旦上了床，就懒得再爬起来关掉房间的灯，所以都会事先关掉，然后在黑暗中用手提电脑，或者打PSP。母亲认为这太伤眼睛了，于是强行给我配备了一盏台灯。虽然还是免不了要关掉的麻烦，但总算不必起身，只需要伸出胳膊去就够了。而且我年纪大了，眼睛确实需要保养……

数码相机充电线。这个是可以省的，不过我懒……买的时候光顾着查看相机，忘记检查电源线了，结果拿回来发现电源线插头非常别扭，插入插座十分困难，费了九牛二虎之力才捅进去，从此再也拔不出来，于是索性就让它一直占着，需要时一头直接接数码相机就好，倒也省事。

其他的诸如座机分机充电座、随身听、外接小音箱等等，这些东西可有可无，但是拆下来太麻烦，于是都任由它们保持着插电状态。

还有一根小小的网线，悄无声息地爬过床头柜一角，优雅地转了一个头，又爬到床下，沿着墙缝伸展到另外一端……

我感慨万千，但是这些线确实一个都节省不掉，否则生活节奏就会被打乱。像我这么循规蹈矩胆小怕事的人，不希望看到的就是生活规律的不稳定。异化就异化吧，现代人哪有不被异化的。

在"舒适"与"方便"之间，我选择了后者。

也许在未来的某一天，我会从床上醒来，熟练地把一根充电插头从脖子后面拔出来，然后再开始一天的工作。

我希望那个时代已经科技昌明，插头会自动弹出来，就不劳我自己动手了。

懒人的想法推动世界变革。

相遇在城市与乡村的路口

文/安宁

　　上世纪80年代初期的某个夏夜，母亲在地里干完活后，觉得肚子疼痛难忍，但她还是一步一步挪到家里，结果她刚走到卧室门口，便疼倒在地上。最终，她撕心裂肺的叫声唤来了左邻右舍，大家七手八脚将母亲抬上床，生了一天一夜，我才在产婆连连的哈欠里，呱呱坠地。母亲一看又是一个女孩，自己先自愧疚，不过是休养了一个星期，便包了头巾，下地干活去了。

　　在我出生的那个月，远在北京的一个女人，提前很长时间便向单位请了产假，在家里静养保胎。在各种营养食品都吃遍之后，我的朋友驰终于在医生手术刀的协助下，从他母亲的肚子里降生到锣鼓喧天的尘世。据驰自己讲，因为是家族里的第一个男孩，从爷爷奶奶到外公外婆，无不将他视为心肝宝贝。我在连水果罐头都没有尝过是什么味道的时候，驰已经吃腻了凤梨山楂或者苹果的罐头，也玩够了变形金刚，翻烂了许多本连环画册，又在每晚6点半的时候，盯着电视机看黑猫警长。当我在野地里飞奔到满脸脏泥，回家后倒头就睡的时候，驰需要天天洗澡后才能被父母允许上床。我对于玉米麦子高粱大豆有天生的亲切感，而驰则在上大学后出去郊游时，才分清韭菜和麦子。我和小伙伴们天天在相邻的村庄里"暴走"，时不时地，会跑上十几里的路，只为看一场外村的露天电影。而为了看一本被人遗忘在墙头上的书,我甚至守在角落里长达3个小时,只等没有人会来取的时候,偷偷地将它带回家去。

那时候我们也会旅游,借了人家的自行车,七八个人浩浩荡荡地开到县城去,有个身材矮小的男孩,很多次都异想天开,要像孙悟空一样,变成一团棉花,钻进袋子里,而后跟着卡车飞到大城市里去。我们曾经在硕大的棉花堆里游转,也曾对着空旷的粮库高声呐喊。至于那些河流、小的煤矿、军工制衣厂,更是我们经常光顾的探险之地。而那时的驰,时不时地,就跑到我在课本上才能看到的天安门广场上去放风筝,或者坐着父亲的吉普车,威风凛凛地四处兜风。他每天上学,都会乘坐公共汽车,而我,看见老师挂的巴士图画,常常会想,为什么父母没有在生下我后,将我送给售票员家里养呢,这样我就可以天天坐车去上学了。

而我与驰,就这样在相差巨大的环境里,毫不相干地生长着。我像田间地头的一株草,哪怕被人无情地拔下,只要根上还沾着泥土,照例又能在阳光下抽枝展叶,生机勃勃。而驰,则是城市里的一栋房子,生来就代表了尊贵和优越。风再猛,雨再大,躲进去,便是温室里的花朵,无须为生计奔波劳碌。

18年后的秋天,我与驰,相遇在北京的一所大学里。我们一前一后地坐在同一间教室里,读书学习。只不过我为了能够来到北京,需要比驰多考出近100分的分数。我们站在同样的起跑线上,我尽力地要向更高更远处奔跑,而驰,却出乎意料地,朝着我来时的方向兴致勃勃地走。我们在北京,结成互助的"驴友"。他带我游走故宫长城三里屯。我则拿着我们小城的地图告诉他,哪里是我常去的山,哪里是我爱游的水,哪里又有满山的桃花和无人采摘的野枣。驰答应给我弄免费的明星演唱会的门票,我则保证驰去了我们小城,会有吃不完的野果,看不尽的山水。

我一直以为,让我惶恐无助自觉渺小无依的北京,不会让我留下太深的足迹。而它,亦不会多么热情地将我这个乡下来的丑小鸭,用力地挽留。就像儿时去县城的阿姨家,总会被那个自以为是的表妹,毫不留情地抢夺手中的玩具一样。北京,对我的包容,亦是有限度的。但我,并没有在它的冷淡里赌气转身走开。我被一种莫名的东西推着、挤着,不由自主地朝北京的最内里走去。我在毕业的时候,为了能留在北京,与一家毫无保障的私人公司签了约。我一次次频繁地跳槽,试图找到一份最稳定的工作,直到两年后,我发现一切的期望,都化为泡影,除了考研追寻想象中的稳定与地位，我别无选择。

而这时的驰，与我一样走走停停，换了许多份工作。只不过，他每一次辞掉工作的原因，都是因为挣的钱，足够开始新一轮的"游山玩水"。我曾经问他，难道没有想过，在城市里买一栋房子，安一个温暖的家？驰笑，说，可是这一切，我父母都早已为我安排好了。我所做的，就是用自己挣来的钱，多出去走走，或许何时累了，就会回父母为我买下的房子里去。不过，现在，还是趁着年轻，多颠簸动荡两年，我可不想为了老婆孩子早早地就牺牲掉自己的自由。

我一直在想，什么时候我能走到驰的前面去呢？当我在贫乏的生活里，拼命地想要物质满足的时候，驰早早地便厌倦了一切；当我为了美丽的北京梦，在宿舍昏暗的走廊里深夜苦读的时候，驰却因为出生在北京，可以在10点之前，喝杯新鲜的牛奶，上床休息；当我连电脑的键盘都小心翼翼不敢触摸的时候，驰早已十指飞扬，在网上开设了自己的小店；而当我为了能够真正地打到北京的内部去，在人才市场上跟专科生硕士生博士生争一碗粥喝的时候，驰却背起了背包，开始我儿时在山水间游走的惬意旅程。

后来的某一天，我在北京的一家外企的办公室里，再次遇到了驰。我们彼此笑笑，说，你好。而后，我坐在办公桌后面，微笑着问驰，为何要来我们公司应聘？驰说，东游西逛了这么多年，我想我需要一份工作，来养活我的家，我不能依靠父母一辈子，而父母为我攒下的东西，总有一天，会坐吃山空的。

就是那一刻，我突然地明白，原来我和驰其实一直坐在同一辆车里，只不过，驰坐在能够看得见风景的位置上，而我，却是在晦暗的角落里。而今，命运终于将我们的位置重新调换，我可以看得见北京的天空和天空上自由飞翔的白鸽；而驰，则在逼仄的角落里，看清了自己昔日的位置。

而那游走在城市与乡村路口处的命运，它原来一直，都有一双明亮的眼睛。

卖唱的人们

文 / 王小波

有一次，我在早上八点半钟走过北京的西单北大街，这个时间商店都没有开门，所以人行道上空空荡荡，只有满街飞扬的冰棍纸和卖唱的盲人。他们用半导体录音机伴奏，唱着民歌。我到过欧美很多地方，常见到各种残疾人乞讨或卖唱，多不觉得难过，就是看不得盲人卖唱。这是因为盲人是最值得同情的残疾人，让他们乞讨是社会的耻辱。再说，我在北京见到的这些盲人身上都很脏，歌唱得也过于悲惨；凡是他们唱过的歌，我都再也不想听到。当时满街都是这样的盲人，就我一个明眼人，我觉得这种影像有点过分。我见过各种各样的卖唱者，就数那天早上看到的最让人伤心。我想，最好有个盲人之家，把他们照顾起来，经常洗洗澡，换换衣服，再有辆面包车，接送他们到各处卖唱，免得都挤在西单北大街——但是最好别卖唱。很多盲人有音乐天赋，可以好好学一学，做职业艺术家。美国就有不少盲人音乐家，其中有几个还很有名。

我见过各种卖唱者，其中最怪异的一个是在伦敦塔边上看到的。这家伙有50岁左右，体壮如牛，头戴一顶猎帽，上面插了五彩的鸵鸟毛，这样他的头就有点像儿童玩的羽毛球；身上穿了一件麂皮夹克，满是污渍，但比西单的那些盲人干净——那些人身上没有污渍，整个油亮油亮的——手里弹着电吉他，嘴上用铁架支了一只口琴，脚踩着一面踏板鼓，膝盖拴有两面钹，靴子跟上、两肘拴满了铃，其他地方可能也藏一些零碎，因为从声音来听，不止我说的这些。他在演奏时，往好听里说，是整整一支军乐队；往难听里说，是一个修理黑白铁的工场，演奏着一些俗不可耐的乐曲。初看时不讨厌，看过一分钟，就得丢下点零钱溜走，否则会头晕，因为他太吵人。我不喜欢他，因为他是个哗众取宠的家伙。他的演奏没有艺术，就是要钱。

据我所见，卖唱不一定非把身上弄得很脏，也不一定要哗众取宠。比方说，有一次我在洛杉矶乘地铁，从车站出来，走过一个很大的过厅。这里环境很优雅，铺着红地毯，厅中央放了一架钢琴。有一个穿黑色燕尾服的青年坐在钢琴后面，琴上放了一杯冰水。有人走过时，他并不多看你，只弹奏一曲，就如向你表示好意。假如你想回报他的好意，那是你的事。无心回报时，就带着这好意走开。我记得我走过时，他弹奏的是《八音盒舞曲》，异常悠扬。时隔10年，我还记得那乐曲和他的样子，他非常年轻。人在年轻时，可能要做些服务性的工作，糊口或攒学费，等待进取的时机，在公共场所演奏也是一种。这不要紧，只要无损于尊严就可。我相信，这个青年一定会有很好的前途。

在街头和公共场所演奏，不一定会有损个人尊严，也不一定会使艺术蒙羞——只可惜这几个演奏者不是真为钱而演奏。一个夏末的星期天，我在维也纳，阳光灿烂，城里空空荡荡，正好欣赏这座伟大的城市。维也纳是奥匈帝国的首都，帝国已不复存在，但首都还是首都。到过那座城市的人会同意，"伟大"二字绝非过誉。在那个与莫扎特等伟大名字联系在一起的歌剧院附近，我遇上三个人在街头演奏。不管谁在这里演奏，都显得有点不知寒碜。只有这三个人例外。拉小提琴的是个金发小伙子，穿件毛衣，一条宽松的裤子，简朴但异常整洁。他似是这三个人的头头，虽然专注于演奏，但也常看看同伴，给她们无声的鼓励。有一位金发姑娘在吹奏长笛，她穿一套花呢套裙，眼睛里有点笑意。还有一个东亚女孩坐着拉大提琴，乌黑的齐耳短发下一张白净的娃娃脸，穿着短短的裙子、白袜子和学生穿的黑皮鞋，她有点慌张，不敢看人，只敢看乐谱。三个人都不到二十岁，全都漂亮至极。至于他们的音乐，就如童声一样，是一种天籁。这世界上没有哪个音乐家会说他们演奏得不好。我猜这个故事会是这样的：他们三个是音乐学院的同学，头一天晚上，男孩说：敢不敢到歌剧院门前去演奏？金发女孩说：敢！有什么不敢的！至于那东亚女孩，我觉得她是我们的同胞。她有点害羞，答应了又反悔，反悔了又答应，最后终于被他们拉来了。除了我们之外，也有十几个人在听，但都远远地站着，恐怕会打扰他们。有时会有个老太太走近去放下一些钱，但他们看都不看，沉浸在音乐里。我坚信，这一幕是当日维也纳最美丽的风景。我看了以后有点嫉妒，因为他们太年轻了。青年的动人之处，就在于勇气，和他们的远大前程。

零乱茶烟

文 / 陈香梅

在纽约，在第五街，汽车停在一家店门口，因为是我的生日，他一定要送给我一份礼物。

司机开了门，我一看那是巴素娜狄珠宝店。全世界最负盛名的首饰店。总行在意大利的罗马，创业百余年。每件首饰只做一件，每个女人都以有一份巴素娜狄的珠宝为荣。

我问他："来这儿做什么？"

他说："你进去选一样喜爱的东西嘛。"

我说："巴素娜狄的东西我已有好几套了，真的谢谢你，我不要。"

他望着我说："你真是一个使人费解的女人，我想你是第一个拒绝接受巴素娜狄的女人，假如他知道这事的话，一定大为失望。"

我笑说："他失望，我却替你省了一笔钱，是不是？"

他说："不，我总得送份生日礼物给你，你想到哪儿去挑选？"

我说："前面就是'双日书店'，我们是否可以到那儿去看看？"

他说："书何必自己去买，要哪一本，打个电话让他们送来好了。"

我说："那你今天就算给我你一小时宝贵的时间，陪我逛逛书店，好不好？"

他说："好吧。今天让你随心所欲。"

他虽然如此说，但我知道，他仍然以为我是一个使他费解的女人。

在如今只重物质文明的社会，又有几人懂得逛书店的乐趣呢？

到了"双日书店"，我正忙着看书，不一会儿他却和书店的经理一同走过来，老板说："陈夫人要选什么书，我替您去找。"

逛书店的乐趣是无人打扰，而你自己可以东张西望，这儿翻翻，那儿翻翻而不受到骚扰。因为在书店里你不是和人说话，而是和书本神交，假如不能做到这一点，那就完全失去逛书店的乐趣了。

不识相的他，不识相的老板，把我的来意一笔勾销。

我说："请你给我一本怀特的《历史的追溯》和尔活的《战争回忆录》。"

两本都是今年的畅销书。

我趣味索然，他把包好了的书本交给司机，和我一同上了汽车。

我望着第五街的高楼与那川流不息的行人，我的回忆却回到很久以前和那很遥远的地方。

中日战争八年，我从中学而大学，在香港，在抗战的大后方，生活都很苦，经济更困难，爱看书，但常常没钱买书，于是只好到书店游览，但书店主人对于只来看书而又买不起的人并不太欢迎。

有时为了买一本书，我就只好节省午饭钱。我有一妙计，吃两片面包，两片面包当中洒些白糖，吃起来不致太淡然无趣，然后喝一杯开水，很奇怪，不知是何道理，开水比冷水有味道，尤其是吃白面包的时候。

有一次想买一套中译的俄国名著，那套书共有四册，价钱太贵了，只好和另一位同学约好，两人合买，于是两人一同节食，但她对于白面包、白糖和开水的午餐无法欣赏，只吃了一天就要中途撤退，我对她这样放弃当然不甘，于是答应替她到图书馆去手抄李清照的词笺共21首，这她才同意继续牺牲到底。

大后方的书本纸张之劣无法形容，印刷也极差，但我们每得一书就如获至宝。等到我的女儿在加州士丹佛大学读东方语文时，随时开个书单，今天要一套廿四史，明天又要一套文选，顺手拈来，得之毫不费工夫，与我们当年做学生时的情况真有天壤之别。可是也许为此，他们也无法享受我们当年那种"采菊东篱下，悠然见南山"的乐趣。

在岭大的校园内，我们读文科的学生常爱到吴教授的宿舍内听他谈诗论词。而他的福州茶泡在小小的茶壶里，再倒入玲珑的小杯中也别有一番情趣。

他从屈原说到杜甫李白，从东方文学说到西方文学，兴致来时还要挥毫写一两首诗。有一次他还开我们的玩笑，他写了一副对联："几生修到梅花福，添香伴读人如玉。"

我说："老师该罚。"

他说："该罚，该罚。"喝浓茶一杯。

真是此情只待成追忆。

如今男人的圈子里,谈的不是球经就是股票和女人,女人谈的是时装、牌经和男人。能有情趣去论诗品茶或逛书店的人已不可多得。

人,为什么常常要追寻那不可得的东西?这就是人生的矛盾。

在纽约的泛美大楼的"云天阁",我们正临窗外望那将逝的夕阳。我想喝一杯浓茶,一小杯浓茶,像吴教授泥壶中的茶,可是"云天阁"有最名贵的瓷壶,镶了金边的茶杯,但那茶叶,是放在纸包里的茶叶——最煞风景的品茶方式。

零乱茶烟,何处追寻?

癌症细胞

文/(台湾) 李家同

老张是我们高中同班同学中唯一念医学院的同学,他是癌症医师,我们虽然是好朋友,但我们常常开玩笑说最好不需要去找他。

同班同学聚会,老张一定会到,他的收入高得不得了,所以有的时候他会请客,偶尔同学中有人发生一些经济上的困难,他也会慷慨解囊。虽然老张对人很慷慨,却过着很简朴的生活,他每次都坐公共汽车来聚会,也乘公车离开,现在有了捷运,他当然都乘捷运。他也从不大吃大喝,我的感觉是,老张不喜欢过非常舒适的生活。

我们都是62岁左右的人,快到退休年龄,却没有人真正退休。大概四个月以前听人家说,老张退休了,医院还为他举行了一个退休仪式,而且听说场面有些哀伤。

我弄不清楚是怎么回事,正想打电话给他,没有想到在台北的一家书店碰到了他,他正在买侦探小说,看到了我,高兴得不得了,一把抓住我,找了一家环境优雅的咖啡馆,坐下来大谈他所喜欢的侦探小说,我也听得津津有味,可是我注意到一件事,老张瘦了一些。

老张是个聪明人。他当然知道我已经注意到他的消瘦,他主动地告诉我,他得了癌症,已经只剩几个月的生命。对我来讲,这真是晴天霹雳,也没有问他现在有没有治疗,因为我想他是这方面的专家,应该知道如何治疗。离开咖啡馆的时候,下雨了,我替老张拦下了一辆计程车,这是我有生以来第一次看到老张乘坐计程车。

一个月后,老张来埔里找我。他的儿子开车送他来,他的儿子也是癌症医师。我们一起去附近的农场看油桐花,那里的油桐花种在道路两旁,大树成荫,车子开过满地的白花,真是奇景。老张虽时常面露倦容,但也一再说不虚此行,因为他以后再也看不到这种遍地都是白花的情境了。除了看花,老张也对我们的多媒体系统有很大的兴趣,我们的研究生替他表演了好多有趣的系统,老张仔细地看这些表演,也问很多有道理的问题。

这也是我看到老张的最后一次,不久,老张就去世了。我当时心中纳闷,为什么他走得这么快,以他的专业素养,他的癌症一定是初期,他所得到的治疗也一定是最好的,为什么他这么快就走了?

我们都收到了讣闻,讣闻中除了绝对婉谢花圈这些玩意儿以外,还有一个特别的请求,请大家在指定的地点坐他们家租的游览车去,讣闻中好像拒绝任何人开汽车去参加葬礼。老张的葬礼,来了一大批名医,他们都面容严肃,我们这些人看了这么多的名医,更加深一个疑问,为什么老张走得如此之快?

谜底终于揭晓了,老张的儿子致词的时候,告诉我们一个我们都不知道的故事:老张从头到尾没有接受任何治疗。为什么呢?老张的儿子在礼堂中放映了一段录影带,在这段录影带中,老张解释了何谓癌症细胞。我们常以为癌症细胞是不健康的细胞,其实不然,癌症细胞是最健康、最有活力的,别的细胞虽然会分裂,但分裂会有止境。癌症细胞的分裂永远不会停止,不断的分裂需要养分,但是人的养分有限,癌症细胞的不断分裂最后将其他正常细胞的养分吸取得一干二净。因此老张认为我们这些人都是癌症细胞,因为我们太健康,所以我们吃得多,因为我们有钱,所以我们消耗掉大量能源,可是地球上就这么多资源,我们用得多,其他人类就倒霉了。

老张在录影带中一再地强调,80%的资源,由20%的人类消耗掉,他也一再地提醒我们,如果全世界的人都像我们这样地吃远洋的鱼,全地球海里的鱼只够我们吃一天,他一再地问一个问题;如果全世界的人都像我们一样的享受,地球上的资源能撑多久?举例来说,40年后,石油就用光了。老张的录影带也介绍了非洲2500万人得了艾滋病的惨相,这一段的声音被消除了,但这一段静寂的录影带带给我们极大的震撼。

老张的儿子没有解释为什么老张不愿意接受治疗,那一段没有任何声音的录影带解释了一切,老张早就对于他的生活好感到内疚,所以他一直尽量地过得很简单,最近非洲大批人得了艾滋病,却没有人得到任何治疗。欧美虽然有治疗艾滋病的药,但这些非洲穷人怎么有钱买这种药呢?这种情形也使老张很难过。

老张热爱生命,但是他不愿他的生命影响了别人,他不愿意看到自己太健康,太健康就是癌症细胞了。最后,老张提到他自己的病,他说他的病是不可能痊愈的，花了很多钱以后，他可以多活三至四年，在这三四年内，他所能做的非常之少，所以他不愿意为了他的这三四年的生命而花费人类大量的医药资源，有这么多非洲人死于艾滋病，他实在是没有兴趣去接受治疗。

老张的儿子也在葬礼上告诉了大家，老张临死以前，捐了大笔的钱给一个慈善机构，专门用作医治非洲艾滋病患者之用。

老张如果多活几年，也许可以医治一些人，但是他的拒绝治疗，却是一个强有力的震撼教育。前天，我们同学会，每人一个盘餐，大家不发牢骚，每个人都对自己的命运感到满足。我家现在平时只开电扇，有客人来才开冷气。我们也愈吃愈简单，每次餐后有香蕉吃就心满意足矣。

我住的是公寓，有时难免想念当年在美国住的独门独院的房子，现在我的想法也改了，如果全台湾的人都这样住，台湾恐怕会看不到一片青山，一片绿水，全台湾只看到房子了。

老张说得有道理，我们不能生活得太好，我们不该是癌症细胞。我们应该将青山绿水留给下一代，留给别人。老张潇洒地离去，使我们可以潇潇洒洒地活着。我们都轻松多了。

此仇不报非君子

文/[美] 刘墉

十二三岁的时候，我最爱看武侠小说，常把小说藏在床底下，母亲一出门，我就掏出来看。

武侠小说似乎多半都是报仇的故事。那主角总是身负血海深仇的孩子，先有贵人相助，保住一条小命，再获得武林秘笈，又阴错阳差地遇到千年才成熟一次的灵芝仙果。再不然就是得到武林前辈为他打通任督二脉，于是由个文弱少年，突然变为天下第一高手，直捣仇家的巢穴，讨回灭门的血债。

我那时不但看武侠小说，照着书里形容的招式比划，还背书里的对白，其中我觉得最"酷"的句子是"此仇不报非君子"。而且自从学了那句话，在学校里动不动就用。

别人比赛赢了我，我说"此仇不报非君子"，打球的时候被同学扯破了衣服，我也说"此仇不报非君子"。好像由于学了这么一句很"酷"的话，没有仇也要找点仇来报，才过瘾。

当然青春期的孩子，喜欢争强斗胜也是原因。那时候总听说有小太保，因为别人看他一眼，心里不爽，就过去捅人一刀，也知道有不少同学参加帮派，集体械斗。

那种"斗"似乎是无止境的，今天你多打我一下，明天我非还你一下不可；明天你人多些，我吃下一口气，后天就一定要聚众讨回公道，真合了美国西部的那句俗话——"枪声总有余响"。今天你开一枪，人家倒下了，没能回你一枪，改天总有人要来"补那一枪"。

高中的时候，我有个同学被别班的人修理了。

他很瘦弱，连帮派的人都不要他，他气在心里，告诉他爸爸，他爸爸居然骂道："谁让你不打回去？"然后送他去学跆拳道。

他先到外面学，又加入了学校的跆拳道社。愈练愈壮，一巴掌就能把桌角打掉。

有时候同学特别把椅子上的木条拆下来，架在两个桌子间，要他劈，他能把粗粗的木条劈断，手却一点没事。

这消息传到别班，那欺侮过他的人紧张得要死。

可是，我这同学明明有力量可以去"讨回公道"，他却不动了，先说"练跆拳不能用来打架，这是跆拳社的规定"。又说"何必呢？赢了也不光荣"。

又过一阵，当同学提到他当年练功夫是为报复的时候，他居然笑笑，"说来我还真该谢谢那个人，要是没有他，我也不会有今天哪！"

他不但没有报复，还和那个人成为了朋友。

我自己也有这样的经验。

大学刚毕业的时候，某电视公司请我去主持个特别节目，那节目的导播看我文章不错，又要我兼编剧。

可是当节目做完，领酬劳的时候，导播不但没给我编剧费，还扣我一半的主持费。他把收据交给我说："你签收 1600，但我只能给你 800，因为节目透支了。"

我当时没吭声，照签了，心想"君子报仇，三年不晚"。

后来那导播又找我，我还"照样"帮他做了几次。

最后一次，他没扣我钱，变得对我很客气，因为那时我被电视公司的新闻部看上，一下子成为了电视记者兼新闻主播。

我们后来常在公司遇到，他每次笑得都有点尴尬。

我曾经想去告他一状，可是正如高中那位同学所说，没有他，我能有今天吗？如果我当初不忍下一口气，又能继续获得主持的机会吗？

机会是他给的，他是我的贵人，他已经知错，我何必去报复呢？

后来我到了美国留学。

有一天，一位已经就业的同学对我抱怨他的美国老板"吃"他，不但给他很少的薪水，而且故意拖延他的绿卡（美国居留权）申请。

我当时对他说："这么坏的老板，不做也罢。但你岂能白干了这么久，总要多学一点再跳槽，所以你要偷偷学。"

他听了我的话，不但每天加班，留下来背那些商业文书的写法，甚至连怎么修理影印机，都跟在工人旁边记笔记，以便有一天自己出去创业，能够省点修理费。

隔了半年，我问他是不是打算跳槽了？他居然一笑：

"不用！我的老板现在对我刮目相看，又升官，又加薪，而且绿卡也马上下来了，老板还问我为什么做事态度一百八十度转变，变得那么积极呢？"

他心里的不平不见了，他作了"报复"，只是换了一种方法，而且他自我检讨，当年其实是他自己不努力。

大概前五年吧！我又遇到个有意思的事。

一位老友突然猛学算命，由生辰八字、紫薇斗数、姓名学到占星术，没一样不研究。

他学算命，当然不是觉得算命灵验，而是想证明算命是骗人的东西。

原因是有一位非常著名的大师为他算命，算他活不到47岁，他发誓，非打烂那大师的招牌不可。

你猜怎样？

他愈学愈怕，因为他发现自己算自己，也确实活不长。

这时候。他改了，他跑去做慈善，说"反正活不久了，好好运用剩下的岁月，做点有意义的事"。

他很积极地投入，人人都说他变了，由一个焦躁势利的小人，变成敦厚慈爱的君子。

不知不觉，他过了47、过了48，而今已经53，红光满面，生气勃勃，比谁都活得健康。

"你可以去砸那大师的招牌了！"我有一天开他玩笑。

他眼一亮，回问我："为什么？"又笑笑，"要不是那人警告我，照我以前的个性，确实47岁非犯心脏病不可，他没有不准哪！"

各位年轻朋友！

你喜欢逞强斗狠吗？你总是心有不平吗？你有"此仇不报非君子"的愤恨吗？

请想想我说的这几个故事。

你要知道，敌人、仇人，都可以激发你的潜能，成为你的贵人。

你也要知道，许多仇、怨、不平，其实问题都出在你自己。

你更要知道，这世间最好的"报复"，就是运用那股不平之气，使自己迈向成功，以那成功和"成功之后的胸怀"，对待你当年的敌人，且把敌人变成朋友。

当"冤冤相报何时了"的双赢，能成为"相逢一笑泯恩仇"的双赢，不是人生最大的成功吗？

黄玫瑰的心

文/(台湾) 林清玄

人只要有细腻的心去体会万象万法,从一朵花里,就能看到宇宙的庄严,看到美,以及不屈服的意志。

为了这绝望的爱情,我已经过了很长时间沮丧、疲倦、像行尸走肉的日子。昨夜从矿坑灾变中采访回来,因痛惜生命的脆弱与无助,躺在床上不能入睡。清晨,当第一道阳光照入,我决心为那已经奄奄一息的爱情做最后的努力。我想,第一件该做的事是到我常去的花店买一束玫瑰花,要鹅黄色的,因为我的女友最喜欢黄色的玫瑰。

刮好胡子,勉强拍拍自己的胸膛说:"振作起来。"想到昨天在矿坑灾变前那些沉默寡言哀伤但坚强的面孔,就出门了。

往市场的花店前去,想到在一起5年的女朋友,竟为了一个其貌不扬、既没有情趣又没有才气的人而离开,而我又为这样的女人去买玫瑰花,既心痛又心碎,生气又悲哀地想流泪。

到了花店,一桶桶美艳的,生气昂扬的花正迎着朝阳,开放。

找了半天,才找到放黄玫瑰的桶子,只剩下9朵,每一朵都垂头丧气,"真衰,人在倒霉的时候,想买的花都垂头丧气的。"我在心里咒骂。

"老板,"我粗声地问:"还有没有黄玫瑰?"

老先生从屋里走出来,和气地说:"没有了,只剩下你看见的那几朵啦。"

"每一朵的头都垂下来了,我怎么买?"

"喔,这个容易,你去市场里逛逛,半个小时后回来,我包你看到一束新鲜的、有精神的黄玫瑰。"老板赔着笑,很有信心地说。

"好吧。"我心里虽然不信,但想到他说不定向别的花店调,也就转进市场逛去了。心情沮丧时看见的市场简直是尸横遍野,那些被分解的动物尸体，使我更加深刻感受到悲苦的世界，小贩刀俎的声音，使我的心更烦乱。

好不容易在市场里熬了半个小时，再转回花店时，老板已把一束元气淋漓的黄玫瑰用紫色的丝带包好了，放在玻璃柜上。

我不敢相信自己的眼睛，我说："这就是刚刚那一些黄玫瑰吗？"它们垂头丧气的样子，还映在我的眼前。

"是呀，就是刚才那黄玫瑰呀。"老板还是笑眯眯地说。

"你是怎样做到的，明明那花刚才已经谢了呀。"我听到自己发出惊奇的声音。

花店老板说："这非常简单，刚才这玫瑰不是凋谢，只是缺水，我把它整株泡在水里，才20分钟，它们全又挺起胸膛了。"

"缺水？你不是把它插在水桶中吗？怎么可能缺水呢？"

"少年仔，玫瑰花整株都需要水呀，泡在水桶里是它的根茎，就好像人吃饭一样。但人不能光吃饭，还需要动脑筋、有思想、有智慧，才能活得抬头挺胸。玫瑰花的花朵也需要浇水，在田野里，它们有雨水露水，但是剪下来后就很少有人注意它的头也需要水了，整株泡在水里，很快就恢复精神了。"

我听了非常感动，愣在那里：呀，原来人要活得抬头挺胸，需要更多智慧，应当把干枯的头脑泡在冷静的智慧水里。

当我告辞的时候，老板拍拍我的肩膀说："少年仔，要振作点呀！"这句话差点使我流泪走回家，原来他早就看清我是一朵即将枯萎的黄玫瑰。

回到家，我放了一缸水，把自己整个人埋在水里，体会一朵黄玫瑰的心，起来后通身舒泰，决定不把那束玫瑰送给离去的女友。

那一束黄玫瑰每天都泡一下水，一星期后才凋落花瓣，但却是抬头挺胸凋谢的。

这是在十几年前，我写在笔记上的一个真实的事。从那一次以后，我就知道了一些买回来的花朵垂头丧气的秘密。最近找到这一段笔记，感触和当时一样深，更确实地体会到，人只要有细腻的心去体会万象万法，到处都有启发的智慧。

一朵花里，就能看到宇宙庄严，看到美，以及不屈服的意志。

有一位花贩告诉我，几乎是所有的白花都很香，愈是艳丽的花愈是缺乏芬芳，他的结论是："人也是一样，愈朴素单纯的人，愈有内在的芳香。"

有一位花贩告诉我，夜来香其实白天也很香，但是很少有人闻得到，他的结论是："因为白天人的心太浮了，闻不到夜来香的香气，如果一个人白天的心也很静，就会发现夜来香、桂花、七里香，连酷热的中午也是香的。"

有一位花贩告诉我，清晨莲花一定要挑那些盛开的，结论是："早晨是莲花开放的最好时间，如果一朵莲花早上不开，可能中午和晚上都不会开了。我们看人也是一样，一个人在年轻的时候没有志气，中年或晚年是很难有志气的。"

有一位花贩告诉我，愈是昂贵的花愈容易凋谢，那是为了要向买花的人说明："要珍惜青春呀，因为青春是最名贵的花，最容易凋谢。"

有一位花贩告诉我……

让我们来体会这有情世界的一切展现吧，当我们有大觉的心，甚至体贴一朵黄玫瑰，以心印心，心心相印，我们就会知道，原来在最近最平凡的一切里，就有最深最奇绝的睿智呀。

白天纽约 黑夜巴黎

文/(台湾) 王文华

纽约和巴黎,代表了我人生的两个面向。纽约是白天,巴黎是黑夜。纽约是前半生,巴黎是下半场。

35岁之前,我认定纽约是世上最棒的城市。我在加州念研究生,毕业后迫不及待地去纽约工作。一做5年,快乐似神仙。我爱纽约的原因跟很多人一样:她是20世纪以来世界文化的中心,丰富、方便。靠着地铁和出租车,你可以穿越时间,前后各跑数百年。人类最新和最旧、最好和最坏的东西,纽约都看得见。

所以在纽约时,我把握每分每秒去体会。白天,我在金融机构做事,一天10小时。晚上下了班,去纽约大学学电影,一坐4小时。在那20多岁的年纪,忙碌是唯一有意义的生活方式。这种想法并不是到纽约才有的,其实台湾人就过着纽约生活。纽约生活,充满新教徒的打拼精神和资本主义的求胜意志。相信人要凭借不断努力,克服万难、打败竞争,活着的目的,是更大、更多、更富裕、更有名。权力与财富,是纽约人的两个上帝,而能帮你走进天堂的鞋,就是事业。为了保持领先,每个人都在赶时间、抢资源。进了电梯,明明已经按了楼层的钮,那灯也亮了,偏偏还要再按几下。出了公司,明明已经下班了,却还要不停打手机,遥控每一个环节。在纽约,为达目的,可以不择手段。在纽约,没有坏人,只有失败者。

每一件事,都变成工作。上班当然是工作,下班后的应酬也是工作。有人谈恋爱是在工作,甚至到酒店喝酒、KTV狂欢,脸上都杀气腾腾,准备拼个你死我活。我曾热烈拥抱这种生活，并着迷于这种因为烧烤成功而冒出的焦虑。这种焦虑让我坐在椅子边缘，以便迅速地跳起来闪躲明枪暗箭。这种警觉性让我练就了酒量和胆量、抗压性和厚脸皮，但也养成了偏执和倔强、优越感和势利眼。在纽约时我深信：能在这里活下来的，都是可敬的对手。黯然离开的，统统是输家。因此在纽约，现代的罗马竞技场，我要和别人，以及自己，比出高低。

这套想法，在我35岁以后，慢慢改变。

第一件动摇我想法的，是父亲的过世。父亲一生奉公守法、与人为善，无不良嗜好，身体健康得像城堡。72岁时，他得了癌症，引发中风，经历了所有的痛苦和羞辱。他一生辛勤工作、努力存钱，坚信现在的苦可以换得更好的明天。我们也相信一分耕耘、一分收获，用在纽约拼事业的精神照顾他。但两年的治疗兵败如山倒，最后他还是走了。父亲逝世的那天，我的价值系统崩溃了。我一路走来引以为傲的"纽约精神"，没想到这么脆弱。

不只在病床，也在职场。当我在企业越爬越高，才发现"资本主义"在职场中也未必灵验。上过班的都知道，很少公司真的是"开放市场"、"公平竞争"，大部分的同事都觉得你不是朋友就是敌人。职场上伟大的，未必会成功；成功的，有时很渺小。

慢慢地，我体会到：世上有一种比"善有善报、恶有恶报"更高、更复杂的公平。人生有另一种比"功成名就"更幽微、更持久的乐趣。那是冲冲冲的美式资本主义所无法解释的。

我能在哪里找到那种公平和乐趣呢？我想过西藏、不丹、非洲、新西兰。然后，我注意到法国。

住纽约时，法国是嘲讽的对象。身为经济、科技和军事强权的美国，谈起法国总是忍不住调侃一番。法国是没落的贵族，值得崇拜的人都已作古。法国人傲慢，高税率让每个人都很慵懒，动不动就罢工，连酒庄主人都要走上街头。

搬回台湾后，普罗旺斯、托斯卡尼突然流行。我看了法兰西斯·梅思的《美丽的托斯卡尼》，其中一句话打动了我："在加州，时间像呼啦圈。我扭个不停，却停在原地。在托斯卡尼，我可以在地中海的阳光下，提着一篮李子，逍遥地走一整天。"

是啊！我在赶些什么？我耗尽青春用尽全力，拼命追求身外之物，结果我真的比别人有钱、有名吗？更重要的是，我真的因此而快乐吗？当我重新学习法国，我发现法国和美国代表两种截然不同的生活方式。美国人追求人定胜天，凡事要逆流而上。法国人讲究和平共存，凡事顺势而为。纽约有很多100层的摩天大楼，巴黎的房子都是300年的古迹。纽约不断创新，巴黎永远有怀旧的气息。巴黎人在咖啡厅聊天，纽约人在咖啡厅用计算机。纽约有人潮，巴黎有味道。纽约有钞票，巴黎有蛋糕。

不论是政府或个人，法国人都把精神投注在食、衣、住、行等"身内之物"。就让美国去做老大哥吧。要征服太空、要打伊拉克、要调高利率、要发明新科技，都随他去。法国人甘愿偏安大西洋，抽烟、喝酒、看足球、搞时尚。当美国人忙出了胃溃疡，法国人又吃了一罐鹅肝酱。

讲到吃，法国有300种奶酪，光是波尔多就有57个酒的产区。晚上6点朝咖啡厅门口一坐，一杯红酒就可以聊3个小时。9点再去吃晚餐，一直吃到隔天凌晨。他们在吃上所花的时间，跟我们上班时间一样。

吃很重要，但也要会挑时间，朋友介绍我去试一家法国餐厅，提醒我他们礼拜二、四晚上休息。"为什么？"我问。他说："因为主厨要回家看足球。"

聪明的主厨懂法律。法国法律规定一周工作时间最多35小时，大部分的人一年有5周的假期。而美国人把加班当做自己有价值的表示，度假时还拿着手机回 E-mail。

法国人比美国人会玩。每年6月的巴黎音乐节，从午后到深夜，几百场露天音乐会在各处同时举行，人多到地铁都暂停收费。每年10月的"白夜"，平日入夜就打烊的店面，彻夜营业到清晨7点。每年夏天，巴黎市政府在塞纳河右岸布置了三段总长1.8公里的人工海滩。细沙、吊床、躺椅、棕榈树，自然海滩有的景致这里都有，让没钱去海边度假的民众，也可以享受到海滩风光。

当然，法国这么深厚的文化，不可能只从吃喝玩乐而来。美国人读书，为了考证照。法国人读书，为了搞情调。每年10月的读书节，大城市的火车站内，民众轮流上台朗诵诗句。书店营业到天明，整晚有现场演奏的乐曲。"美食书展"选在铜臭味最重的证券交易所举办。小镇书展的书直接"长"在树上，读者必须爬到树上，把书摘下来品尝。

一直跟着美国走的台湾人，会心动吗？我心动了。

11月我到巴黎，一位法国朋友来接待我。临走前我问他："明天你要干吗？"

"我要去银行。"

"然后呢？"我问。

"我不懂你的意思……"

对我来说，"去银行"是吃完午饭后跑去办的小事。对法国人来说，这是他一天全部的行程。法国人总是专心而缓慢，每天把一件小事做好。

这样的生活，对美国或台湾人来说，实在是太颓废了。的确也是。法国失业率接近10%，高税率让雇主宁愿打烊休息，免得帮员工缴税。巴黎市区纸醉金迷，但郊区的少数民族却没有工作机会。这些都是黑暗面，但对于每日被强光烤焦的台湾人，阴暗也许提供了喘息空间。生命的终点都一样，有钱人的丧礼只是上香的人比较多。不断地追赶只是提前冲向谢幕，为什么不把时间花在慢慢为生命暖场？

我从巴黎回来，台北并没有改变。关了两周的手机再度响起，一通电话找不到我的人会连续狂打10通。和朋友见面，他很关心地问我："好了，你现在工作也辞了，欧洲也去了，接下来有什么Projects？"

"Projects"？多么纽约的字眼。我真想说："好好生活，不就是人生最大的Project？"但我知道在熙来攘往的台北街头，在不到40岁的年纪，这样说太矫情了。况且，我今天之所以有钱有闲享受法式生活，不也正因为我曾在美式生活中得到很多利益？我仍热爱工作、热爱纽约，但已不用像20岁时一样亦步亦趋、寸步不离。

所以我说："我还是会早起，白天努力写作。但到了晚上，我想关掉手机。"

世界少了我，其实无所谓。但我少了我，还剩什么？

书呆子年

文/(台湾) 吴淡如

有很多人都曾对我说："我觉得你从小到大一定都很顺利……"老实说，我一直觉得自己很苦。

大多数的年份，我都是在书房里度过的。从进入少女时期——不，也许更早，我的年，总与书结缘。这么说，并非自夸爱书成癖，也不是要宣告世人，唉呀我是多么多么的有文化素养。事实上，如此单调的孩提、少年的乏味的度节方式，想来该教人万分羞赧才是。以前我弟弟总叫我"书呆子"，逢人便解释"我姐姐其实很呆，只是因为她不会玩，只好埋头读书——不然你看看她那长相，如果不是成绩好，就不会有人注意她啦"。话虽如此，但"因不会玩，只好看书"的推理是不会错的。

不知道为什么，我就是没有玩伴，只要手脚并用的一切游戏都拙，自然也不会有人找你玩，不得不养成了自得其乐的方式。

我很相信有人天生四肢不勤，我就是其中一个。一直到高中，100米还跑23秒，学了两个暑假的游泳，加上跳水的距离才"爬"了15米，跳高只能跳过50厘米，老师就不准我再跳，因为怕我摔断骨头不好向家长交待……更由于我一看到排球从天空中"砸"下来就逃，所以念大学时有一学期上排球课，我为了不要因体育不及格而留校一年，弄来了一张医师报告上残障班——我宁愿伪装心脏病患者，也不愿意看到凌空而下的排球。

于是我埋身书堆以告诉自己，天生我材必有用。四体不勤沦为恶性循环，现在想想，不知是福是祸，不过《红楼梦》这本巨著是该负点责任的。

13岁那年我用压岁钱买了《红楼梦》，那个新年，大概算是我"少女情怀总是诗"的开始。

故乡小镇的书局大年初一还开张，其实是为了兼营礼品及鞭炮生意。矮胖的老板看了我拿着一本大书，还会好心劝告："你这个囝仔，大年初一还买大'输'回去，你家大人麻将打输了不会打你？"

还好我的父母都不拿赌博庆新年。

《红楼梦》，我最初的文学梦，让我发现除了这个肉眼可见的世界以外，我们的心里还会有数不清的世界，还有更缤纷动人的言语，更惊心动魄的场景，心灵的眼睛所能见到的，远比视网膜所能接收的影像美丽。

过年躲进书房的理由还有一个重要原因：我恨鞭炮。

那凌厉的爆裂总让我吃惊，尤其是满天飞舞的冲天炮，我总是怕它会射进眼睛，更讨厌别人洋洋得意地笑我"胆小鬼"。

那年，开始以幻想怀春的我"遇见"了林黛玉，似蹙非蹙笼烟眉的林黛玉；眼睛里的泪珠儿可以从秋流到冬、春流到夏的潇湘妃子，不忍看落花陷淤泥，低唱"侬今葬花人笑痴，他年葬侬知是谁"的柔情女子；动不动就会岔了气咳两咳的病西施。

我竟以为柔弱乃古典美女之充分必要条件，更加纵容自己肢体上的怠惰。所以我说，《红楼梦》是该负点责任的。

待长到很大（也可以说开始变老）以后才慢慢知道，林黛玉不是很好的学习对象，言语尖刻、凡事钻牛角尖的女人，在现代社会是很不受欢迎的，管你再有多么优美的性灵，才高八斗的学识，也只能孤芳自赏。

在爆竹声中靠读书以避岁，对我而言已是多年积习。记得有一年过年看的还是《柏拉图》，有一年看的是厚厚的《克里希那姆提传》，以笔耕过掉的年则不可胜数。去年，整修的则是我的《红楼梦》新传，将我13岁那年窥见的奥妙殿堂，用如此这般（不告诉你）岁数的心情写出来。

过年，待在书房里闭关自守，纯粹是习惯，还有一点"把这几天当平常日子过，就可以忘记自己又痴长一岁"的寓意。拜年？那更不必了。现今拜年的行为，总使我想起钱钟书拒绝庆祝80大寿，仍愿一人独处书房的理由："不必花不明不白的钱，找些不三不四的人，说些不痛不痒的话。"

其实文人不分佳节喜庆仍留守书房的不胜枚举。我虽说自己"苦力"，比起来是小巫见大巫，据说福楼拜就是一个最努力的写作苦行僧，他一生中有20多年夜以继日地在书房写作，整天把自己关在书房里，废寝忘餐推敲文句，改了又改。他说："世界上没有两只完全一样的苍蝇、鼻子、手，所以一定要找出它们的不同点来。"因之，平均5年才写出一部书，写"包法利夫人"服毒时，他感到自己满嘴都是砒霜的气味，接连两天吃不下饭。由于他夜夜挑灯，因而他的窗户还成为塞纳河上渔夫的灯塔，使他们不致迷路……这样的苦力，让人叹为观止吧？在书房里过年，又有什么好拿来说嘴的？

谁的生活不造作

文/(台湾) 张曼娟

朋友刚从上海回来,她出发之前最期待的就是可以去探访南方水乡。我连忙访问她的观感。她欲言又止,好像有很多隐情的样子。据她的说法,那里有一些穿着民族服装的导游,带着他们搭上小船,说是要真实体验水乡居民的生活。小船在狭仄的河道行进,经过一些民家,会看见用河水洗衣的妇女、将渔网抛下河水的老叟,还有光着屁股的小孩,跑到河水边对他们挥挥手。

"该有的都有了,你还有什么不满意?"我真的觉得好奇。

"就是觉得不自然,觉得一切都是安排好的。好造作。"朋友说出了她最真切的想法。当地人仿佛是为了被观看而生活。我想,我可以理解朋友的想法。

我们碰面这一天,在一家餐厅喝下午茶,餐厅里是藤制家具、厚厚的赭红色椅垫、白色蕾丝窗帘,十足殖民地的风味与情调。这难道不是一种造作吗?侍者正弯下腰,在我们面前放下三层点心盘,有鲑鱼三明治⋯⋯很纯正的英式下午茶。我捻起一块三明治放进嘴里的时候,忍不住问自己,这是不是一种造作呢?

如果让我们观光的水乡的人是为了生活所需而造作,那么,我们为的又是什么呢?

我的一个男性朋友,平常工作很忙,但是,一到星期日必须全家去吃麦当劳早餐,他并不是喜欢汉堡或薯条,而是因为全家一起进麦当劳,是一种亲密的象征。所以,吃完饭之后,一定要带着全家到海边或者山上去享受家庭日。他很自诩这种幸福美满,我却听过他青春期的女儿的抱怨:

"人家天天补习，好不容易可以放一天假，偏偏不能跟同学出去玩，好烦喔。"他的妻子也有怨言："难得可以在家里，不用上班，想看点书，做点自己的事，也没办法，跟着他到处跑，累死了。""爸爸以为自己在拍广告呢。"女儿有点尖刻，却不无精准地一语道破。

这个男人，因为受到商业广告的洗脑，过着造作的生活。

曾经，和朋友去巴黎旅行，我们特地买了几条长长的法国面包，装在褐色纸袋子里，走过香榭大道。很多法国电影，女主角都会这样抱着自己的面包回家的。那几条面包，放在旅馆，而我们去博物馆，去丽池酒店凭吊黛妃最后的爱与死之旅，就是没机会吃掉面包。说到底我们根本不需要那些面包，我们只是需要面包的纸袋，需要拥抱面包。

常常在电视上看日本美食节目，觉得这些人真是太夸张了，每吃一样东西就要礼赞三分钟，表情千变万化，这样吃饭是不是太费力气了？东西好吃，心领神会就够了，又不是在演"食神"。然而，有时候还非得演出一段不可，明知造作，也得行礼如仪。

初夏去北海道旅行，到了函馆，找到一家当地人钟爱的寿司店。想吃握寿司已经想好久了，凉凉的冷空气里，我们坐定才发现，没有一个外国人，甚至可能没一个外地人。当我们用英文沟通才发现，完全行不通。所幸，店里有两个女性顾客，友善地协助我们，替我们点了几个寿司，说是我们一定会喜欢的。寿司师傅吆喝一声，非常卖力地做起来。艳红的鲑鱼寿司亮光闪闪地送到面前，店里所有顾客一齐转头注视着我们。我战战兢兢将寿司放进嘴里，咀嚼着，面对那些充满期盼的眼神，仅仅心领神会是不够的。每吃下一个寿司，我都得微微张开嘴，睁圆我的眼睛，发出不可思议的赞叹。

有时候，我们的造作，是为了符合别人的期望。

向女人示爱，为什么要送100朵玫瑰，表示一生一世？难道不知道100朵玫瑰花还真沉重啊？向女人求婚的时候，为什么一定要送钻石？不能送红宝石、祖母绿或者翡翠玛瑙？又或者不能送一株万年青呢？难道真的只有钻石才代表爱情永恒久远？

常有人问我，情人分手之后，要怎样当朋友？我总是反问他或她："分手了为什么还要当朋友？"我对这种事很悲观，或者是很现实。当情人要分手，必然累积了许多失望、背叛、伤害，这种种痛苦的尖锐，绝不是寻常友情会经历的。既然有了这么痛楚的撕裂，怎么还能云淡风轻地当朋友？"如果分手就老死不相往来，又好像太没风度了。"这是最常听见的理由。既然已经不能相爱了，还计较那些无关紧要的风度做什么？勉强自己或勉强对方，都太造作。

有些造作还真有其必要性。十几年前，我四处去演讲，总打扮得美美的，努力维持一个年轻浪漫女作家的形象。那次是在南部，炎热的夏天，我穿着一身雪白的鱼尾洋装，踩着高跟鞋从二楼下到一楼的演讲厅。不知道发生了什么事，脚下一滑，就一路滑下去。洋装很窄，我只能无助地一路滑到底，5秒钟抵达一楼。为了形象，我马上起身，拍拍灰尘进入演讲厅。站着的两个小时里，我感到皮下出血的炙热和难以形容的疼痛，我硬撑着，一点没露出形迹，直到渐渐失去知觉。如果不是造作的功力已深，是办不到的。整个夏天，我的臀部黑紫瘀青，几乎无法行走。

姿态是造作的，生活是造作的，但，疼痛最真切。

机会成本与秘鲁的棕熊

文 / 玮东

不久，友人从国内打来电话，告诉我他们一家移民澳洲的申请已经被批准了。不久，就要举家迁往澳洲，我向他表示祝贺，没想到他却说他现在一点也高兴不起来，真是有点左右为难。原来，朋友在国内自己开了一家公司，公司的业务正在蒸蒸日上，钱也赚得越来越多，孩子也正在上小学，这个时候如果抛弃国内的一切，似乎太可惜了。可是出国也是他多年的夙愿。一时间，他真的不知道该怎样做决定。我当时也想不出什么好办法来帮助他，只好安慰他说其实在国内、国外都差不多，一切还是要根据自己的情况来决定。

放下电话，我沉思良久。想到了自己在国外奋斗的这几年，想到了自己所得到的和失去的。想着想着，我突然想起了经济学上的一个概念：机会成本。这个概念说起来十分简单，就是说如果我们一旦选择了一个机会，决定去做一件事情，那么我们就失去了做其他事情的机会，因为我们的精力和能力是有限的。无论我们失去的机会其价值有多大，或者有多小，它都不可避免地成为我们选择的机会成本。机会成本是无形的，也是无法定量的，所以在学校学习的时候，我常常在自己的学期报告里忽略机会成本，所以教授总是问我你的机会成本在哪里呢？其实，我们的老祖宗早就活学活用了这一概念，于是才会有鱼和熊掌只能取其一不能取其二的故事。当然，如果你自己鱼和熊掌都想要，那么，你的机会成本就是失去了寻找和得到比鱼和熊掌更珍贵的东西的机会。如果你有三头六臂，会孙悟空的七十二变，那就另当别论。对大多数人来说，我们时时刻刻都面临着选择，也时时刻刻都存在机会成本的问题。

机会永远存在，关键在于我们自己如何去选择，如何去计算自己的机会成本。由于机会成本不同，并不是每个人都可以走相同的道路，但这并不意味着你不可以去选择，不可以去追求，只是有的时候，你要付出比别人多得多的代价。我们在选择的同时，也必须承担选择的后果。

在电视上曾看到过一个节目，是采访英国一位著名的喜剧演员、剧作家，他最近写了一本书，是关于一种濒临灭绝的棕熊的故事。这种棕熊，生活在秘鲁的原始森林里，它们身上的花纹很好看。不幸的是，由于气候变化和人工砍伐，它们的生存条件越来越恶化。他将把这本书的所有收入都捐给棕熊保护基金会。

当时，我觉得这些棕熊真是很幸运，有这么多人在关心它们的命运。主持人接着问他为什么喜欢动物，他的回答非常有趣："因为我们总想知道其他动物是怎样生活的。"可是通过多年对动物的观察，他却发现动物并不关心其他的动物是怎样生活的，它们只是一心一意地过自己的生活，也许是我们听不懂动物的语言，所以从来没有听说棕熊想成为大熊猫，也没有听说过大猩猩想成为棕熊。从广义上来说，人也是动物，可人却总是不想成为自己，人总是想成为别人。我们想成为人上人，成为纵横驰骋的骏马，成为搏击长空的雄鹰……人总是想超越自己，这也许是人类的优点，也许是我们一切幸福和不幸的根源。

当今社会，无论是在国内还是在国外，都流行着许许多多教我们怎样生活的书，有书教我们怎样管理，怎样改善自己，怎样在30岁之前成为百万富翁，怎样教育子女，怎样……可是却很少有书告诉我们应该怎样欣赏自己，怎样欣赏自己的生活。你可以按照书本上的方法去做，那样你也许会失去人生道路上许多冒险的乐趣；你也可以自己随意去选择，太多的冒险，太多的乐趣，也可能会使你失去你所渴望的未来。不要忘记计算你的机会成本呀！

不管怎样，我们都应该庆幸自己有选择的权利和自由。正是由于我们的祖先进行了选择，我们才由原始和蛮荒发展到了今天的现代繁华。但也恰恰是由于这种选择，我们的生活从此充满了无尽的烦恼和难题。

由于选择，我们就永远在失去，同时，选择也让我们在不断地获得。

我们失去的，也许永远无法补偿，但是我们却得到了别人无法体会的、独特的人生。

友人经商，一定精于计算成本。我决定把机会成本和关于棕熊的感想告诉他，如果他再问我如何进行选择，何去何从时，我会告诉他，我选择成为自己，而不是那只秘鲁的棕熊。

第四辑　寻找语言不设防的地方　　　172 － 222

寻找语言不设防的地方

文/叶海声

世上的诸多冲突，多与语言的争端相关。有时因概念不同，有时因歧视与被歧视，有时因话语资源的不均等，有时因话语的过度重复与老套……语言是文化的载体，僵化的语言可以使相关的文化渐渐丧失生命力。语言僵化的地方，话语模式重复的时候就越多。

火车上见了许多陌生人，也听了不少陌生的方言。每一个地方的方言其实都是一种屏障，说当地方言的人们都希望共同话语者是一个共同体，他们通过自己语言的"独特"来鉴别任何一个陌生的"入侵"者。有的部落则通过自己的方言来体现自己的优越感。

坐我旁边的夫妇是茂名人，他们在舒心地说广东白话，声调高昂，一副自得的样子。多年前，讲白话的人们像香港人一样，或多或少有其优越感，弄得多少外地人在鹦鹉学舌，想在学会广东白话之后多少能沾点广东的好处。可纯正的广东白话不是想学就能学好的，它同样有设防的密码，非得在广东混迹多年，才学得会所谓纯正的广东白话。

要选择宜居城市，首先得选择语言不设防的城市。比如说海口，海口的"初民"虽也说当地方言海南话，但在城市里"弥漫"的还是普通话。不论你说得是否纯正，只要对方听得懂就成，似乎没有人以高低优劣的标准来评判你。

北京当然也流行普通话，但外地人说出的普通话卷舌卷不出京味来，还是很容易暴露出自己是外地人。记得在鲁院时我和一位生活在北京的同学一同从电影博物馆打车回校，出租车司机或许是想抄近道反而绕了路。同学就用北京普通话对司机"恐吓"了一通，说要是再绕路，就要举报云云，司机被吓得按住了打表器，说你们讲多少钱就多少钱算了。过后同学告诉我，司机一听我说的普通话就知道我是外地人，有可能因此使坏。

到了长沙，我非常喜欢这个城市的风土人情，但长沙人有自己的语言体系，一时间外地人是听不大明白的。凭我的语言天赋，我很快就能听懂他们说话的大概，但要是我选择在这里生活，并生活得如鱼得水，至少得有一年半载的时间来适应他们的语言氛围，直至可以说地道的长沙话。

客家人在迁徙的苦难历史中曾经是惊弓之鸟，客家人骨子里更重于自我保护，这种"自我保护"当然也体现于语言设防。客家话有"守贞洁"的传统，也是语言设防的体现。以广东梅县为代表的客家话，在地理环境上长期处于大片纯客家人居住的山区中，受其他语系的渗透和影响较少，再加上"不卖祖宗言"的祖训，所以客家话"油盐不入"，保存了中原古汉语的主体成分。

不过，客家人本身并非铁板一块。所谓百里同风不同俗，更常见的情况是，出了几十里，同一个语种的语音语调就有变化。不甚相同的客家话操持者，他们之间原则上或大体上是团结一致的，偶尔也有设防或相互"攻击"的时候。

小时候，我生活在梅县，我就听说兴宁人来梅县这边卖黄鳝，梅县人会暗中"布置"兴宁人，悄悄用手将黄鳝外层的黏膜"处理"掉，之后黄鳝就不再鲜活，甚至很快会毙命。梅县人还冷嘲热讽说"兴宁青蛙没肚脐"，兴宁人当然也有反过来"报仇"的时候。如今，这种情况想必已大大改善。

语言只有在不设防时才交融进步。所谓人类的文明史，某种意义上说不过是语言的进化和进步史。比如现在我们享用了"超级女声"、"全球暖化"和"金融危机"这样的新词，古人没有。

哲学家和作家们总想在语言的疆土中多耕耘出一些土地，他们的做法并非总受到鼓励，故常见作家们在生产语言垃圾。不同的是，有的作家非常真诚地生产垃圾，有的则玩世不恭，多是见风使舵而为。有些作家生产的语言垃圾很卖钱，一些作家的垃圾始终是垃圾。

语言不设防时才有美丽的语言生态。语言的绿化像一些山峰的绿化一样，植被丰富的山峰下边多是流水充盈、生机勃勃。我看过太行山的诸多山脉，多见陡峭的山脊中是裸露的岩石和黄土，山峰上偶见鹤立鸡群的一棵孤独小树，这样的山峰自然缺水，也就难怪当年河南安阳的林县得修红旗渠，将千百里之外的水艰辛引来。

必做和不必做的准备

文 / 陈鲁民

人生在世，不如意事常八九。那些不顺心事、倒霉事，常会不期而至，挡都挡不住；而那些好事、美事、幸运事，常让人望穿秋水，请都请不来，偶尔光顾，也是转瞬即逝。所以，要活得从容不迫，须对那些不如意事有足够的思想准备，做到有备无患；而对那些升官发财名利双收的好事，就不必瞎费心思，想也多是白想。

做突然变穷的准备，不必做一朝暴富的准备。一次事故，一场大病，都可能让人变得一贫如洗，不可不防；而一朝暴富的事，如果万一碰上不必客气就是了，只须提醒一句：富贵不能淫。

做祸从天降的准备，不必做天上掉馅饼的准备。"人在屋中坐，祸从天上来"的事，时有耳闻；天上掉馅饼正好砸在脑袋上，百年难遇。

做名落孙山的准备，不必做金榜高中的准备。一旦落第，父母失望，他人白眼儿，复读没钱，打工不甘，想想都叫人头疼；侥幸高中，春风得意，也不过"一日看尽长安花"罢了。

做不断失败的准备，不必做大获成功的准备。

做失窃破财的准备，不必做捡一大钱包的准备。小偷猖獗，明目张胆，稍不留神就被他得手；而捡一大钱包则是"小概率"事件，即便看到地上有一个钱包，也多半是人下的圈套，正等你上钩。

做处处碰壁的准备，不必做一路顺风的准备。

做一辈子默默无闻的准备，不必做一下子名震中外的准备。"十年寒窗无人问,一举成名天下知",从来都是穷儒生们的痴心妄想。

做劳燕分飞的准备,不必做百年好合的准备。如今,离婚率扶摇直上,一点儿小事就可能走上法庭,谁敢保证自己的婚姻就是"海枯石烂"?

做上当受骗的准备,不必做童叟无欺的准备。

做子女成虫的准备,不必做子女成龙的准备。天下父母,望子成龙,望女成凤,然而,多不如意。其实成虫也不可怕,可当春蚕,当蚯蚓;当七星瓢虫,只要别当寄生虫。

做生病的准备,不必做永远健康的准备。人无千日好,花无百日红。

做朋友分道扬镳的准备,不必做友谊万古长青的准备。

做套牢、割肉、斩仓的准备,不必做牛市、井喷、飘红的准备。股民十做八赔,骑虎难下,就因为老是做牛市、井喷的美梦,而没有套牢、割肉的思想准备。

做天有不测风云的准备,不必做永远是春天的准备。

做打光棍守空房的准备,不必做有娇妻美妾的准备。瞻望未来,男多女少,比例失调,光棍的"头衔"说不定就会落在你我头上,别指望"天上掉下个林妹妹"!

好事不必做准备,来了就来了,最多是个喜出望外,享用谁还不会;可对坏事若无思想准备,一旦突如其来,就会被打个措手不及,天塌地陷。因而,还是两句老话:向最坏处准备,向最好处争取。再外加上一副名联:发上等愿,结中等缘,享下等福;择高处立,就平处坐,向宽处行。

哦，小气候

文 / 赵鑫珊

严冬老人在徘徊，大地一片萧条和凋零景象。但在向阳背风的墙根处，却有几株碧绿的小草在那里起劲地唱着春之歌。我的心不由一动，羡慕地赞叹了一声：啊，小气候！

自地球上有人类以来，人类时时处处都在为自己制造宜人的小气候。建造房屋和制作御寒的衣服都是为此目的。对于人类，比创造生理小气候更为重要的是创造心理（思想感情）小气候。因为创造后者还是人类有别于动物的分界线。

爱情为文明人类所特有。渴望爱情的实质，便是为自己创造思想感情上的小气候。在拥挤、闷热和晚点的列车上，乘客们都在活受罪，但一对恋人的心境却大不一样。只要两人依偎在一起，待在海边一幢简陋的小木屋里也比宫殿幸福、舒畅。

与此相仿佛，人们从事科学、艺术和哲学活动最顽强的动机，也是为自己创造思想感情上的小气候，并试图去温暖他人，使千百万人也有"家园感"。

德国天文学家开普勒几十年如一日，坚韧不拔地从事行星运动的研究，其根本动机就是企图从中得到精神上的慰藉。因为他所处的时代使人感到窒息，他只有在小气候中才感到安定和温暖，才感到生的意义。

文学艺术活动的目的也在制造小气候。有的文学家竟是这样眷恋生活在小气候（小说创作）中，以至于他永远也不愿同自己笔下的人物分离。可贵的是艺术小气候更容易传导给读者，给他们以光和热。其实，万千读者爱读文艺作品，就是想分享古今中外艺术家所制作的小气候。不同小气候的作用当然不同：有的使人昏昏欲睡，有的教人精神焕发，有的使人自私，有的使人忘我。

在我的房间里挂着两幅俄国风景油画，它们给予我的温暖要胜过冬夜的壁炉。因为长年生活在大城市的我，每天从一个混凝土盒子走进另一个相同的盒子，闻不到泥土的气息，听不到鸟鸣幽谷应和之声，心中常有一种现代人的烦闷。欣赏风景画，就是寄托对大自然故乡的思念，为自己创造出一个小气候。

哲学活动亦如是。身处大千世界，人需要有一种世界观，以便从整体上去把握宇宙和人生，克服无所适从的彷徨情绪，获得一种家园感。这家园感即小气候。可以说，向往家园感是积极人生的开始。人们总是不愿见到家园残破和荒芜，更不愿"无家可归"，而愿不断去开拓和创造，使它更美好。维特根斯坦进行哲学思考全然是为了给自己造出一个小气候来。哲学思考对于他，就是光，就是热，就是精神卡路里。他对物质生活一无所求。他不讲究穿着，不能想象他会打着领带、戴上礼帽。一张床，一张桌子，几把帆布靠椅就是他的全部家具。此外的一切，他都觉得是多余的。与此相对照，他的哲学世界却是无比丰富。

有人也许要问："如果大气候是风和日丽的春天，人无须再创造什么小气候，科学、艺术和哲学不是多余了吗?"

不。李白早就深感大气候的根本严峻性。他说："天地者，万物之逆旅；光阴者，百代之过客。"在这种如急流旋涡的大气候中，人类顽强地为自己制造各种小气候，正是想攀附一块永恒的岩石，把短暂变永恒，留下自己的足迹，做一个不朽的自立自主人。这是一种至高的乐观、进取精神，生命的意义和真谛恰在这里。

快感与幸福

文/郑也夫

当代生物学家做过这样一个实验,被以后的学者不断引用:将电极放在三只老鼠的下脑丘,老鼠面前放置三个杠杆,压第一个杠杆释放食物,压第二个释放饮料,压第三个释放迅速而短暂的快感,老鼠很快分辨出三个杠杆并只选择第三个,直到饿死。这个实验告诉我们,一味沉溺快乐的追求将带来灭顶之灾。

读者可能会说,这实验不恰恰说明动物的行为完全是追求快乐吗?不错。但是首先要说这是人为制造的环境,在此环境中它因追求快乐而死亡,如果这种环境持续下去,只有当一只不一味追求快乐的老鼠出现时,才会走出死亡开始繁衍,其后代秉承父辈的基因,也将是不一味追求快乐的老鼠。其次,我们之所以看不到被自然环境中的诱惑吸引而一味追求快乐致死的动物,很可能正是因为它们早就被淘汰了。换句话说,经自然选择存活下来的动物都不是一味追求快乐的。

当代神经学家乔治·科布从另一角度阐述,过多的、没有限度的快乐,对生存有害无益:"快乐是一个指导我们行为的奖励系统。但是,快乐必须有内在的限度。假如一个动物过于沉浸于吃的快乐中,它有可能成为下一个掠食者的猎物。快乐必须足够短暂,以使我们可以将注意力集中到下一项任务上。进化使得人不可能有永久的快乐——太多的快乐只会使我们无法专注于基本的生存。"

幸福很难定义,我自己比较确定的有限看法是,快感和幸福是完全不同的东西,二者间的一项最外在的区别是时间。快感是短促的,而幸福是一种持续的状态。英语"幸福"的构词妙不可言:Well being。Being的一个意思是"存在",Well being直译是"好的生存状态"。

幸福不是某种物质,不是某个目标,它是从事某一活动的副产品,是因专注于我们所热爱的、富于挑战性的活动而获得的状态。自然选择和进化决定了快感不能太长，而好的状态可以悠长。如果工作需要长时间的投入，如果人们投入其中不能获得良好的感觉，很可能坚持不下来。而进化的结果，显然是将良好的心情与非受迫性活动中的良好状态结合到了一起。它是悠长的，而食性之快感是速生速灭的，两种行为特征合二而一，构成了一种生存优势。

在传统社会中，宗教或某种理想主义，都曾经是可以拢住人类身心的东西。但是在现代社会中，归宿变得个性化。每个人要去寻找能拢住自己身心的东西。对幸运的人来说，工作就是乐趣所在，但对更多的人，工作是谋生的手段，是被动的、不得不做的事情。他们必须在工作之余寻找某项持久的兴趣。兴趣帮助我们热爱生活，帮助我们以相当的强度面对和融入生活中的一些主题。

高架生存

文 / 詹克明

原始森林遮天蔽日难见蓝天，参天大树拔地而起直指苍穹。为了争夺头顶上那片阳光，每一棵树都在奋力往高处长。

对森林而言，林冠被架高占的是这块地，降下来占的还是这块地，并没有因"架高"而提高林地的使用效率，纯粹是因为彼此间的激烈竞争，才把大家都逼成这样一种"高架"生存方式！

上世纪60年代虽然住房紧张，生活不富裕，没有任何家用电器，但对相当一部分人来说，生存压力并不大，日常生活自会如履平地般的踏实。如今小康了、富裕了，生存压力反而加重了，人们不由自主地被推拥到一种高架生存方式。刚刚参加工作存款无多，便贷款买房购车，先自扛"枷"，当它几十年"房奴"，更兼"车奴"；国人小富即奢，争相耀富，一时多少"商奴"。

这三十年来，教育大大地普及了，但与此同时，教育也被架高了。为了考上一个名牌高校，小学期间就必须彰显优异，除学习成绩好，还要有其他等级证书、竞赛名次，如奥数、作文、陶艺、钢琴、英语，小学被极大地架高了，初中又被全力以赴地架高了，高中更是被拼命地架高了，等到进入大学这一最高的"林冠"层次，倒反而稀松了。

我们的医疗被架高了。由于药厂之间的无序竞争导致了医药界各种各样的违规操作，如向医院派驻"医药代表"，付给购药"回扣"，再加之医院收入与药品价格挂钩，使百姓看病越来越难、越来越贵。老百姓在这种"高架医疗"环境中不仅看不起病，还缺少安全感。最近医疗和医保的改革，不正是出于对这种现象的警觉？

我们的电影被架高了。国外一些堪称经典的电影，按如今的标准都算不上是什么"大制作"，却有着永恒的魅力。而国内一些大片尽管耗费巨资、场景豪华，聚集了阵容强势的大牌明星、外籍演员，不惜重金地借助各种媒体进行狂轰滥炸式的宣传，但等到观众花了高价看过之后无不高呼上当，气愤之下甚至恶搞连连。电影被架高，一个最直接的后果——电影票价被抬高了。

我们的话语被架高了，习惯于套话连篇、空洞无物。看似大块文章，滔滔不绝，然而其信息量却几近于零。常见一些基层管事的领导，在庄严的会场上语气铿锵地讲完一通尽人皆知的大道理后，该结合本地实际情况着重谈其具体打算了，他倒反而没词了。

"高架生存"常导致人们的愚型消费，不仅偏离了脚踏实地的正常生活，偏离了和谐有序的生存状态，而且还人为地凸显了贫富差距，彰显了社会不公。

有幸享受平实，不仅完全不会失去其本真自我，还能安适于生活中最稳定的"基态"！

富裕和肥胖没什么两样

文/查一路

在一个网站,网友问我,生活中最需要的是什么?我想了一会儿,诚实地告诉她,我需要的都是一点点。一点智慧,一点良知,一点名声,一点激情,一点悠闲,一点金钱……"打住,打住。"她抗议了,"其他都可以一点点,唯独这钱,是多多益善。""谁不想有很多的钱,你别太虚伪了!"她补充道。

是的,我跟金钱没有仇。从小资到中产,再到资产,确系人心向往。但是,一个人拥有的财富需要与其能力和素质匹配。金钱是一匹烈马,你没有驾驭它的能力,不是出色的骑手,就难保不从马背跌落摔跤。

身边不乏其例,一个暴发户拥资数百万,但他的钱来自一张侥幸的彩票。没有奋斗和一点点的积累,面对突至的财富,他不知所措,心理也失去了平衡。随后,人们看到一个谦逊的人变得轻狂,一个律己很严的人沾染了一身恶习,一个重爱情和亲情的人抛妻别子……在一个人还没有练就掌控金钱的心态和本领的时候,财富提前到来,并不是一件好事。

当黄金像贝斯比亚斯火山的岩浆一样,流进美国石油大王洛克菲勒的口袋时,这个曾经口碑很好的人变得贪婪、冷酷。宾夕法尼亚州油田附近的居民对他恨之入骨,甚至做出他的木偶像并对之施以"绞刑"。更要命的是,医生以他的身体状况断言:为金钱极度操劳的他,只能活到50岁。后半生,洛克菲勒痛定思痛,变得乐善好施。98岁去世的那年,他手中只剩下一张第一号石油公司的股票，其余产业已在生前捐掉或分赠给继承者。

钢铁大王安德鲁·卡内基说："一个人死的时候还极有钱，实在死得极可耻。"许多有钱人一生拥有的财富不计其数，却不知道富裕意味着什么。不过，人们在已故美国大亨默尔的一本传记里发现了这样一句话："富裕和肥胖没什么两样，也不过是获得了超过自己需要的东西罢了。"

而肥胖又是什么呢？美国最胖的好莱坞影星罗斯顿，临终前对自己喃喃自语："你的身躯很庞大，但你生命需要的仅仅是一颗心脏。"

环境的「公地悲剧」

文 / 波音

假设你是一个牧民,与其他一些牧民一同在一块公共草场放牧。你想多养1只羊,增加自己的收益。当然你也知道,这个草场上的羊已经太多了,再增加羊的数目,将使草场的质量下降。这时候,你还想多养1只羊吗?这个情境是哈丁在《公地的悲剧》中创设的。如果每个人从一己私利出发,就会毫不犹豫地多养1只羊,因为收益完全归自己,而草场退化的代价则由大家负担。每一位牧民都这样思考时,"公地悲剧"就上演了——草场持续退化,直到无法再养羊,而所有的牧民也将面临破产。

解决公地悲剧的方案其实早已有之,英国的圈地运动即是成功的一例。15、16世纪的英国,草地、森林、沼泽等都属于公共用地,耕地虽然是有主人的,但是在收割完庄稼后,也要把栅栏拆除,敞开作为公共牧场。由于英国对外贸易的发展,刺激了养羊业,大量的人驱赶着羊群,扑向了公共草场。不久,土地开始退化,"公地悲剧"出现了。但一些地方贵族却开始用围栏将公共用地围起来,据为己有。"圈地运动"使大批农民和牧民失去了赖以为生的土地,一些历史学家怒称这一事件为"羊吃人",为了养羊,把人撵走。但这一运动的阵痛过后,英国人却惊奇地发现,他们的草场变好了,英国人作为整体的收益提高了。成功的根源就是土地产权的建立。当土地由公地变成私人领地的同时,拥有者对土地的管理更高效了,为了自己的长远利益,土地所有者会尽量保持草场的质量。同时,土地兼并后一家一户的生产演变为大规模的生产,劳动效率大大提高。

从道德上讲,"圈地运动"是不公正的,贵族用暴力非法获得土地;

但从结局上看,不公正总比完全毁灭要好。英国正是从"圈地运动"开始,踏上了建立日不落帝国的征途。土地的固定特性使人们成功地建立了土地产权。现在世界上土地保护好的地方,往往都建立了土地产权,而那些土地破坏严重的地区,恰恰是还没有建立土地产权的地区,从反面印证了产权对付"公地悲剧"的有效性。土地产权制度解决了人的私利性和陆地生态环境之间的矛盾。

当陆地被瓜分完毕,追逐利益的目光瞄上海洋的时候,人们遗憾地发现,在海洋中圈地举步维艰。国际上规定,每个国家海岸线向外12海里,为该国的领海。这是移植了人们在陆地上建立产权的策略。在某些情况下,海洋中的圈地运动是有效的,比如,海底的石油和矿产没长腿,因此在自己领海里的石油和矿产属于私有品,拥有国在开采时会兼顾利益与环境。然而海里的鱼是"长腿"的,它们每年会随着洋流长途跋涉,不在乎到哪个国家的领海。如果某个国家要鱼来张网、雁过拔毛,把鱼群一网打尽,得利的是自己,受损失的是其他国家。于是,"公地悲剧"在海洋中出现了。领海之外的公海上,"公地悲剧"更为严重。捕鲸禁令发布了几十年,但鲸的数目仍在日益减少,因为偷猎者的风险与捕鲸收益相比还是不成比例的。海水在流动,鱼群在游走,面对海洋,"圈地运动"失效了。

一波未平,一波又起,天空又出现了新问题。天空提供给生物呼吸用的氧气,并担任着工业废气的吸纳和消化任务。自工业革命以来,天空就开始承受超出其消化能力的废气,温室气体的增加导致了全球变暖,一些化学品使阻挡紫外线的臭氧层出现了空洞。由于空气的流动性和开放性更甚于海洋,因此更难以建立产权,没有人能够把一团空气据为己有。"公地悲剧"在天空中再次上演,各国在向天空排放废气时似乎理直气壮,但治理臭氧层和温室效应时则你推我让。当大气环境正滑向无法逆转的绝境时,人类显得那么的苍白无力!

从土地到海洋,再到天空,"公地悲剧"依次上演。"圈地运动"在面对土地时是成功的,然而,当经济的列车穿过土地,抵达海洋和天空时,它似乎就走到了尽头。人类必须尝试新的出路,否则地球将会越来越热,臭氧层最终将消失,致命的紫外线将一泻而下。空调机和防护面罩的销售量将会大增,医疗业兴旺发达,GDP会持续增长,但是却没人会呼吸顺畅。

面对全球变暖,人类开始行动,《京都议定书》就是一个崭新的方案。"要限制温室气体的排放"——这是地球母亲的呼唤!它试图从全球的法律高度限制各个国家,让所有的国家都承担起保护环境的重责!然而,在国家私利盛行的地球,一沓公文的效力是那么的有限。有些国家拒绝签署它,有些国家又竭力推卸责任。没有保证法律实施的利器,环保法律——《京都议定书》能被成功执行吗?但如果《京都议定书》遭遇失败,我们或许应该扪心自问:人类能承受得起吗?

我们为什么应该尊重穷人

文/晴圆

世界上大概没人想当穷人,尽管很多人都认为自己是穷人。但是如果你现在有幸脱离了穷人的行列,你想过没有,你眼下所拥有的生活,其实很大一部分是穷人给你的。

什么样的人算是"穷人"?这是从来掰扯不清的问题。如果问每个人的主观感受,世界上绝大多数人都认为自己是穷人,因为这是和人们的欲望相比。

按国际上通行的标准,穷人一般是指收入在国家最低保障线以下的阶层。如2006年1月24日,美国联邦政府公布的48个州及哥伦比亚特区的贫困线标准是单人年收入在9800美元以下,3口之家16600美元以下,就可享受国家的补贴,就算美国的穷人。俄罗斯最新的数字是月收入2451卢布,折合年收入即人均1080美元,3口之家收入3240美元以下的,就算俄罗斯的穷人。中国统计局最新公布的贫困线是人均年收入750元人民币,折合78美元,3口之家收入234美元以下的,就是中国的穷人。

也有人这样"败坏"穷人的定义:"穷人吃肉,富人吃菜;穷人白胖,富人黑瘦——赘肉是穷人的标志;穷人喝可乐、吃汉堡、看流行卡通,还成天把年薪挂在嘴上……"还有人这样让人垂涎地形容穷人:"在硅谷只有两种人,要么是穷人,要么是百万富翁。穷人与百万富翁的比例是1:

8，穷人的概念是年薪在 8 万美元左右。这种收入水平在美国别的地方不是穷人，起码是中产阶级，可是在硅谷，因为有钱人的比例很高，你这样的收入就是穷人。"

本文所指的当然是真正的穷人。从社会学"功能论"的角度来看，社会中的每一个阶层、每一个组成部分，都为这个社会的稳定和运转做出了贡献。比如贫穷和非法移民，都有助于社会系统的稳定。美国的社会学家甘斯专门研究了穷人对社会的贡献。他认为穷人至少发挥了 15 个方面的功能，其中主要的方面有：

穷人在社会上以极低的薪资，从事无技巧的、危险的、不体面甚至卑微的工作，使得医院、宾馆、餐厅、工厂可从一大群人中挑选雇员，确保其合适的成本并增加获利；

富人会以低薪聘请工人处理许多耗时的事情，如打扫房间、负责园艺工作、照看儿童等，而自己可以腾出时间做"更重要"、更赚钱的工作；

穷人会为了多赚些钱，志愿担任药物测试的实验者，因为许多新药必须在健康的受试者身上测试其副作用；

穷人常常购买二手货，这减少了资源的浪费；

经常被援助的穷人，可为那些在阶层中位置较高者提供精神、心理满足的来源，穷人的存在确认了整个社会的主导优势规范；

穷人的文化中，某些方面（如爵士乐）经常被上层人士所借鉴和欣赏，某些穷人（例如流浪者和妓女）也会变成社会其他人士研究的题材并借以谋生……

穷人有如此多的功能也许是客观存在的，但是决不能因此为贫困现象的"合理性"进行辩护，富人阶层更不能因此故意制造贫困阶层。

纽约有一位漫画家运用极端的方式，讽刺了功能论者怎样为污染海洋的石油外溢事故辩护：理由①给海洋一个练习怎样自我清洁的机会是不错的；②羽翼沾满油污的海鸟能抵御日晒；③试验证明，许多海中植物实际上很喜欢石油的味道；④渔业被毁，意味着人们可以吃更多的肉类，而这正是美国盛产的食物；⑤媒体工作者也可从中获利，拍摄海洋污染照片，访问海鸟清洁工，若不然，这些人能做什么？漫画家的幽默，告诉我们即使某件事情确实具有功能，也不能认为它就是正当的。

当地球还没有能力消除贫困与穷人，所有相对不太贫穷的人，就应该多想想穷人为我们每个人，为我们所享受的生活做了哪些贡献，就应该多想想我们应该怎样善待穷人。正如美国华人学者薛涌说的,"在美国,不管一个人怎么富,谈起穷人来,口气都会放尊重些。因为富人们知道,在一个正常的社会,只要想通过正常的渠道致富(科学研究等除外),就得靠社会,包括靠穷人。"

假如动物也像我们

文/向清德

我们常高傲地说,我们是万物中的灵长。灵长是高等的动物,猴和类人猿属于此类,而我们比它们更高一等。

上帝英明!地球就这么大,假如上帝在制造一切动物的时候,都赋予它们发达的大脑或者极易进化的脑髓,拥有和人类同样或更高级的智商,甚至同样的品性,结果让所有的动物也像我们,那这个世界一定早已不成体统了。

贪婪的将不只是人类。猫吃了鱼还想再吃,羊啃了白菜总惦念着菜地,黄鼠狼做梦也想着偷鸡的好事。假如动物也像我们,狮子定然营造别墅,野猪定然开采煤矿,所有飞禽走兽都会绞尽脑汁创造自己的所谓文明。那么,砍伐、开垦、挖掘、争占地盘、抢夺能源,地球恐怕早已体无完肤。还好,动物至今还是动物,我们还可以绕过矿井、烟囱、田畴和林立的高楼,找到一条清澈的小溪或一片古老的森林,接受大自然温馨的抚摸和诚恳的叮咛。

好斗的也不只是人类,动物亦然,斗牛斗鸡斗蟋蟀都是例证。斗,并不全是因为土地、财富、权力、色情和仇恨。有些血淋淋的争斗,究竟为了什么,就连斗士们自己也不甚明了。假如动物的智商也像我们,周遭的空间一定全是刀光剑影,硝烟弥漫,那么,地球没有一刻的安宁,所有供人呼吸的空气里便只有血腥。还好,动物至今还是动物,我们还可以寻找一些间隙,越过暴露的白骨,避开阴毒的弹坑,躺到一块长满青苔的石板上,遥望天上的雁阵,倾听树梢的鸟语,伸伸懒腰,打打哈欠,然后睡了过去，做一个且安闲且幽默的好梦。

假如动物也像我们，世界上便会充满诡计和陷阱，让所有的生灵都防不胜防，如履薄冰。老虎可以吃了异类的肉和脂肪，然后把剩下的骨头包装成"虎骨"卖个高价。老鼠可以从地摊上偷来"三步倒"撒到我们厨房的水缸里先发制人。狐狸可以从垃圾堆里拾来筷子进行二次加工。看家的狗偷吃了肉骨头不认账，还一口咬定是放牛的孩子干的。蚊子也会由恶毒进而阴险。蚊子不是想吃人血吗，那就改掉嗡嗡怪叫的习惯，静悄悄地搞突然袭击。谁胆敢拒绝蚊子的索取呢？它会想出极损的一招，先叮传染病人，然后伺机毁灭你的躯体。如此这般，保证你转念一想，养活蚊子也是尊重生命，然后安静地躺下恭候入侵者大驾光临。还好，动物至今还是动物，我们还敢吃大米苞谷和山上的野菜，还能侥幸避开坑蒙拐骗的伎俩和摧残肉体的假药，还能寻找到一些可以说话的同志，还可以大摇大摆地走一些宁静踏实的路。

假如动物也像我们，"放牛的孩子"那句也就成了废话。许多动物不会听凭我们役使，譬如牛。九牛二虎之力，牛有的是力气，如果牛有我们的智商，我们未尝不去为牛们推磨拉犁。不只是推磨拉犁，如果吃青草仍然是它们的嗜好，我们还必须去寻找鲜嫩的青草，割了，洗了，晾了，而后微笑着送到它们的唇边。你想牛善待你吗，那你就拿出你吃奶的力气将它推向百畜之长的位置，或者拿它们最想要的东西贿赂，比如金钱、土地、房产。我们贿赂牛的时候，还千万不能让大象和野马看见。

假如动物也像我们，世界会更加浮躁，在特别浮躁的世界里，思想的脚会疏远了精神而只在肉和物中前行，并因此而永远肤浅得可怜。肤浅的思想不会诞生孔丘、苏格拉底和达尔文。

假如动物也像我们，世界会更加热闹复杂。我们制造着热闹和复杂，又被热闹和复杂纷扰。我们的心智无法应对，却又找不到一块单纯的净土，所以我们无所适从，晕头转向。

人类社会的喜剧是因为思想，人类的一切丑剧、闹剧和悲剧也都是因为思想。

世界因为人而获罪，而人也因为人本身接受惩罚。

感谢上帝，他只把思想的绶带交给人类。

然而，我不知道，上帝是否会因为我们对金色绶带的亵渎和践踏而收回成命。

两种人

文/[美] 富兰克林

　　世界上总是有这么两种人,他们的健康、财富以及各种生活享受等都大体相同,但是一种人生活得非常幸福,另一种人却并不幸福。这点在很大程度上来自他们对人对事的不同看法,以及这些看法对他们心灵所造成的影响。

　　人不论处于什么环境当中,那条件总是有顺利的,有不顺利的;不论与什么人群接触,那里的人物与谈吐总是有可爱的,有不可爱的。不论出席什么宴会,那里的酒肉总是有好有坏,菜肴有精有粗;不论来到什么地方,那里的天气总是有明暗阴晴。不论什么政府,那里的法律总是有的制定得好,有的制定得差,而且行使中也有差别。一位天才的作品常常是好坏不等,瑕瑜互见。另外在每一个人的面孔,每一个人的身上也都是既有优点,又有缺陷;既有长处,又有短处。

　　在这种情形下,上述两种人的态度是很不相同的:天性欢乐的人只注意好的方面,环境的顺利,谈话中的有趣事物,好酒、好肉与好天气,等等,然后将这一切恣意尽情地享受一番,那不愉快的人却只考虑和议论那不好的一面。这样他们便总是闷闷不乐,讲起话不是大煞风景,就是有伤和气,结果弄得到处不受欢迎。如果这种人的性情是天生的,那就更可悲了。不过这种太好吹毛求疵和总不满意的乖张脾气如果并非天生而只是后来沾染上的,又在不知不觉间成了习惯,那么尽管目前毛病较重,只要一旦认识到这件事对他自己的幸福极为不利,料想还是可以得到纠正。但愿这点忠告对他们不无裨益,能够帮助他们改掉这个习惯,因为这事说来虽只不过是人头脑里的东西,却是后果堪虞,每每给人带来真正的苦恼和不幸。既然这种人到处开罪于人,从来也得不到人的好感,人们对待他便也只是敷衍应付,冷冷淡淡,甚至连这也做不到,而这个反过来又会使他自己感到不快,因而常常与人陷入争执纠纷。这时如果他们想要追求什么名利地位,谁也不为他们进行祝愿,不肯出一点力,讲一句话去成全他们。

如果他们不幸召来公众谴责或个人耻辱，谁也不出面去为他们解释辩护，不少人甚至会群起而攻之，夸张他们的过失，结果弄得他们体面丧尽。如果他执意不肯改掉这种恶习，对于过得去的事物也从不认可将就，而只是一味从不利的方面去追寻烦恼和惹怒他人，那么避免和他们往来也未尝不是好事，因为这种人的作法确实讨厌，甚至会引起种种不便，特别是容易涉入纠纷。

我的一位颇有哲学癖的老友因为涉世较深，在这方面变得特别谨慎，他从不与这类人过多亲近。正如其他哲学家那样，他的身边总是备有温度计一支来测量气温高低和气压表一个来预测天气阴晴。但是仪器可以凭它一望而知，为此目的，他竟异想天开，拿了他的一双腿来作仪器：这两条腿，一只生得很美，另一只则因为出过事故，呈现出畸形。如果一位生客和他初见面时总是眼睁睁地盯住那只有残疾的腿，他便对这个人存了戒心。如果那人只提这只坏腿，而对那只好腿却全不理会，那么我们这位哲学家今后是肯定不会和他再往来的。当然每个人不可能都具有这么一副双腿仪器，但只要遇事稍稍留心，这种太好吹毛求疵的性情还是不难发现的，这样也好打定主意，避免同沾有这类毛病的人过多交往。因此我掬诚奉劝那些太好挑剔、争吵、不满和不愉快的人，如果他们还希望不但自己高高兴兴，而且能赢得他人的尊敬和喜爱，那么今后就切忌只盯住那丑腿了。

思考

文／叶延滨

人入职场,究竟用什么来思考。

用脚思考,这是进入职场的第一课,跑快点,在别人前面打表上班,剩下的时间哪怕你比别人动作都慢,但考勤钟告诉老板你最快。脚步快一点,脚步轻一点,在老板上电梯时,脚步停下让一步,你的脚步告诉老板和他人,你很有脑子,你懂职场规则,你的脚步得到了夸奖:"好啊,有进步了!"听,不是进水,而是进步。

用屁股思考,这是当你晋级或者有了坐办公室的机会,你要珍惜放置你屁股的那把椅子。有位大人物说过:"屁股坐到哪一边的问题是首要的问题。"坐在你现在坐的位子,你的屁股告诉你应该明白,你的地位是上司的属下,为上司负责重于一切,否则,上司会让你的屁股挪开,把这把交椅让给另一个屁股。脑袋听屁股的,屁股听椅子的,这个反向的行为叫做"忠于职守"。要问为什么?要问对不对?别问,问出想法来,就会"如坐针毡",能坐得住吗?

用舌头思考,有句成语"鹦鹉学舌",就是要用自己的舌头说别人的话,这叫做学识渊博,叫做精通业务,叫做功底扎实。用舌头当钥匙,打开书库,翻开资料,点击搜索。领袖语录,领导指示,行业规范,经典案例,现在当学识渊博的人最容易了。以前要读书抄卡片,背书翻字典,现在好啊,会用电脑,会敲回车,会下载,就会成为学界的武功高手。官场上哪一个不聪明,都在说别人说过的官话;职场上哪个不精灵,都要学老板的腔调。所以宁可油嘴滑舌,不可油头滑脑。对前者,上司会说:"小鬼真顽皮。"对后者,老板会说:"小庙放不下你这个大菩萨了。"

用表情思考,做事做久了,升职升大了,离老板近了,离上司也近了,这时候,揣摩老板和上司的心思实在是个大难题,一句话说错了,全盘皆输。这时候,不动脑,少动嘴,多动眉眼和四肢。上司讲话,笔记要勤,其实讲话都会有讲话稿,埋下头来做笔记,省心并且有态度;上司讲话,拍手要勤，拍得要热烈，拍到点上。在不需要拍手，又没办法做笔记时，比如巡视过程中站着讲话，要跟紧，让上司看得见，要多点头，让上司有感觉，如果有电视台记者跟着，要争取入镜头，有摄影记者拍照，要搞到一张，放大后挂在办公室。

用红包思考，红包是职场的炸弹，也是职场的润滑剂。同事之间，结婚、乔迁、生病、添子，都需要红包发言，你来我往，击鼓传花。对于上司和老板，就像对待庙里的菩萨，不能少了香火，不能只拜观音不拜普贤，见庙烧香，见佛磕头，心诚则灵。都说要廉洁，都说要奉公，然而红包越送越大，犯事的主子越来越有名头，这事还是那句话，别过脑子，过了就想不通，想不通就乱分寸，乱了分寸自己先退场！

用鼻子思考，过去常说一句话："这个人的政治嗅觉太差。"现在也不过时，官场也罢，职场也好，总有些流言蜚语，总有些变动风声，谁升谁降，合并转让，买进卖出，都会波澜翻动，闻不出其中的味道，也就算不上职场老手了。

用脑子的少了，潜规则里的人是进是退，难说；但用脑子的人少了，这个社会肯定有病。治病的药方是什么呢？真的需要用脑子认真思考一下了，记住，用脑子想！

心脏的风格

文 / 蒋光宇

人的心脏是推动血液循环的器官。它秀外慧中，有灵巧精致的结构，各部位都能协调动作，尤其是心房心室的收缩与舒张，就如同行云流水一样的和谐与柔美。在完成同样工作量的情况下，它所消耗的能量极少，几乎比任何人造的机器耗能都要少。

古今中外的人们，几乎都无一例外地推崇和赞美心脏，将其视为生命、情感和智慧的象征。人们对心脏的推崇和赞美并不只是对其秀外慧中的精致结构，而是多方面的，特别是对其乐于奉献、灵活和坚持原则的工作风格。

乐于奉献，是心脏工作风格的一大显著特征。

心脏的重量约300克，虽然还不到人体重量的0.5%，但它勤勤恳恳、兢兢业业、不知疲倦、不分日夜地埋头苦干，工作量惊人。以正常人为例，每分钟心跳70次上下。每一次心跳为0.9秒，其中工作的收缩期为0.3秒，休息的舒张期为0.6秒，即1/3的时间工作，2/3的时间休息，相当于我们的8小时工作制。它每跳一次搏出血液约70毫升，每分钟搏出血液约5升，每天搏出血液约7吨，相当于心脏自身重量的两万余倍。科学家计算：如果推算一个人的心脏一生泵血所做的功，大约相当于将3万公斤的物体向上举到喜马拉雅山顶峰所做的功。

灵活，是心脏工作风格的另一大显著特征。

人在夜间入睡的时候，心跳变慢，每分钟为50次上下。这时每一次心跳为1.2秒，收缩期还是0.3秒，舒张期变成0.9秒，也就是1/4的时间工作，3/4的时间休息。经过心脏的巧妙调整，白天的8小时工作制变成了夜间的6小时工作制。它抓紧时间休息，从不拖泥带水、浪费体力，更不颠倒日夜打乱规律。但是，当人激烈运动或遇到紧急情况时，心脏立即就能果断决定，根据需要将心跳加快到每分钟 150 次，甚至更多。这时每次心跳才 0.4 秒，收缩期 0.2 秒，舒张期 0.2 秒，即相当于 12 小时工作制。心脏在应急时刻竭尽全力，毫无怨言。

坚持原则，是心脏工作风格的又一大显著特征。

心脏坚持追求劳逸结合、适中适度、自然和谐的完美境界。心脏再忙也要坚持休息，可以少休息，但不能不休息。心脏绝不蛮干，绝不接受"不准休息"的指令，因为不吃不喝、不眠不睡，就等于死亡。如果指令过早发出，心脏未能充分休息就提前工作，就会出现临床上的"早搏"。如果有一支冠状动脉狭窄超过 70%，供血出现明显减少时，心脏马上会负责地发出警告信号——"心绞痛"，提醒人们赶紧采取措施补救，不然就可能出现危险。

推崇和赞美心脏工作风格的最好方式，莫过于向它学习，像心脏那样乐于奉献，像心脏那样机动灵活，像心脏那样坚持原则，像心脏那样智慧地生活和工作。

选谁都差不多

文 / 刘瑜

如果我是美国人,很可能不会去给大大小小的选举投票。倒不是说我这人政治冷漠没有公民责任心,而是我觉得,在美国现行政治体制下,其实选谁都差不多,比如眼下我一直在跟踪观察的马萨诸塞州的州长选举。

每年11月7日是美国的选举日。2006年没有总统选举,但有许多州要选州长,我所居住的马萨诸塞州就是其中一个。如果我是一个麻省公民,我选谁呢?

最有力的竞争者有两个。一个是民主党的候选人德沃·帕崔克,黑人,曾在克林顿政府任助理司法部长;一个是共和党的候选人凯丽·赫利,女性,是麻省现任副州长。

对一个普通美国人来说,州级选举对他们衣食住行的影响,其实比总统选举要大。因为美国是联邦制国家,对一个普通公民来说,收入税的税率是多少、高速公路上的时速多少、中小学教育质量如何、有多少警察在你家附近巡逻、能否申请有政府补助的医疗保险,这些与日常生活最休戚相关的事情,主要都是由州政府与州议会决定的,不关白宫和参众两院什么事。在很大意义上,对美国老百姓而言,"国计民生"的真正含义,其实是"州计民生"。

抱着关心"州计民生"的热切心情,我大量读报、看电视、上网,努力发掘两个候选人的"本质"差异,最终得出的结论却还是:其实选谁都差不多。

听来听去,我发现他俩在政见上的主要差异集中在两个方面。一个是要不要削减收入税,另一个是如何对待非法移民。

赫利坚决主张削减收入税。每次电视辩论,她都把这个问题拿出来,气势汹汹地追问帕崔克同不同意减税。她说："减了税，老百姓口袋里有了钱，经济发展才有动力。"我想，减税是好事啊。可后来上网一查，赫利所说的减税，无非是从5.3%减到5%，顿时觉得很没劲，才减个0.3%，却嗓门大到大西洋对岸都能听到。而帕崔克说："不错，老百姓的钱是老百姓的钱，但是公路、公立学校，也都是老百姓的公路、公立学校，如果少交税的代价是公共服务的退步，老百姓欢不欢迎呢？"好像也有道理。

再看另一个分歧。帕崔克主张让在麻省公立大学上学的非法移民交相对低的"州内学费"，要给那些学习合格的非法移民一个机会。而赫利则说，他是在"用合法居民的钱奖励非法行为"。帕崔克主张给通过驾考的非法移民发驾照，出于"安全考虑"。赫利坚决反对，说这让"控制非法移民更加困难"。双方似乎都有道理，但是这对我来说，实在是个可以"高高挂起"的问题。

"选谁都差不多"可以被理解为坏事，也可以被理解为好事。很多人把它理解成坏事。每天，我都可以从报纸上读到无数这样的哀叹：民主党也好，共和党也好，其实大同小异，一样堕落。既然"天下乌鸦一般黑"，我为什么要去投票？但是我不这么看。"选谁都差不多"这个现象的发生，其实恰恰是两党激烈竞争的结果。正是因为两个政党在竞争中都要争取大量的"中间选民"，所以它们的政见日渐"趋中"，最后往往稳定在最大多数选民比较赞同的位置上。而一个上台的政党代表多数人的利益，这恰恰是民主的含义。

选举议题的"鸡毛蒜皮化"，在一定程度上，恰恰是美国社会在重大基本问题上达成了共识的表现。这个社会已经完成了对工人能不能组织工会、如何控制大公司垄断、公立中小学如何运营、妇女该不该投票、黑人能不能坐公车前排、言论自由是不是好事、人权是不是一个褒义词等等这些"重大"问题的辩论，剩下的基本都是小修小补的"鸡毛蒜皮"了。如果一个国家那些最基本的共识都还没有形成，而我是那个国家的公民，我当然会举着选票跑到投票箱前了。

遥远的罪恶与你我有关

文 / 田松

雅斯贝尔斯曾说:"我是有罪的,因为当罪恶发生时,我在场,并且我活着。"这句话意味着,旁观是不可能的,明哲保身是不可能的。即使你没有法律上的罪,也不能免除道德上的罪。在我们这个全球化的时代,在我们这个战争直播的时代,所有的事件我们都是在场者,无论它多么遥远,都会被电视推到我们的面前。

我们,是那遥远的罪恶的一部分。现代社会的分工使人变成了零件。有一篇文章写到大都市里的不落地族。他们在高楼上工作,在高楼上生活,他们名义上是这个城市的居民,却没有多少时间亲近这个城市的土地。对于这个城市来说,他们并不是一个个具体的活生生的人,而只是城市机器的零件。作为零件,他们的确没有必要了解别的零件,也没有必要了解他们所生活的世界究竟是怎样的。虽然身为白领,他们被认为有很高的文化。

分工使我们心安理得地埋头于自己的工作,心安理得地不去知道其他的事情。至于我们所埋头的工作,我们很少考虑是否应该去做。常常,我们觉得自己应该做的事情,就是被我们的分工所指派的事情。然而,既然是被指派的,这个事情是否应该,已经不需要我们自己的思考。我们很少有应该做的事情,只有必须做的事情。

过细的分工使我们无法看到世界的全貌,即使有心,我们也难以对我们正在做的某一件事进行道德判断。因为道德,必须从人类的总体生活中才能获得。在《摩登时代》电影中，流水线上拧螺丝的工人完全不必知道螺丝拧在什么地方，这使得生产救灾物资的工人与生产军火的工人会获得同样的成就感。

科技专家也是一样，无论是研发核武器还是研发核电站，都可以当做螺丝来拧。当与科技相关的道德问题被提出来的时候，还有一个常用的托词：科学和技术是中性的，不牵涉道德问题。

现在，我正在家中的餐桌上敲打着电脑。自从对门张先生搬家，这座我居住的住宅楼里就没有我认识的家庭了。新来的房客好像是几位合住的学生或者民工，经常听见夜里有人大声拍打他们的门。中间的一家我几乎没有见过，不知道换了几次房客。

大约是柏杨在他的《中国人史纲》里说，蒙古帝国灭亡的原因之一是国土太大，通讯跟不上，无法做出及时反应。好比一个超级巨人，把脚伸到火里，大脑要在一天以后才能知道，等到下达挪开指令的时候，脚指头已经烧掉了。人类正在面临这样的困境。

科学及其技术把整个地球联系在一起，手机电视互联网之类的东西可以使人突破空间的阻碍，造成天涯比邻的幻觉。但是与此同时，我们的比邻也被推到了遥远的身后。人生有限，你只能与有限的人、有限的事发生联系，不同的只是分布状态，从前它们生活在你的四周，而现在可能分散到全球各地。当天涯成了比邻，比邻却成了你的陌生人。我们已经习惯了身边的陌生，并把这种陌生当做了生活的常态。

传统社会的人们熟悉身边的一切，在《白鹿原》的村庄里，每个人都是全知的，他们的信息容量足以了解村中的一切事物，因而能够对一切事物进行道德判断。在这样的村庄里，人与人之间是有机的整体，如土壤，生长着他们的恩怨是非，爱恨情仇。而那些在我们看来没有被他们理解的事物，他们的星光、天空、山林，最终都将通向神灵，而不是陌生。他们的生活充满了神灵，也充满了道德。而在比邻若天涯的现代都市中，人的土壤已经沙化，他们常常从一个陌生走到另一个陌生。

我们应该期待一位超级圣人来代替我们思考，使道德思考也接受分工的安排吗？还是放心地让地球村中最强势的力量——商业来主宰我们的未来，由商业广告来告诉我们，什么是道德，什么是不道德？

看病吃药，谁都认为是天经地义。但是，假如这瓶药使用的是一种美国的专利技术，其核心成分紫杉醇是从红豆杉的树皮中提取的，这些红豆杉的皮是从野生的红豆杉身上活活地剥下来的，并且由于这种药的缘故，整个云南的红豆杉已经找不到几棵活的了，你是否还会接受这种药？再假如，这种药中有一种成分是从活熊的胆汁中提取出来的，为此，有一些熊被活活关在铁笼子里，肚子上常年插着一根带着开关的直通熊胆的导管，隔一段时间就被流放胆汁，你是否还会接受这种药？

当我们习惯了陌生，我们就已经意识不到我们的在场，成为不在场的旁观者，如同置身于电视机旁。而那遥远的罪恶，就潜藏在我们身边的陌生之中。

遥远的罪恶与你我有关，面对罪恶时，我们该做些什么？

红玫瑰

文/(台湾)李敖

那一年夏天到来的时候,玫园的花全开了。玫园的主人知道我对玫瑰有一种微妙的敏感,特地写信来请我到他家里去看花。

3天以后的一个黄昏,我坐在玫园主人的客厅里,从窗口向外望着那一棵棵盛开的玫瑰默然无语,直到主人提醒我手中的清茶快要冷了的时候,我才转过头来,向主人做了一个很苦涩的笑容。

主人站起身来,拍掉衣上的烟灰,走到窗前,一面得意地点着头,一面自言自语:"37朵,16棵。"

然后转向我,用一种调侃的声调说:"其中有一棵仍是你的,还能把它认出来么?"

躺在沙发里,我迟缓地点点头,深吸了一口烟,又把它慢慢吐出去,迷茫的烟雾牵我走进迷沌的领域,那领域不是旧梦,而是旧梦笼罩起来的愁城。

就是长在墙角的那棵玫瑰,如今又结了一朵花——仍是孤零零的一朵,殷红的染色反映出它绚烂的容颜。它没有牡丹那种富贵的俗气,也没有幽兰那种王者的天香,它只是默默地开着、开着,隐逸地显露着它的美丽与孤单。

我还记得初次在花圃里看到它的情景:那是一个浓雾迷漫的清晨,子夜的寒露刚为它洗过柔细的枝条,嫩叶上的水珠对它似乎是一种沉重的负担,娇小的蓓蕾紧紧卷缩在一起,像是怯于开放,也怯于走向窈窕和成熟。

在奇卉争艳的花丛中,我选择了这棵还未长成的小生物,小心翼翼地把它捧回来,用一点水、一点肥料和一点摩门教徒的神秘祝福,种它在我窗前的草地里。五月的湿风吹上这南国的海岛,也吹开了这朵玫瑰的花瓣与生机。它畏缩地张开了它的身体,仿佛对陌生人间做着不安的试探。

大概我认识她,就在这个时候。

平心说来,她实在是个可爱的小女人,她的拉丁文的名字与玫瑰同一拼法。这并不是什么巧合，按照庄周梦蝶的玄理，谁敢说她不是玫瑰的化身？她给人的第一印象是一种罕有的轻盈与新鲜，从她晶莹闪烁的眼光中和那狡猾恶意的笑容里，我看不到她的魂灵深处，也不想看到她的魂灵深处。她身上的有形部分已经使我心满意足，使我不再酝酿更进一步的梦幻。

但是梦幻压迫我，它逼我飘到六合以外的幻境，在那里，走来了她的幽灵。于是我们生活在一起，我们同看日出、看月华、看眨眼的繁星、看苍茫的云海，我们同听鸟语、听虫鸣、听晚风的呼啸、听阿瑞尔的歌声。我们在生死线外如醉如痴，在万花丛中长眠不醒，大千世界里再也没有别人，只有她和我；在她我眼中再也没有别人，只有玫瑰花。

当里程碑像荒冢一样的林立，死亡的驿站终于出现在我们面前，远远的尘土扬起跑来了"启示录"中的灰色马，带我们驰向那广漠的无何有之乡，宇宙从此消失了我们的足迹，消失了她的美丽和她那像海一般的目光……

可是，梦幻毕竟是飞雾和轻烟，它把你从理想中带出来，又把你向现实里推进去。现实展示给我的是：需求与获得是一种数字上的反比。我并未要求她给我很多，但是她却给我更少。在短短的五月里，我和她之间本来没有什么接近，可是五月的最后一天消逝的时候，我感到我们的相隔却更疏远了。恰似水上的两片浮萍，聚合了，又飘开。那可说是一个开始，也可说是一个结束。

红玫瑰盛开的，同时也播下了枯萎的信息。诗人从一朵花里看到一个天国，而我呢？却从一朵花里看到我梦境的昏暗。过早的凋零使我想起了托姆普孙的感慨，我翻出早年的改译的诗句：

最美的东西有着最快的结局，它们即使凋谢，余香仍令人陶醉。对他来说，他却喜欢玫瑰。

不错，我最喜欢玫瑰，可是我却不愿再看到它，它引起我太多的联想，而这些联想对于一个有着犬儒色彩的文人，却显得是多余的。

在玫园主人热心经营他的园地的开始，他收到我这棵凋了的小花。我虽一再说，这是我送他的礼品，他却笑着坚持要把它当作一棵寄生物。费了半小时的光阴，我们合力把它种在玫园的墙角下。主人拍掉手上的泥巴，一边用手擦着汗，一边宣布他的预言："佛经上说'有情来下种，因地果还生'，我们或许能在这棵小花身上看到几多哲理，明年，也许明年，它仍旧会开的。……"

烟雾已渐渐消失,我从往事的山路上转了回来。主人走到桌前,替我接上一支烟,然后指着窗外说:

"看看你的寄生物吧!去年我就说它要开的,果然今年又开了。还是一朵,还是和你一样的孤单。"

望着窗前低垂的暮色,我站起来,迟疑了很久,最后说:

"不错,开是开了,可是除了历史的意义,它还有什么别的意义呢?它已经不再是去年的那一朵,去年的那一朵红玫瑰谢得太早了。"

逮捕

文／[俄] 索尔仁尼琴

这个神秘的群岛，人们是怎样进去的呢？到那里，时时刻刻有飞机飞去，船舶开去，火车隆隆驶去——可它们上面却没有标明目的地的字样。

那些去管理群岛的——通过内务部的学校进入那里。

那些去担任警卫的——通过兵役局征召。

而到那里去死亡的，读者，如像你我之辈，唯一的必经之路，就是通过逮捕。

宇宙中有多少生物，就有多少中心。我们每个人都是宇宙的中心，因此当一个沙哑的声音向你说"你被捕了"，这个时候，天地就崩塌了。

逮捕，是瞬间从一种状态到另一种状态的惊人变动、转换。

在我们生活的漫长曲折的道路上，我们时常沿着一些围墙、围墙、围墙——烂木头做的、土坯砌的、砖砌的、混凝土的、铁的——幸福地疾驰而过，或者不幸地踟蹰而行。我们没有思索过，它们的后面是什么？我们既不曾试图用眼睛也不曾试图用悟性往那后面窥看一下——而那里恰好正是古拉格之邦开始的地方。

我国几十年政治逮捕的一个特点，恰恰在于被抓起来的人是清白无辜的，因此也就是不准备进行任何抵抗的，造成了一种谁都是在劫难逃的共同感觉。在逮捕流行病蔓延时期，人们每次上班，甚至都先向家里人告别，因为不知道晚上还能不能回来——连那个时候，他们都几乎没有人逃跑（只有少数人自杀）。这正合需要，驯羊狼好啃。

1921年逮捕19岁的叶夫根尼娜·多雅林科的时候，3个年轻的契卡人员在她的床铺里、放衣物的五斗柜里东翻西找，她都不在乎，什么也没有，什么也不会找到的。可是，突然他们碰了她连母亲都不会给看的隐秘日记——3个充满敌意的陌生青年一行行地读着她的日记。这件事对她的震撼，超过整个卢宾卡连同它的栅栏和地下室。在许多人看来，逮捕对这种私人感情和眷念的伤害，可能要比监狱的恐惧或政治思想强加于他的强烈得多。一个内心对暴力未做准备的人在暴力行使者面前，总是弱者。

稀有的一些聪明而大胆的人刹那间就明白了该怎么办。科学院地质研究所所长格里高利耶夫1948年在来人抓他的时候，筑起防栅进行抵抗，赢得了两小时时间去烧毁文件。

有时，被捕的主要感觉是如释重负，甚至……高兴，但这是发生在逮捕大流行时期：当四周正在把像你那样的人一个个抓起来的时候，而不知为了什么缘故却老不来抓你，不知为什么老是拖延——须知这种困扰，这种煎熬要比任何逮捕都叫人受罪。

一个国家的伤痛与希望

文 / 崔永元

2006年,我们筹了一些钱,大概是1800万这样一个数字,想为基层的乡村学校办一点事。我们走了236个乡村学校,发现为乡村学校做慈善特别简单,因为省钱。办世博会7000块办不下来,但是为一个乡村学校解决困难,这个钱就够了,你可以把它的水泥黑板换成玻璃黑板,你可以给学校买十盒彩色粉笔。孩子们从来不知道粉笔还有彩色的,几千块就可以翻天覆地了。

这期间我接触了很多乡村教师和乡村孩子们,我觉得内心受到了深深的刺痛。

我们"长征"的时候正在举行世界杯,队员们每天都在跟我说:"崔老师能不能找一个有电视信号的地方,今天晚上有一场重要的比赛。"我们就到一个乡村学校,带了足球、篮球、排球,拿着足球就问孩子:"你们知道现在正在举行世界杯吗?"孩子们一脸茫然。我又问:"你们知道什么叫足球吗?"他们还是一脸茫然。按说这个省不穷,这个省的电视台一直在办选秀比赛,但是孩子们却不知道足球。我给孩子们做示范,把足球放在一个位置,往后退了两步,飞起一脚,就把足球踢到牛圈里面去了,那个足球沾了很多的牛屎。因为还要让孩子们接着玩,我就把足球拿到水边洗干净,摆在那儿让孩子们踢。孩子们排着队来踢,每个孩子踢完一脚后,都条件反射般地把足球拿到水边洗一遍,他们认为这个就是足球的规则。

那天我流泪了。我说我们离得不远，我们是一个国家的人，我们少看一场世界杯的比赛都会觉得特别辛酸和遗憾。可是这些孩子连足球是什么都不知道，这叫什么公平？这个社会能和谐吗？

如果你有出国旅游的机会，我建议你去不丹，那个国家很小，但是非常和谐。它的GDP，无论是总量还是人均GDP，在国际上都排不上名次，但是它的国民幸福指数比美国还高8位。所以我觉得和谐与幸福也许和GDP的增长速度、经济总量、人均收入没有那么大的关系，重要的是人性。

我记得我去西双版纳的时候，当地的老乡请我们吃饭，我觉得怎么这么好吃，这个地方怎么什么都这么好吃？因为那个地方化肥奇缺，所以它的东西就好吃。老乡过来跟我们客气，说完了以后我都不知道怎样表达我的心情。他说："崔老师，您看您千里迢迢到我们西双版纳，我们也没什么好东西给您吃，我们都是从地里采的东西给您吃，都是野生的。您看我们这里就是这样，也没有什么别的东西，就是地里长什么我们就吃什么，吃完这个那个长出来了，吃完那个这个又长出来了。"

北京没这样的生活，上海也没有这样的生活，我们吃的东西化肥含量太高了，我现在都担心。现在质监局、工商局也动手了，以后咱们吃的含化学成分的东西会越来越少，那个时候咱们会生病了，因为咱们身体已经适应化肥了。很可能五年或者十年后，我们到北京或者是上海饭店吃饭的时候，就得跟服务员说："给我来一碟酱油、一碟醋、一碟尿素。"放进去才合味道。

昨天网上有一个消息，它说的是大城市，从郊区往城区每十公里少一个物种，就是苍蝇、蚊子、蛐蛐、蝈蝈、千足虫等等。我带女儿在长安街散步的时候，想起我小时候玩游戏的乐趣。当时那是一个建筑工地，有一个巨大的石头在一个坑里，我跟女儿说："你看好，现在爸爸要搬这个石头，你会看见里面有好多虫子在爬。"然后女儿非常兴奋在那儿看，可是把石头搬开，什么都没有，连蚂蚁都没有，现在城市已经这个样了。所以上海世博会的口号"城市，让生活更美好"不是太准确，应该是像乡村一样的城市让生活更美丽，我看发达国家的城市就是像乡村。

我们每个人的担子都很重。

你是我的长篇小说

文/潘向黎

我的朋友，你是我的长篇小说，我也是你的长篇小说，我们互为小说。

其实我们一直在互相阅读，许多年了。这几年的好小说实在太少，或者是适合我们的实在太少，所以我们就越来越少去分析作品，越来越多地分析人，所有熟悉的人，包括自己。

一次，你说你不明白我为什么能和一个与我毫不相类的人来往多年。我想了想，承认自己并不喜欢那个人。"也许只是一个文本。"我说。真的，我们有时会莫名其妙地关注一个人，真如我们读一本小说，也许并不喜欢，但只要它在情节、思想、文采、气势、氛围等等有一点吸引我们或者激起了我们的好奇，我们就会耗费时间去读它。不是吗？

并不需要特别喜欢、特别感动才能分析，有时距离反而有助于此。所以我也不需要很喜欢一个人才能和他交往，只要他具有一定的可读性，是一个可供分析的文本。

人比所有的书都精彩，人是最好的长篇小说。活生生的个性、语言，活生生的动作、神态，还有瞬息万变、目不暇接、难以言传的展开，无法预料、风云变幻又水到渠成的结局……使人兴奋、悲哀、凄凉、喜悦、气愤、拍案叫绝、回味无穷……作家写的小说真能"源于生活，高于生活"？我有些怀疑。那么丰富、微妙的模糊性，真是太让人着迷又太让人束手无策了！要如何柔软、细密、富于弹性的思维之网，才能将"人"的全部真实囊括进去呢？

人是最好的长篇小说，其魅力比单纯的阅读要大百倍。

你把别人当成小说来读，别人也在读你；你是别人的镜子，别人也是你的镜子，人随镜换，景随步移，绝不是静止的、平面的。

读一个人久了，回顾一下几年、几十年前的形象，设想几年、几十年后的模样，怀念、恋旧、苍凉、温馨、感动，如烟似霭地笼罩着"人物"，渗透了你自己许多年的沧桑，那种况味与分析纸上的人物不可同日而语。

读人的魅力还在于，被读的"书"是活的，不像纸的书那样被动地全无反抗地任人阅读。

你读别人时，别人会有所展示、有所掩藏，所展示与掩藏的内容还会因你的个性、你的读法而改变。不同的人看同一个人，看出截然不同的结论，并不仅仅因为对象本身具有不同层次、侧面，更因为"读者"的不同、"读法"的不同而呈现出不同的组合。

我不知道我们这样的态度是否有些消极或冷血。但是，是什么搅乱了朴素而清澈的海？是谁在扬起满天风沙？而我们不哭不笑，我们只求把这纷扰人间看个明白、真切。因此我和你站成了彼此的风景，遥遥相对。

但愿所有的长篇小说都精彩，不枉我们这一生的阅读。但愿你我也精彩，不让读我们的人太失望。

善良·丰富·高贵

文/周国平

如果我是一个从前的哲人,来到今天的世界,我会最怀念什么?一定是这六个字:善良,丰富,高贵。

看到医院拒收付不起昂贵医疗费的穷人,看到商人出售假药和伪劣食品,制造急性和慢性的死亡;看到矿难频繁,矿主用工人的生命换取高额利润;看到每天发生的许多凶杀案,往往为了很少的钱或很小的缘由夺走一条命,我为人心的冷漠感到震惊,于是我怀念善良。

善良,生命对生命的同情,多么普通的品质,今天仿佛成了稀有之物。善良是区分好人与坏人的最初界限,也是最后界限。

看到今天许多人以满足物质欲望为人生唯一目标,全部生活由赚钱和花钱两件事组成,我为人们心灵的贫乏感到震惊,于是我怀念丰富。

丰富,人的精神能力的生长、开花和结果,是上天赐给万物之灵的最高享受,为什么人们弃之如敝屣呢?上天的赐予本来是公平的,每个人天性中都蕴涵着精神需求。那些永远折腾在功利世界上的人,那些从来不谙思考、阅读、独处、艺术欣赏、精神创造等心灵快乐的人,他们是怎样辜负了上天的赐予啊,不管他们多么有钱,他们是度过了怎样贫穷的一生啊。

看到有些人为了获取金钱和权力毫无廉耻,干任何出卖自己尊严的事,然后又依仗所获取的金钱和权力毫无顾忌地凌辱他人的尊严,我为这些人灵魂的卑鄙感到震惊,于是我怀念高贵。

高贵,曾经是许多时代最看重的价值,被看得比生命还重要,现在似乎很少有人提起了。今天的一些人就是这样,不知道尊严为何物,不把别人当人,任意欺凌和侮辱,而根源正在于他没有把自己当人,事实上你在他身上也已经看不出丝毫人的品性。高贵者的特点是极其尊重他人，他的自尊正因此得到了最充分的体现。人的灵魂应该是高贵的，人应该做精神贵族。

我听见一切时代的哲人在向今天的人们呼唤：人啊，你要有善良的心，丰富的心灵，高贵的灵魂，这样你才无愧于人的称号，你才是作为真正的人在世间生活。

善良，丰富，高贵——令人怀念的品质，人之为人的品质，我期待今天更多的人拥有它们。

眼前欢

文/(台湾) 柏杨

在苏联瓦解前,流行一个故事,国会为了改善监狱或是改善学校,发生激烈争辩。学校的重要,天下皆知;监狱是囚禁罪人的地方,粗陋一点,也没关系。可是,就在表决的前一刻,一位有前瞻性的议员说了一句话,竟扭转全局,全体通过改善监狱。

那句话是:"你们这辈子还可能进学校吗?"——看不懂这则幽默的读者先生有福了,你们已远离巫蛊恐怖。在这则幽默中,这位有前瞻性的议员提醒大家:

"你将来不可能再进学校,但你却有可能再进监狱!"

这正是我写这篇文章的原因。年轻朋友一定要弄清楚,我不是为已老的人呼吁,而是希望现在年纪还轻的朋友了解,如果你没有英年早逝,那么,恐怕你一定非老不可。

开宗明义,我建议初为人父母的青年,最好把传统文化中"养儿防老"的预期心理,连根拔除,仅只口头潇洒没有用,必须有深刻的自然心态。并不是说接受儿女的礼物或回馈是罪恶的,而是要了解,那是不容易办到的,儿女有自己的儿女要抚养,有自己的世界要面对,无法照顾周全。而且,爱是下倾的,除了儒家圣人系统逆天行事,用"郭巨埋儿"惨剧煽动人伦。正常情形,人,爱子女多于爱父母。

然而当父母的也不必庄严得像雕像一样,宣传说:"养儿育女是一种责任!"把互助的温暖,弄得冷如钢板。如果有一天,孩子忽然瞪大眼睛警告老头儿:"你有责任供我大学毕业!"世界一定化成冰川。如果也有一天,父母把成年的子女赶出大门,拍拍巴掌说:"我的责任已了,你永远不要回来!"或是有一天,成年儿女扬长而去,以后见面若不相识,那时候我们恐怕已没有老人问题了,而只剩下豺狼问题。

人类有一种特殊感情,那是大自然特别赐给的一种基因,使亲子之间产生长久关怀。责任有时而尽,关怀绵延无穷。

把亲情放在适当的位置上，双方都不致失落。人到中年，亲情的互动，是阶段性的幸福，不要赋予它太严肃的意义，也不要把它看得无足轻重。上帝不允许孩子永远记住父母入骨的爱，那将使他们无法成长；也不允许父母永远记住自己对儿女所做的牺牲，那将使老人陷于期待回报的自怜陷阱。而且，事实上，孩子早已经用儿语、用拥抱、用一声"妈妈，我好爱你啊！"一声"爸爸，我要嫁一个像爸爸这样的好丈夫！"完全回报了！是的，完全回报了。孩子，只是哀乐中年的眼前欢。

曾经拥有眼前欢，并珍惜眼前欢的人，老境要快乐得多。

朋友

文/(香港) 古龙

世界上有比友情更令人感觉温馨的吗？好酒难得，好友更难得。朋友就是朋友，绝对没有任何事能代替，绝对没有任何东西来形容——就是世界上所有的玫瑰，再加上所有的花朵，也不能比拟友情的芬芳与美丽。

要衡量武侠人物的价值与意义不能用一般的标准。他们是孤独的人，在人世上自成一个系统，他们的孤独不是无助的，无可奈何的孤独，而是一种倔强的辽阔的孤独。他们的系统也和一般社会一样，有好的，有坏的，有可爱的，也有可恨的。但是他们最重义气，那种肝胆相照、生死与共的义气，比一切的感情更伟大，更感人。

你明明知道你有朋友在饿着肚子，却偏偏还要恭维他是个不食人间烟火的神仙，是宁可饿死也不求人的硬汉；你明明知道你的朋友要你寄点儿钱给他时，却只肯寄给他一封充满安慰和鼓励的信，还告诉他自力更生是多么诚实和宝贵的事。假如你是这种人，那么我保证，你唯一的朋友就是你自己。

对一个情绪低落的人来说，朋友的一句鼓励，甚至比世界上所有的良药都管用。

友情是积累的，爱情却是突然的，友情必定要经得起时间的考验，爱情却往往在一瞬间发生。

有许多朋友之间是这样的，虽然经常相处在一起，却从来都没有想过要发掘对方的往事。当然，更不会想到去发扬朋友的隐私。

江湖道上的朋友们，以意气血性相交，只要你今天用一种男子汉的态度来对待我，就算你以前是个混蛋也没什么关系。

人，只有在自己最亲密的朋友面前，才最容易做出错事。因为只有在这种时候，他的心情才完全放松，不但忘了对别人的警戒，也忘了对自己的警戒。

一个最容易伤害你的人，通常都是最了解你的人，这种人常常是你最亲近的朋友。

有的人与人之间就像是流星一样，纵然是一瞬间的相遇，也会迸发出炫目的火花。火花虽然有熄灭的时候，但在蓦然间造成的影响和震动却是永远难以忘记的。

岁月匆匆，倏然而逝，得一知己，死亦无憾。生有何欢，死有何惧，得一知己，死而无憾。

他们轻生死，重义气，为了一句话，什么事他们都做得出。每个人都必须为某些事付出代价——朋友间永恒不变的友情和义气。

朋友贵在知心，交朋友并不一定要交能够互相利用的人。

朋友就是朋友，朋友绝不分好坏，因为朋友只有一种：如果你对不起我，出卖了我，你根本不是朋友，根本就不配说这两个字。

金庸小说中的悲剧爱情

文 / 孔庆东

在一定意义上,金庸小说可以说是爱情的"百科全书"。生活中有什么样的爱情,金庸作品中就有什么样的爱情,穿越时间,穿越空间。

《天龙八部》被很多人誉为金庸小说中最伟大的著作,或者说是最伟大的著作之一。萧峰在追寻自己命运的过程中,与几个女性的情爱关系,值得我们探讨。

首先是萧峰与阿朱,他跟阿朱之间的情是一种至纯的感情。阿朱聪明绝顶、心地善良,她非常同情萧峰悲苦的命运,他们两个之间本来是知音式的英雄美人的爱情。中国传统英雄得有一个条件,就是不近女色,近女色的就不是英雄。萧峰本来也是不近女色的,但是他被阿朱的真情所打动,他们两个之间产生了真挚的爱情。他们有白首之约,有一章叫"塞上牧羊空许约",说办完了眼前的事,咱们就到塞外去牧羊、打猎,过那自由自在的生活,非常好的理想。

可是,命运非常悲苦,就在他们追寻萧峰大仇人的过程中,阿朱为了萧峰,为了他不受伤害(她觉得萧峰打不过那个大仇人段正淳),她也不愿意段正淳(实际上是她的生身父亲)跟萧峰一决生死,所以她决定用自己的生命来挽回此事。在一个大雨之夜,她冒充父亲来跟萧峰对决,结果萧峰不察,全力地一掌打去,竟然就把阿朱打死了。这个事件具有古希腊悲剧一样的震撼力,就是最爱的人竟然死在自己的手下。这个事情是萧峰终身的伤痛，所以阿朱在临死之前要求他做什么，他都一口答应。阿朱让他做的最重要的一件事是让他照料自己的妹妹阿紫，阿朱死后，萧峰就一直照顾阿紫。

阿紫跟阿朱正相反，她是一个相当坏的女孩。她成长在一个黑社会环境中，所在的星宿派是一个黑社会帮派，规矩极坏。在那里边没有长幼尊卑，谁的本事大谁就当老大，所以每天都是互相打，互相算计，谁最坏，谁生活得最好，是把动物界的进化论完全搬到人类社会中来了。可是就是阿紫这么坏的一个女孩，居然也爱上了萧峰。这一笔写得非常妙，也就是说一个没有受过正常教育的坏女孩，其实她心中仍然有一丝人类本能的善良。在萧峰打死阿朱的那个大雨之夜，她就躲在桥边，亲眼看见萧峰打死姐姐之后，像野兽一样咆哮，天塌地裂般的痛苦。这个时候阿紫才发现，人和人之间原来有这样好的感情。她以前从来不知道，她认为人和人之间就是狼的关系，就是互相吃。她不知不觉心里就有了萧峰的形象，可能就爱上了萧峰。坏人是这样的，她不但对别人坏，也没有人对她好。所以有的时候，坏人作恶不过是为了追求怜爱，要引起别人注意。萧峰心里只有一个阿朱，他只会喜欢她一个。阿紫缺乏这方面的教育，她用了最简单、愚笨的办法，比如说她想害死萧峰。你不是不爱我吗，我不是得不到你吗，那我把你打死。抱着你的尸体，我就永远跟你在一起了。

真是"有志者事竟成"啊！最后她终于实现了，萧峰最终自杀。《天龙八部》的结尾，萧峰为了两个民族之间的和平，用气壮山河的一死，为两个民族换来了和平。没有人能够杀死他，他用一把断剑插入自己的心口，自杀了，阿紫抱着他的尸体跳下了悬崖。我们一般人都觉得这个世界有很多不尽如人意之处，我们有时候会夸张那个社会的黑暗面。而在阿紫这样的一个坏女孩眼中，这世界没什么好的，这世界都是坏人坏事，只有她爱的这个英雄是好人，连她这样一个坏人都愿意离开这个世界，因为她活着的时候不能得到，死了之后反而得到了她仰慕的英雄。这是萧峰和阿紫的一个关系。

但是，这个悲剧还可以继续挖掘下去。我们看萧峰悲剧的产生，好好的一个丐帮帮主，忽然有一天被告知，你不是汉人，由此失去了一切，落下了大奸人、大恶人、不忠不孝等罪名，一路追杀仇人追杀不到，自己居然把自己的爱人打死，一生悲苦。这个原因到底是什么？不错，萧峰不是汉人，他是契丹人。虽然是契丹人，但假如没人发现这事，或者发现之后没有揭露，那么这个故事就不存在了，萧峰一辈子就是一个英雄人物，就是丐帮帮主，就是天下武林的领袖。到底谁发现的？为什么会有这个悲剧？是谁直接促成了萧峰的命运悲剧呢？这个人叫康敏，也就是马夫人，丐帮副帮主的夫人。

马夫人为什么要迫害萧峰？她为什么要揭露这个事，害得他身败名裂呢？很有意思，又是跟爱情有关。原因很简单，因为康敏非常美貌、漂亮，所有的男人看见她之后都要惊奇地凝视她一会儿，都要看她。只有一个人不看她，这个人就是萧峰，萧峰为什么不看她？也不是萧峰歧视她，萧峰因为是英雄，英雄是不看美人的，英雄是不爱美色的。这是中国英雄和西方英雄不同的一点，西方英雄是讲究不爱江山爱美人，中国英雄是一心贡献给事业，很少看女人。可是萧峰不看这个美女，就对这个美女造成了最大的心理伤害，好！你是英雄，你不是不看我吗？不承认我的价值吗？给你点颜色看看。最后，就把萧峰一辈子都害掉。

康敏的丈夫马大元本来是萧峰的大哥，萧峰本来应该叫她嫂夫人，萧峰杀康敏这个故事，其实是有原型的。我们如果联想到《水浒传》等其他作品的话，就会想到这个故事。有一位研究者，把它概括为"英雄杀嫂"。

萧峰杀掉马夫人是英雄杀嫂，但是，这个模式他运用得非常巧妙，它不是像《水浒传》那样讲故事，《天龙八部》中我们是到最后才真相大白的，一开始萧峰被陷害，谁害的？不知道。而惩罚马夫人这一节，最后杀掉她的又不是萧峰。因为那样就会毁坏英雄的形象，最后杀掉马夫人的是另外一个坏女人阿紫，由阿紫来惩罚她。阿紫挑断了她的手筋、脚筋，割得她浑身是伤，然后又在她的伤口中倒进了蜜糖水，引蚂蚁来咬她全身，就说这个女人她值得痛恨，但不是由英雄执行惩罚她的刑罚，而是由另外一个坏女人来做。金庸采取的这个模式，既借鉴了前人的财富，又能够在当代社会得到我们当下读者的接受。

金庸在爱情这个问题上，给予读者的启迪是说不尽的。

第五辑　做一个妙趣横生的人　　　224 － 271

做一个妙趣横生的人

文/苗向东

时下大多中国人评价一个人成功的标准,大体不外乎是通过一些很刚性的指标,比如身份、地位、职业、收入、房子、车子、孩子的教育、本人的游历等等,似乎一旦拥有这些也就可以称之为成功了。但在国外评价一个人是用"有趣"来界定的,如果被人说"没趣",那将是很失败的。为此有人说,人生最大的敌人是——无趣。

什么是"有趣"呢?"有趣"二字的关键是"趣"字,"趣味"、"情趣"、"兴趣"。"鬼才"贾平凹说:"人可以无知,但不可以无趣。"想必土得掉渣的大作家,也是个有趣之人。

做人若无趣,这很煞风景。人一旦"没有趣"了,就会变得粗糙、麻木、肤浅,变得不再可爱了。整天愁眉苦脸、忧心忡忡、唉声叹气、面目可憎,好像这个世界谁都欠着你似的。这样的人活着,只会给别人添堵。而一个有趣的人则不然,由于他(她)的存在,而使周围的人群变得热闹起来,他(她)的"气场"催化着人生的精义,叫人奋发,让人快乐。有趣的人,是生活中的"开心果",是人群中的"快乐源",与有趣的人相处,你会觉得世界变得有趣,生活变得有趣,自己似乎也变得有趣起来。

有趣的人,是热爱生活的人。生活中的吃穿住行哪样没有深奥广博的学问,光吃一样,他就能嚼巴出不少趣味来,吃得好看,吃得稀罕,吃得兴趣盎然,吃得阳光灿烂,都是可以追求的境界。《别闹了,费曼先生》

里有这样一位科学家，他对所有关于动脑筋的事情都充满兴趣，魔术、开锁、解密码、猜谜、心算、赌钱。对兴趣的不断追逐，让这位怪才的生活成了无数人的梦想。

总觉得古人比我们现在活得有趣。今天我们读《论语》，也许会觉得孔老夫子是一个无趣的人，可是，你若知道他和他的学生讲话是那样的幽默，见到美人南子时竟俯下身子去吻伊的鞋，就会明白所谓"圣人"者，竟是一个性情中人，一个有趣的人。

有趣的人，或许境遇并不好，但特立独行，不改本色。金圣叹一生诙谐，因"哭庙案"而被判死刑后，仍一如既往。眼看行刑时刻将到，金圣叹的两个儿子梨儿、莲子望着即将永诀的慈父，泪如泉涌。金圣叹却从容不迫，泰然自若地说："哭有何用，来，我出个对联你们来对。"于是吟出了上联"莲子心中苦"。儿子哭跪在地哪有心思对对联。他稍思索说："起来吧，别哭了，我替你们对下联。"接着念出了下联"梨儿腹内酸"。这副生死诀别对，一语双关，对仗严谨，撼人心魄。

有趣的人，不见得能成就大事业，但让人看着就高兴。《射雕英雄传》里老顽童周伯通，是最让人喜欢的一个角色，他虽然武功盖世，却是儿童心态，整天疯疯癫癫的，爱搞恶作剧，玩心太重，围绕着他发生了许多喜剧，使得打打杀杀腥风血雨的江湖，多了不少浪漫欢快的生活气息。

需要提醒的是：有趣是这个世界上的稀缺资源，有趣与读书多少无关，与挣钱多少无关。有趣和身份、地位、性别、年龄、环境、条件无关。有趣之人是很容易被曲解的，有人误认为打架泡妞、吃喝嫖赌、粗言滥语、举止猥琐就是有趣，那就大错特错了。

有趣是人性的最高境界。做个有趣的人并不难，首要之事便是自己要先觉得这个世界有趣。

有趣的人才是懂得生命真谛的人，也是懂得享受生命的人。有趣的人越多，我们的幸福指数就越高，但愿我们都能变得有趣起来。

一定要学会做一个"有趣"的人，否则才叫失败，或者叫白活了。

幽默的境界

文/(台湾)余光中

据说秦始皇有一次想把他的苑囿扩大,大得东到函谷关,西到今天的凤翔和宝鸡。宫中的弄臣优旃说:"妙极了!多放些动物在里面吧。要是敌人从东边打过来,只要教麋鹿用角去抵抗就够了。"秦始皇听了,就把这计划搁了下来。

这么看来,幽默实在是荒谬的解药。委婉的幽默,往往顺着荒谬的逻辑夸张下去,使人领悟荒谬的后果。虚张声势,故作姿态的浪漫,凡事过分不合情理,或是过分违背自然,都构成荒谬。荒谬的解药有二:第一是坦白指摘,第二是委婉讽喻,幽默属于后者。用幽默感来评人的等级,有三等。第一等有幽默的天赋,能在荒谬里觑见幽默。第二等虽不能创造幽默,却多少能领略别人的幽默。第三等连领略也无能力。如果幽默感是磁性,第一等便是吸铁石,第二等是铁,第三等便是一块木头了。这么看来,秦始皇还勉强可以归入第二等,至少他领略了优旃的幽默感。

第三等人虽然不能创造幽默,却能创造荒谬。这世界,如果没有妄人的荒谬表演,智者的幽默岂不失去依据?晋惠帝的一句"何不食肉糜?"惹中国人嗤笑了一千多年。晋惠帝的荒谬引发了我们的幽默感:妄人往往在不自知的情况下,牺牲自己,成全别人,成全别人的幽默。

幽默并不等于尖刻,因为幽默针对的不是荒谬的人,而是荒谬本身。高度的幽默往往源自高度的严肃,不能和杀气、怨气混为一谈。不少人误认尖酸刻薄为幽默,事实上,刀光血影中只有恨,并无幽默。幽默是一个心热手冷的开刀医生,他要杀的是病,不是病人。

把英文 Humour 译成幽默,是神来之笔。幽默如太露骨太嚣张,就失去了"幽"和"默"。幽默是一种讲究含蓄的艺术,暗示性愈强,艺术性也就愈高。不过暗示性强了,对于听者或读者的悟性,要求也自然增高。说幽默的人灵光一闪，绣口一开，听幽默的人反应也要敏捷，才能接个正着。这种场合，听者的悟性接近禅的"顿悟"；高度的幽默里面，应该隐隐含有禅机一类的东西。如果说者语妙天下，听者一脸茫然，竟要说者加以解释或者再说一遍，岂不是天下最扫兴的事情？所以说，"解释是幽默的致命伤"。世界上有两种话必须一听就懂，因为它们不堪重复：第一是幽默的话，第二是恭维的话。最理想也是最过瘾的配合，是前述"幽默境界"的第二等人听第一等人的幽默：说的人说得精彩，听的人也听得尽兴，双方都很满足。其他的配合，效果就大不相同。换了第一等人面对第三等人，一定形成冷场，且令说者懊悔自己"枉抛珍珠付群猪"。不然便是第二等人面对第一等人而竟想语娱四座，结果因为自己的"幽默境界"欠高，只赢得几张生硬的笑容。要是说者和听者都是第一等人呢？"顿悟"当然不成问题，只是语锋相对，机心竞起，很容易导致"幽默比赛"的紧张局面。万一自己舌翻谐趣，刚刚赢来一阵非常过瘾的笑声，忽然邻座的一语境界更高，利用你刚才效果的余势，飞腾直上，竟获得更加热烈的反应和更为由衷的赞叹，则留给你的，岂不是一种"第二名"的苦涩之感？

幽默，可以说是一个敏锐的心灵，在精神饱满意趣洋溢时的自然流露。这种境界好像行云流水，不能做假，也不能苦心经营，事先筹备。世界上有的是荒谬的事，虚妄的人；诙谐天成的心灵，自然左右逢源，取用不尽。幽默最忌的便是公式化，譬如说到丈夫便怕太太，说到教授便缺乏常识，提起官吏，就一定要刮地皮。公式化的幽默很容易流入低级趣味，就像公式化的小说中那些人物一样，全是欠缺想象力和观察力的产品。

一个真正幽默的心灵，必定是富足、宽厚、开放，而且圆通的。它绝对不会固执成见，一味钻牛角尖，或是强词夺理，厉色疾言。幽默，恒在俯仰指顾之间。从从容容、潇潇洒洒，浑不自觉地完成：在一切艺术之中。"舍我其谁？"的英雄气概，和幽默是绝缘的。真正幽默的心灵，绝不抱定一个角度去看人或看自己，他不但会幽默人，也会幽默自己，不但嘲笑人，也会释然自嘲，泰然自贬，欣然独笑。创造幽默的人，竟能自备荒谬，岂不可爱？

其他的东西往往有竞争性，唯幽默不可竞争，否则岂不令人啼笑皆非？幽默不能力学，只可自通，所以"幽默专家"或"幽默博士"是荒谬的。幽默不堪公式化，更不堪职业化。一心一意要逗人发笑，别人的娱乐成了自己的责任，那有多么紧张？自生自发无为而为的一点谐趣，竟像一座发电厂那样日夜供电,天机沦为人工,有多乏味?就算姿势升高,幽默而为大师,也未免太不够幽默了吧。文坛常有论争,唯"谐坛"不可论争。如果有一个"幽默协会",如果会员为了竞选"幽默理事"而打起架来,那将是世界上最大的荒唐,不,最大的幽默。

下棋

文 / 梁实秋

有一种人我最不喜欢和他下棋，那便是太有涵养的人。杀死他一大块，或是抽了他一个车，他神色自若，不动火，不生气，好像是无关痛痒，使得你觉得索然寡味。

君子无所争，下棋却是要争的。当你给对方一个严重威胁的时候，对方的头上青筋暴露，黄豆般的汗珠一颗颗地在额上陈列出来，或哭丧着脸作惨笑，或咕嘟着嘴作吃屎状，或抓耳挠腮，或大叫一声，或长吁短叹，或自怨自艾口中念念有词，或一串串的噎膈打个不休，或红头涨脸如关公，种种现象，不一而足。这时节你"心有余力"，便可以点起一支烟，或啜一碗茶，静静地欣赏对方的苦闷。我想猎人困逐一只野兔的时候，其愉快大略相仿佛。因此我悟出一点道理，和人下棋的时候，如果有机会使对方受窘，当然无所不用其极，如果被对方所窘，便努力作出不介意状，因为既不能积极地给对方以苦痛，只好消极地减少对方的乐趣。

自古博弈并称，全是属于赌的一类，而且只是比"饱食终日无所用心"略胜一筹而已。不过弈虽小术，亦可以观人，相传有慢性人，见对方走当头炮，便左思右想，不知是跳左边的马好，还是跳右边的马好，想了半个钟头而迟迟不决，急得对方拱手认输。是有这样的慢性人，每一着都要考虑，并且是加慢的考虑，我常想这种人如加入龟兔的竞赛，也必定可以获胜。也有性急的人，下棋如赛跑，劈劈啪啪，草草了事，这仍旧是饱食终日无所用心的一贯作风。下棋不能无争，争的范围有大有小，有斤斤计较而因小失大者，有不拘小节而眼观全局者，有短兵相接作生死斗者，有各自为战而旗鼓相当者，有赶尽杀绝而一步不让者，有好勇斗狠而同归于尽者，有一面下棋一面俏骂者，但最不幸的是争的范围超出了棋盘，而拳足相加。有下棋者，久而无声响，排闼视之，阒不见人，原来他们是在门后角里扭做一团，一个人骑在另一个人的身上，在他的口里挖车呢，被挖者不敢出声，出声则口张，口张则车被挖回，挖回则必悔棋，悔棋则不得胜，这种认真的态度憨得可爱。我曾见过二人手谈（注：下围棋），起先是坐着，神情潇洒，望之如神仙中人，俄而棋势吃紧，两人都站起来了，剑拔弩张，如斗鹌鹑，最后到了生死关头，两人跳到桌上去了！

笠翁《闲情偶寄》说弈棋不如观棋，因观者无得失心。观棋是有趣的事，如看斗牛、斗鸡、斗蟋蟀一般，但是观棋也有难过处，观棋不语是一种痛苦。喉间硬是痒得出奇，思一吐为快，看见一个人要入陷阱而不作声是几乎不可能的事，如果说得中肯，其中一个人要厌恨你，暗暗地骂一声"多嘴驴！"另一个人也不感激你，心想"难道我还不晓得这样走！"如果说得不中肯，两个人要一齐嗤之以鼻，"无见识奴！"如果根本不说，憋在心里，受病。所以有人挨了一个耳光之后，还要抚着热辣辣的嘴巴大呼"要抽车，要抽车！"

下棋只是为了消遣，其所以能使这样多人嗜此不疲者，是因为它颇合于人类好斗的本能，这是一种斗智不斗力的游戏。所以瓜棚豆架之下，与世无争的村夫野老不免一枰相对，消此永昼，闹市茶寮之中，常有有闲阶级人士下棋消遣，"不为无益之事，何以遣此有涯之生，"宦海里翻过船最后退隐东山的大人先生们，髀肉复生，而英雄无用武之地，也只好闲来对弈了此残生，下棋全是剩余精力的发泄，人总是要斗的，总是要勾心斗角地和人争逐的。与其和人争权夺利，还不如在棋盘上多占几个官，与其招摇撞骗，还不如在棋盘上抽上一个车。宋人笔记曾载有一段故事："李汭仆射，性卞急，酷好弈棋，每下子安详，极于宽缓，往往躁怒作，家人辈则密以弈具陈于前，汭睹，便忻然改容，以取其子布弄，都忘其恚矣。"（《南部新书》）

下棋，有没有这样陶冶性情之功，我不敢说，不过有人下起棋来，确实是把性命都可置诸度外。我有两个朋友下棋，警报作，不动声色，俄而弹落，棋子被震得在盘上跳荡，屋瓦乱飞，其中一位棋瘾较小者变色而起，被对方一把拉住，"你走！那就算是你输了。"此公深得棋中之趣。

逃学

文 / 沈从文

自从逃学成为习惯后，我除了想方设法逃学，什么也不再关心。

有时天气坏一点，不便出城上山里去玩，逃了学没有什么去处，我就一个人走到城外庙里去。本地大建筑在城外计三十多处，除了庙宇就是会馆和祠堂。空地广阔，因此均为小手工业工人所利用。那些庙里总常常有人在殿前廊下绞绳子、织竹罩、做香，我就看他们做事。有人下棋，我看下棋。有人打拳，我看打拳。甚至于相骂，我也看着，看他们如何骂来骂去，如何结果。因为自己既逃学，走到的地方必不能有熟人，所到的必是较远的庙里。到了那里，既无一个熟人，因此什么事都只好用耳朵去听，眼睛去看，直到看无可看听无可听时，我便应当设计打量我怎么回家去的方法了。

逃学时还把书篮挂到手肘上这就未免太蠢了一点。凡这么办的可以说是不聪明的孩子。许多这种小孩子，因为逃学到各处去，人家一见就认得出，上年纪一点的人见到时就会说："逃学的，赶快跑回家挨打去，不要在这里玩。"若无书篮可不必受这种教训。因此我们就想出了一个方法，把书篮寄存到一个土地庙里去，那地方无一个人看管，但谁也不用担心他的书篮。小孩子对于土地神全不缺少必需的敬畏，都信任这木偶，把书篮好好的藏到神座龛子里去，常常同时有五个或八个，到时却各人把各人的拿走，谁也不会乱动旁人的东西。我把书篮放到那地方去，次数是不能记忆了的，照我想来，搁得最多的必定是我。

逃学失败被家中学校任何一方面发觉时，两方面总得各挨一顿打。在学校得自己把板凳搬到孔夫子牌位前，伏在上面受笞。处罚过后还要对孔夫子牌位作一揖，表示忏悔。有时又常常罚跪至一炷香时间。我一面被处罚跪在房中的一隅，一面便记着各种事情，想象恰如生了一对翅膀，凭经验飞到各样动人事物上去，按照天气寒暖，想到河中鳜鱼被钓起离水后拨剌的情形，想到天上飞满风筝的情形，想到空山中歌呼的黄鹂，想到树木上累累的果实。由于最容易神往到种种屋外东西上去，反而常把处罚的痛苦忘掉、处罚的时间忘掉，直到被唤起以后为止。我就从不曾在被处罚中感觉过小小冤屈。那不是冤屈。我应感谢那种处罚，使我无法同自然接近时，给我一个练习想象的机会。

在家中虽不敢不穿鞋，可是一出了大门，即刻就把鞋脱下拿到手上，赤脚向学校走去。不管如何，时间照例是有多余的，因此我总得绕一节路玩玩。若从西城走去，在那边就可看到牢狱，大清早若干人带了脚镣从牢中出来，派过衙门去挖土。若从杀人处走过，昨天杀的人还没有收尸，一定已被野狗把尸首咬碎或拖到小溪中去了，就走过去看看那个糜碎了的尸体，或拾起一块小小石头，在那个污秽的头颅上敲打一下，或用一根木棍去戳戳，看看会动不动。若还有野狗在那里争夺，就预先拾了许多石头放在书篮里，随手一一向野狗抛掷，不再过去，只远远地看看，就走开了。

既然到了溪边，有时候溪中涨了小小的水，就把裤管高卷，书篮顶在头上，一只手扶着，一只手照料裤子。在沿了城根流去的溪水中走去，直到水深齐膝处为止。学校在北门，我出的是西门，又进南门，再绕城里大街一直走去。在南门河滩方面我还可以看一阵杀牛，机会好时恰好正看到那老实可怜畜牲放倒的情形。因为每天可以看一点点，杀牛的手续同牛内脏的位置，不久也就被我完全弄清楚了。再过去一点就是边街，有织簟子的铺子，每天任何时节皆有几个老人坐在门前用厚背的钢刀破篾，有两个小孩子蹲在地上织簟子（我对于这一行手艺所明白的种种，现在说来似乎比写字还在行）。又有铁匠铺，制铁炉同风箱皆占据屋中，大门永远敞开着，时间即或再早一些，也可以看到一个小孩子两只手拉着风箱横柄，把整个身子的分量前倾后倒，风箱于是就连续发出一种吼声，火炉上便放出一股臭烟同红光。待到把赤红的热铁拉出搁放到铁砧上时，这个小东西，赶忙舞动细柄铁锤，把铁锤从身背后扬起，在身面前落下，火花四溅地一下一下打着。有时打的是一把刀，有时打的是一件农具。有时看到的又是这个小学徒跨在一条大板凳上，用一凿子在未淬水的刀上起去铁皮，有时又是把一条薄薄的钢片嵌进熟铁里去。日子一多，关于任何一件铁器的制造程序我也不会弄错了。边街又有小饭铺，门前有个大竹筒，插满了用竹子削成的筷子，有干鱼同酸菜，用钵头装满放在门前柜台上，引诱主顾上门，意思好像是说："吃我，随便吃我，好吃！"每次我总仔细看看，真所谓"过屠门而大嚼"也过了瘾。

取钱

文 / 老舍

我告诉你,二哥,中国人是伟大的,就拿银行说吧,中国最小的银行也比外国的好,不冤你,你看,二哥,昨儿个我还在银行里睡了一大觉。在外国银行里就做不到。

那年我上外国,你不是说我随了洋鬼子吗?二哥,你真有先见之明。还是拿银行说吧,我亲眼得见,洋鬼子再学100年也赶不上中国人,洋鬼子不够派儿。好比这么说吧,二哥,我在外国拿着张10镑钱的支票去兑现钱。一进银行的门,就是柜台,柜台上没有亮亮的黄铜栏杆,也没有大小的铜牌。二哥你看,这和油盐店有什么分别?不够派儿。再说人吧,柜台里站着好几个,都那么光梳头,净洗脸的,脸上还笑着;这多下贱!把支票交给他们谁也行,谁也是先问你早安或午安;太不够派儿了!拿过支票就那么看一眼,紧跟着就问:"怎么拿?先生!"还是笑着。哪是买卖人呢?!叫"先生"还不够,必得还笑,洋鬼子脾气!我就说了:"4个1镑的单张,5镑的1张,1镑零的;零的要票子和钱两样。"按理说,二哥,10镑钱要这一套罗哩罗嗦,你讨厌不,假若二哥你是银行的伙计?你猜怎么样,二哥,洋鬼子笑得更下贱了,好像这样麻烦是应当应分。喝,登时从柜台下面抽出簿子下来,刷刷地就写;写完,又一伸手,钱是钱,票子是票子,没有一眨眼的工夫,都给我数出来了;紧跟着便是:"请点一点,先生!"又是一个"先生",下贱,不懂得买卖规矩!点完了钱,我反倒愣住了,好像忘了点什么。对了。我并没忘了什么,是奇怪洋鬼子干事——况且是堂堂的大银行——为什么这样快?赶丧哪?真他妈的!

二哥,还是中国的银行,多么有派儿!我不是说昨儿个去取钱吗?早8点就去了,因为现在天儿热,银行8点就开门;抓个早儿,省得大晌午的劳动人家;咱们事事都得留个心眼,人家有个伺候得着与伺候不着,不是吗?到了银行,人家真开了门,我就心里说:大热的天,说什么时候开门就什么时候开门,真叫不容易。其实人家要愣不开一天,不是谁也管不了吗?一边赞叹,我一边就往里走。喝,大电扇忽忽地吹着,人家已经都各按部位坐得稳稳当当,吸着烟卷,按着铃要茶水,太好了,活像一群皇上,太够派儿了。我一看,就不好意思过去,大热的天,不叫人家多歇会儿,未免有点不知好歹。可是我到底过去了,因为怕人家把我撵出去;人家看我像没事的,还不撵出来么,人家是银行,又不是茶馆,可以随便出入。我就过去了,极慢地把支票放在柜台上,没人搭理我,当然的。有一位看了我一眼,我很高兴;大热的天,看我一眼,不容易。二哥,我一过去就预备好了;先用左腿金鸡独立地站着,为是站乏了好换腿。左腿立了有10分钟,我很高兴我的腿确是有了劲。支持到12分钟我不能不换腿了,于是就来个右金鸡独立。右腿也不弱,我更高兴了,嗨,爽性来个猴啃桃吧,我就头朝下,顺着柜台倒站了几分钟。翻过身来,大家还没动静,我又翻了十来个跟头,打了些旋风脚。刚站稳了,过来一位;心里说:我还没练两套拳呢,这么快,那位先生敢情是过来吐口痰,我补上了两套拳。拳练完了,我出了点儿汗,很痛快。又站了会儿,一边喘气,一边欣赏大家的派头——真稳!很想给他们喝个彩。8点40分,过来一位,脸上要下雨,眉毛上满是黑云,看了我一眼。我很难过,大热的天,来给人家添麻烦。他看了支票一眼,又看了我一眼,好像断定我和支票像亲哥儿俩不像。我很想把脑门子上签个字。他连大气没出把支票拿了走,扔给我一面小铜牌。我直说:"不忙,不忙!今天要不合适,我明天再来;明天立秋。"我是真怕把他气死,大热的天。他还是没理我,真够派儿,使我肃然起敬!

拿着铜牌,我坐在椅子上,往放钱的那边看了一下。放钱的先生——一位像屈原的中年人——刚按铃要鸡丝面。我一想:工友传达到厨房,厨子还得上街买鸡,凑巧了鸡也许还没长成个儿;即使顺当的买着鸡,面也许还没磨好。说不定,这碗鸡丝面得等3天3夜。放钱的先生当然在吃面之前决不会放钱;大热的天,腹里没食怎能办事。我觉得太对不起人了,二哥!心中一懊悔,我有点发困,靠着椅子就睡了。睡得挺好,没蚊子也没臭虫,到底是银行里!一闭眼就睡了50多分钟;我的身体,二哥,是不错了!吃得饱,睡得着!偷偷地往放钱的先生那边一看,(不好意思正眼看,大热的天,赶劳人是不对的!)鸡丝面还没来呢。我很替他着急,肚子怪饿的,坐着多难受!他可是真够派儿,肚子那么饿还不动声色,没法不佩服他了,二哥。

大概有10点左右吧,鸡丝面来了!"大概",因为我不肯看壁上的钟——大热的天，表示出催促人家的意思简直不够朋友。况且我才等了两点钟，算得了什么。我偷偷地看人家吃面。他吃得可不慢。我觉得对不起人。为兑我这张支票再逼得人家噎死，不人道！二哥，咱们都是善心人哪。他吃完了面，按铃要手巾把，然后点上火纸，咕噜开小水烟袋。我这才放心，他不至于噎死了。他又吸了半点多钟水烟。这时候，等取钱的已有了六七位，我们彼此对看，眼中都带出对不起人的神气。我要是开银行，二哥，开市的那天就先枪毙俩取钱的，省得日后麻烦。大热的天，取哪门子钱?! 不知好歹！

10点半，放钱的先生立起来伸了伸腰。然后捧着小水烟袋和同事低声闲谈起来。我替他抱不平，二哥，大热的天，10点半还得在行里闲谈，多么不自由！凭他的派儿，至少该上青岛避两月暑去；还在行里，还得闲谈，哼！

11点，他回来，放下水烟袋，出去了；大概是去出恭。11点半才回来。大热的天，二哥，人家得出半点钟的恭，多不容易！再说，11点半，他居然拿起笔来写账，看支票。我直要过去劝告他不必着急。大热的天，为几个取钱的得点病才合不着。到了12点，我决定回家，明天再来，我刚要走，放钱的先生喊："1号！"我真不愿过去，这个人使我失望！才等了4点钟就放钱，派儿不到家！可是，他到底没使我失望。我一过去，他没说什么，只指了指支票的背面。原来我忘了在背后签字，他没等我拔下自来水笔来，说了句："明天再说吧。"这才是我所希望的！本来吗，人家是1点关门，我补签上字，再等4点钟，不就是下午4点了吗？大热的天，二哥，人家能到时候不关门？我收起支票来，想说几句极合适的客气话，可是他喊了"2号"；我不能再耽误人家的工夫，决定回家好好的写封道歉的信！二哥，你得开开眼去，太够派儿！

去人民大会堂的最佳方式

文/韩小蕙

我家的地理位置有点特殊：它是坐落在北京的心脏地带——东单银街上的一个欧罗巴式大院落，距长安街有一站地，距天安门广场三站地，我自己形容为"一箭之遥"。

要完成这"一箭之遥"的行进，共有4种方式可选择：(1) 步行，需40分钟。(2) 骑自行车，需15分钟。(3) 乘公交车，包括步行到车站、等车、塞车等因素，大约需30~40分钟。(4) 打的，如果不塞车的话，一去15~20分钟。但回来可就困难了，因为第一，打不到车，长安街上不允许出租车空驶，更不允许随便停车。第二，东单路口不允许左转弯，必须前行到两公里以外的建国门绕二环路口回来，中间需耐心等待东单、北京站两个大红绿灯，这么一去一来，时间就没谱了，一小时开外也常是题中之意。

聪明的读者早一眼就看出来了，我抵达人民大会堂选的最佳方式，肯定是骑自行车了。而且多年来，骑车一直是我上班的交通方式，这可以一直追溯到20世纪70年代我刚参加工作时，就天天骑车20里地上下班，一来一去两小时，风雨无阻地骑了8年，于是我的身体就很棒。现在我家离就职的报社仅"半箭之遥"，骑自行车15分钟就到，而若开小车，单是过崇文门路口就得20分钟，所以我也没买私家车，非不能也，实不需也。

就这么着，当记者二十多年来，无数次去人民大会堂开会，每次我都是骑车去，一直很自在。可是近三四年来，我发现出问题了——社会财富使社会的精神环境发生了根本性变化（马克思主义政治经济学的最基本观点：经济基础决定上层建筑），以致，它对我竟产生了一种几乎是不可抗拒的挤压！

用建筑界的话来说，北京这张"城市大饼"越摊越大，居住在城里的人逐渐都迁到城外三环、四环、五环乃至六环，私家车当然就顺理成章地越来越普及。加上国家经济腾飞的大好形势，公家车也变得越来越多越豪华，与6万辆出租车汇合在一起，就形成了北京大街小巷上极为壮观的汽车长龙。

世上凡事，有因就有果。于是理所当然地，北京人也就变得更懒了（"北京大爷"一向就有"懒"的恶名），能坐车就绝不走路，能坐小车就绝不坐大公共。到人民大会堂开会的各色人等，包括我们这越来越庞大的记者群，也渐渐地都变成了先富起来的小车阶级。有一次，我又骑车到了人民大会堂东门，发现竟只有我一辆自行车了，警卫因此长了脸，竟不让我把车放在以往一直放自行车的小树林内。我心里不服，一直等着不进去，我是想看看是不是就我一个人还骑自行车？结果真是大出意外，果然是"孤家寡人"了，于是我感叹自己真是"不知有汉，无论魏晋"了！

此时再一留心，才发现我一向是太粗心大意了，还只蒙着眼睛活在自己的主观内心里，全没看到金利来、银利来、钻石利来、超级财富利来……所裹挟而至的时尚消费主义大潮，早就使社会思潮的风向扭转，更使周围人们的心态发生了核裂变。同事们、同仁们、朋友们见我骑着车来，往往都是冲口而出：

"怎么还骑车呐？你！"

我就笑笑。只好笑笑。因为此时，即使我自己再在我的蚕茧小窝里活得主观幸福，我也听出了"大雪满弓刀"的弦外之音。这里面的潜台词颇多，有"你该买辆小车了"，有"至少也应该打辆车"，还有"掉价儿"、"离谱儿"、"穷酸"、"抠门儿"等等，等等。以前我听了全不往心里去，笑答一句，也就抛在脑后了。可现在，一次两次八次十次二十次……我意识到坏了，自己简直成了新闻界的贫下中农了，因而渐渐地，竟也觉得脸上有些挂不住了。

说实在的，我这人虽然外表文弱，但却是个主观意志很坚强的女性，认准了的道理，敢于坚持，一般不是轻易就妥协的。比如我从小就被打下了坚实基础的一些优秀传统观念——节俭、本色、不贪钱财、不慕虚荣、实事求是、平民立场等等，多年来我一直理想主义地坚持着。作为一个有着精神追求的知识女性，我最看不起蒙起一层华丽外皮的、虚荣又虚假的男子女子（此处女子比较多），哪怕他或她蒙的是一张金子做的皮呢。

可是现在，我自己竟也虚荣起来了！车一骑到人民大会堂附近，就会下意识地左右看看，是在看有没有熟人，最好是没有。我就迅速闪身到小树林中间，把自行车放好。然后，长出一口气，将胳膊在阳光下画出一个潇洒的圆圈，"哗"地掏出大红烫金请柬，就昂起头，"哐当，哐当"往里走。唉，平心而论，我是热爱我的自行车的，而且从身体到心理、从形而下到形而上，都觉得舒服——尤其是在清风、白云、红日、蓝天、鸽哨、鲜花之下，更尤其是在宽敞整洁、大气磅礴的天安门广场。可是，我也真的越来越惧怕熟人的目光了，它们闪闪烁烁，犹如一把把利剑，不是暖暖的垂怜就是冷冷的鄙夷，都让我浑身长刺。终于一天，我的一位好友结结巴巴对我说："下次，你从单位，要个车吧？你们报社，不至于穷到，这……份上吧！"

哎哟，麻烦了，我的骑车已经不是我个人的行为，而是关系到我们报社的形象和声誉了！这真是鸡年出门得戴顶红帽子，最好，再在翅膀上插几根华贵的孔雀毛！

像段成式这样的唐朝记者

文/魏风华

记者作为一种职业,最早可以追溯到哪个年代?

我想到一个唐朝人:段成式。他是中国古代最著名的志怪笔记《酉阳杂俎》的作者。该书集合了众多现代元素:奇幻、惊悚、异闻、娱乐、八卦,完全是一份内容丰富、包罗万象的唐朝都市报。而段本人,正是这个媒体的主笔。除了许多动人的奇幻故事外,该书还保留了大量唐朝的珍贵资料。

唐朝时关于非洲的描述,其文字内容,把作为正史的《新唐书》和《旧唐书》加在一起,也没有《酉阳杂俎》里记载得多。最可贵的一点是,里面的很多异闻,都是段成式亲自采访得到的。采访对象包括朋友、同事、下属,乃至仆人,比如"灰姑娘"叶限的故事,就是他通过采访自己的家庭医生而获得的。它最终成为那个著名的西方童话的源头,比格林兄弟早写了一千年。

这位唐朝记者段成式有着显赫的背景,其祖上是李世民的心腹、位列凌烟阁二十四功臣之一的段志玄,其父亲是中唐宰相段文昌,其外祖父是更著名的宰相武元衡。段成式在当时与李商隐、温庭筠齐名。他历任校书郎、太常少卿、江州刺史等职,晚年寓居襄阳,以撰写志怪笔记小说自娱自乐。可以说,段成式天生就是当记者的料儿,他才思敏捷、博闻强记,为官时四处漫游的经历又给了他接触各色人等的机会。

"荆州街子葛清,勇不肤挠,自颈以下,遍刺白居易舍人诗。成式尝于荆客陈至呼观之,令其自解,背上亦能暗记。反手指其札处,至'不是此花偏爱菊',则有一人持杯临菊丛。又'黄夹缬林寒有叶',则指一树,树上挂缬,缬窠锁胜绝细。凡刻三十余首,体无完肤。"在这则故事中,他不仅为后世贡献出一个成语——"体无完肤",而且还写到一个唐朝Fans在自己身上刺满了白居易的诗歌。放到现在,这绝对是社会新闻版的头条消息。

段成式不仅博识,而且还有一颗热爱生活的心。《酉阳杂俎》中有一条记载如下:"异蒿,田在实,布之子也。大和中,尝过蔡州北。路侧有草如蒿,茎大如指,其端聚叶……折视之,叶中有小鼠数十,才若皂荚子,目犹未开,啾啾有声……"说的是他上任路过蔡州,发现路边有一棵异草,于是下马俯身来观察其特征,还在草叶中发现小鼠数十只。这样的生活情趣和对大自然之爱,在刀光剑影、官场争斗的古代,大约找不出第二个人来吧。

南唐笔记《金华子》中记载,段成式一日与朋友在某山某寺游玩,遇一石碑,其中有两个古字不认识,段长叹道:"此碑无用于世!"朋友问为什么,段回答:"此二字连我都不认识,它还有什么用呢?"

总有一些人,已是非常厉害了,但由于种种原因而寂寞无名。段成式是其中一个。在那个诗歌为贵的年代,谁会去关注一个社会新闻记者?这是时代的孤独。但正是这种孤独,才使他的身影在后世越发高大。

沙僧的非常道

文 / 崔岱远

常听有人说："有爱孙猴子的就有爱猪八戒的。"这是因为孙猴子和猪八戒都有鲜明的个性，而且这两种鲜明的个性交相辉映，使得取经路途妙趣横生。而沙和尚给人留下的印象好像比较模糊，谁也说不清他到底干成了几件事。

然而这实在是看错了少言寡语的老沙。

沙和尚是什么人？当年那可是天界最高行政领导玉皇大帝身边的贴身侍从，灵霄殿上什么场面没见过？什么级别的领导没接待过？就是因为不留神没端住个杯子，倒霉的老沙就被贬到凡尘的弱水里吃苦受罪。这到底是为了什么？别说读者弄不明白，连老沙自己也弄不明白。

老沙在流沙河里整天反思，一天终于明白了：被贬下界其实并不是因为那个没端住的杯子，而是自己没有处理好同上下左右各路神仙的关系。曾经以为自己是领导身边的人，对那些想通过自己找玉皇大帝办点儿私事的神仙不予理睬，对那些想带俩亲戚朋友混进蟠桃大会的天宫里的神仙吹胡子瞪眼。这天界里神仙之间的关系太复杂、太微妙了，老沙的做派指不定哪天不知不觉中就得罪了哪位神仙，让人家嫉恨在心。最终还是因为有心怀芥蒂的家伙通过王母娘娘在玉皇大帝那儿吹了风："这老沙早就看出他不成了，连个杯子都端不住，哪能伺候好各位领导哇！让他自食其力，去流沙河里找人吃去吧！"

在流沙河里，老沙经过深刻反思，终于顿悟：侍从的职责不仅要伺候玉帝，还要服务好其他各级领导；不但要服务好自己的上级，服务好自己的平级，还要照顾好自己的下级。总之，要左右逢源，协调好与各路神仙的关系。老沙这一深刻认识，在他以后的取经生涯中发挥了关键性的作用。

自从加入唐僧的取经队伍，对于领导，老沙忠心耿耿。对于二位师哥，老沙始终保持着淡淡如水的君子之交，始终把"和为贵"放在第一位。既不与孙猴子争名，也不和猪八戒争利，甘当配角。

老沙为人坦荡，尽管他深知唐僧与孙猴子有矛盾，但从不像猪八戒那样在师父面前煽风点火。对于两位师哥的纠葛，老沙也从不介入，而且还经常调解。每当猪八戒吵吵散伙，孙猴子举棒要打的时候，老沙总说："二哥，你和我一样笨嘴拙腮，不要惹大哥生气，我来替你挑担子。"这话让孙猴子、猪八戒都可以接受。到西天取经是艰苦的事业，没有团结是不成的，而维系这团结的不是孙猴子、不是猪八戒，也不是师父唐僧，而恰恰是默默无闻的沙和尚。

取经队伍里，老沙行事低调，不喜张扬。但细心观察就会发现，尽管话语不多，老沙却总能言必中的，表现出一种从容淡定的灵智。红孩儿挡道那一难，开始的时候，孙猴子以为这小孩儿会看在自己和他父亲牛魔王的交情上，不敢把唐僧怎样。当时老沙就提醒："三年不上门，当亲也不亲。"结果被老沙言中。后来当孙猴子为降服红孩儿一筹莫展的时候，还是老沙从旁提醒，以"相生相克拿他，有甚难处"，一下打开了孙猴子的思路。老沙的智慧往往就像沉闷的阴雨天突然的闪电，叫人眼前猛然一亮。

世界上不存在没用的人，只有没有用对地方的人。老沙沉静而不求回报，甘居人下却胸怀大局。他不但做好了本职工作，管好了白龙马，而且能和孙猴子、猪八戒这样极有个性的同事和睦相处，甚至连唐僧这样固执己见、人妖不分、一阵明白一阵糊涂的领导也被服侍得没有半句微词。尽管论争斗的本事，老沙远远比不上孙猴子和猪八戒，但若论心智，这二位绑在一块儿也比不上他沙悟净。《西游记》里有句原话叫"沙和尚真是个灵山大将"，能把自己看得很轻，那是一种智慧。

小妖的逻辑

文／骆玉明

从前看革命战争电影，觉得"坏人"那一边的小兵们着实可怜。通常，"好人"死的过程比较复杂，身中一弹又一弹，还要坚持着做一连串感人的动作，说许多豪言壮语。坏人的小兵们则是如割草般成片地倒下去，顶多"啊"一声。生死亦大矣，却不容他们发表一点儿感想。《西游记》里面的小妖也是类似的身份吧，不过由于作者追求好玩有趣，却给了他们不少表演的机会。可笑可怜总是难免，但好歹显露一下自己的性情，也算是到世上走一遭。

小妖嘛，本领有限，大多连个名号都没有，但他们常常是活泼而伶俐的。第二十八回一小妖报告他对唐僧的印象："嫩刮刮的一身肉，细娇娇的一张皮，且（实在）是个好和尚！"语言很生动，像是描述什么可口的水果，令人感觉到嘴馋。又像第八十六回另一位小妖报告他对猪八戒的认识："大王莫怕他！这是个猪八戒，没甚本事，不敢无理。他若无理，开了门，拿他进来凑蒸。"虽只是个小妖，话却说得十分豪气。

天庭中没有谁是这样说话的，大家都很注意礼数与身份。从这里可以认识到妖魔世界的一种特点，就是散漫自由，讲究很少，纪律不严。已经做了妖怪，何必还要装腔作势呢？这给小妖带来的好处，是性情少受约束，说话比较随便，于是就多了几分可爱。

不过，小妖大抵是山野里的动物修炼成精而为时未久的，加上妖魔的生活显然比较单纯，所以他们人生经验有限，在聪明伶俐的同时又常常显得戆头戆脑。像第七十四回中的小妖小钻风，对着一个假冒的"总钻风"毕恭毕敬，嘴里"长官"长"长官"短叫个不停，一看就是禀性天真之人。第三十三回写到"精细鬼"和"伶俐虫"两位小妖，受金角、银角两位大王的指派用紫金红葫芦和羊脂玉净瓶去装孙悟空，却被孙悟空用"装天的葫芦"骗了去。而且没多说几句话，他们就把使用宝物的咒语交代得一清二楚。

小妖其实并不笨，对于利害的计较是很清楚的：他们所携带的宝贝说是能装一千多人，而孙悟空的宝贝号称能装天，试验下来又确有效果，那为什么不换呢？"妙啊！妙啊！这样好宝贝，若不换啊，诚为不是养家的儿子！"他们的念头十分朴实和诚恳。至于没事干把天装在葫芦里干什么，那是没法问的。

妖魔有妖魔的生活逻辑，但竟也有个别小妖具备人的是非眼光。第七十回出来的小妖名为"有来有去"，他奉命去朱紫国下战书，一路上嘀嘀咕咕，说的是："我家大王忒也心毒……那国王不战则可，战必不利。我大王使烟火飞沙，那国王君臣百姓等，莫想一个得活。那时我等占了他的城池，大王称帝，我等称臣，虽然也有个大小官爵，只是天理难容也！"这小妖可不是很有人道主义精神？他见了孙悟空变成的小道童打探"送的是什么公文"，"就像认得他的一般，住了锣槌，笑嘻嘻地还礼道：我大王差我到朱紫国下战书的"，大概是因为悟空所变的道童模样十分可爱，小妖见了喜欢，所以毫不提防。这表明"有来有去"的性格是善良的。可叹悟空杀性太重，金箍棒打得他脑浆迸流。

《西游记》里的大魔头最后被打死的为数甚少，大概不到一半吧。小妖的运气则要坏得多。他们若是撞在孙悟空一伙手里，不问好歹，俱是一命呜呼。就算前面躲过了，到了魔头被杀或被擒之后，孙悟空还是要带领八戒他们彻底剿灭残余的群妖。看来做妖怪也是要做到大魔头才好，做太小命就不值钱了。

小妖若有名字，那大抵是随手拈来。而在他们的名字里，又每每隐藏了宿命意味的暗示。"有来有去"一出场就回不去了，"精细鬼"和"伶俐虫"是被孙悟空蒙骗得最厉害的两位。也有说不清楚的。第六十二回出来的一对小妖，鲇鱼怪，黑鱼精，取名为"奔波儿灞"，"灞波儿奔"。这种奇怪的名字倒像是外语的音译，或许那是从外国游来的鲇鱼和黑鱼吧。

鸡的利他利己

文 / 韩少功

农家有三宝：鸡、狗、猫。鸡是第一条。放在以前，鸡是一般农家的油盐罐子，家里的一点油盐钱，全是从鸡屁股里头挤出来的。现在经济有所改善，但鸡还是一般农家的礼品袋，要送个人情或还个礼性，大多冲鸡下手。

入住山村后，农友们看我们还顺眼，抽了我家的烟，喝了我家的茶，便回报一些瓜菜、红薯、糯米、熏肉，有时还有鸡仔。这使我们家的鸡圈里迅速热闹起来，各路不一的鸡仔各自抱团，互相提防和攻击。有一只鸡个头大，性子烈，只是没来得及给它剪短翅膀，它就腾空而去飞越围墙。我们在后来几天里还不时看到它在附近游走和窥视，但就是抓不住它，只得听任它变成野鸡，成全它不自由毋宁死的大志。

鸡仔长大以后，雌雄特征更加明显起来。一只公鸡冠头大了，脸庞红了，骨架五大三粗，全身羽毛五彩纷呈油光水亮，尤其是尾巴那几条高高扬起的长翎，使它活脱脱戏台上的金牌武生一个，华冠彩袍，金翎玉带，如操上一杆丈八蛇矛或方天画戟，唱上一段《定风波》或者《长坂坡》，一定不会使人惊讶。几个来访的农民也觉得这家伙俊美惊人，曾把它借回家去做种。

这只公鸡是圈里唯一的男种，享受着三宫六院的幸福和腐败，每天早上一出埘，就亢奋得平展双翅，像一架飞机在鸡场里狂跑几大圈，发泄一通按捺不住的狂喜，好半天才收翅和减速。但是这架傻飞机虽然腐败，却不太堕落，保卫异性十分称职，遇到狗或者猫前来觊觎，总是一鸡当先冲在最前，怒目裂眦，翎毛贲张，炸成一个巨大毛球，吓得来敌不敢造次。如果主人往鸡场里丢进一条肉虫，它身高力大健步如飞，肯定是第一个啄到肉虫。但它一旦尝出嘴里的是美食，立刻吐了出来，礼让给随后跟来的母鸡。自己无论怎样馋得难受，也强忍着站到一旁去，伟岸的绅士风度实在让人敬佩。

"衣冠禽兽"一类恶语，在这只公鸡面前变得十分可疑。把自利行为当做人性全部的流行哲学，在这只公鸡面前也不堪一击。一只鸡尚能利他，至少能够利己利他，为何人性倒只剩下利己？同是在红颜相好的面前，为何好些人间绅士倒可能遇险便逃和见利先取？这公鸡感情不专放荡不羁，自然也有很多不文明之处、可挑剔之处，但它至少还能乱而不弃，喜新不厌旧，一遇到新宠挑衅旧好，或者是强凤欺压弱莺，总是怜香惜玉地一视同仁，冲上前去排解纠纷，把比较霸权的一方轰到远处，让那些家伙少安毋躁恪守雌道，这一点大概也比好些人间男士更可爱。

一天早上，我起床以后发现天色大亮，觉得这个早上缺了点什么。想了半天，发现是刚才少了几声鸡叫，才使我醒得太晚。我跑到鸡埘一看，发现埘里没有大公鸡，这就是说它昨天晚上根本没有入埘。那么它到哪里去了呢？

我左找右找，一直没有发现它的影子。中午时分，我再一次搜寻，才在一个暗沟里发现了它的尸体。奇怪的是，它身上没有伤口，显然不是被黄鼠狼一类野物咬死的。它也不像是病死的，因为它昨天还饮食正常精神抖擞，没有丝毫病态。

到底是怎么回事呢？我不得其解，只能够把它葬在一棵玉兰树下。

那一天母鸡们怅然若失，也不怎么吃食，撒给它们的谷子剩留了许多，被一大群麻雀飞来吃了个痛快。

从此以后，鸡圈里少了一份团结与和谐。母鸡们也能利他，但利他的圈子划得很小，只限于一窝同胞之内。凡是气味不对的他家骨血，就无缘受到爱护，双方处得再久还是形同陌路。这就苦了一只小黄鸡，它是新来的，在这里无亲无故，刚来时怎么也进不了鸡埘，一进门就被既得利益群体啄出门外。我把它强行塞进埘门，第二天竟发现它头上鲜血淋淋，被活活地啄去了一块肉，致使它两眼欲闭，步履踉跄，奄奄一息。

他鸡即地狱啊！没有明君的社会礼崩乐坏啊！我没法查出凶手，再气愤也没法查凶惩顽，唯一可做的事，是找来红药水和消炎粉，给这只半死的小鸡疗伤。我见它怯怯的根本不敢上前争食，又一连给它开了七八天小灶，每一次抓来些剩饭或谷子，让它单独进食。其他的鸡见此情景嫉妒得拍翅大叫，但在我的一再呵斥之下，无法靠近过来，只能远远地看着小黄鸡吃香喝辣。

我们把这只鸡命名"小红点"，名字源于它头顶红药水时，脑袋上有鲜明的标记。我们没有料到的是，自小红点被我们从死亡线上救回来以后，它怕鸡不怕人，亲人不亲鸡，在鸡圈里总是形单影只，待在冷清的角落，一见人倒兴高采烈地跑上前来，不似其他那些鸡，即便见你是来喂食也会四散惊逃，直到你提着空盆离去，才敢一哄而上前来抢啄。每到黄昏，小红点也迟迟地不回鸡埘，一有机会就跑出鸡圈，跑到我家的大门口，孤零零地守候在那里，对门内的动静探头探脑，似乎一心一意要走进这张门，去桌边进食，去床上睡觉，甚至去看看电视。看得出，它眼睛眨巴眨巴，太想当一个人而不想做一只鸡了。

半年多以后，它还是保持着跟人走而不跟鸡玩的习惯，即使主妇很不待见它在门前拉屎，即使主妇一次次把它赶回鸡群，但它还是矢志不改总是跟着人转，有时踩着了我的脚，啄了我的脚，也若无其事。它顽强的记忆是不是来自那一次刻骨铭心的疗救？或者像邻居老吴说的：它前世很可能本就是个人，同人有某种缘分？

它一天天长大了，拉在我家门前的粪便是越来越多了，但我不知道怎么对待这只孤独的鸡。假如它哪一天要终结在人类的刀下，它会不会突然像人一样大喊一句"救命"？或者含着眼泪嘟哝一声"我无怨无悔"？

那一天正越来越近。

我爱刘胡兰

文 / 韩寒

今天，我觉得很光荣，我也对得起刘胡兰，和她比起来。我也不差，我也是硬汉。

在那个时候，打玻璃弹珠是我们最爱的游戏。我的周围有四五个小伙伴，每个人的准星都差不多。临时工哥哥就喜欢和我们玩打弹子，我们一般都带二三十个弹子，他只带三四个，可是他有大弹子和小弹子。他要打别人的时候就换大弹子，别人打他的时候就换成小弹子，他每天都要赢走我们二三十颗弹子。

事情的转机出现在我们最猛的小伙伴身上，他也是我所景仰的小伙伴。他的外号是10号。

那位小伙伴，10号，他和我们研究过好几次如何惩罚那个临时工哥哥。他有一次把我们召集起来，说，我们要反抗。

我们另外3个小朋友问道，怎么反抗？

他说，在他蹲下来瞄的时候，我从后面用鞋带勒死他，你们要做到的就是不要看我，假装在打弹子，能做到吗？

我摇摇头，表示我做不到，我觉得这么大的事情要发生了，我肯定不能忍住不看。

他说，那我们在他喝的水里下毒，下老鼠药，唯一要做到的就是当他死了以后，警察问起来，我们谁也不能交代。你能做到吗？

我摇了摇头，说我做不到，只要我爹拧我的屁股超过180度，我就什么都招了。

10号当时就从书包里掏出了语文书，翻到了刘胡兰的那一页，说，你看看。

我仔细地看完了刘胡兰，非常地气愤。我问10号，刘胡兰长什么样？

书里的图被你抠下来了。

他解开了自己的衬衫，露出了白背心，白背心上赫然贴着刘胡兰。我想，这应该是中国文化衫的起源。他让我看了一眼，马上就把衣服扣了起来，说，我估计你这样的人，还是会招的，你太差劲了，我还得再想一个办法。

那一天打弹子的情景，我记忆犹新。在我们打到第二局的时候，临时工哥哥一如既往地来了。那天的弹子我打得非常心猿意马，很快就输得只剩 3 粒。

我一直注意着 10 号，10 号没有带水，没有带刀，穿的鞋子也没有鞋带，周围也没有板砖，10 号会怎么杀人呢？轮到了临时工哥哥，他不动声色地从兜里掏出了大号弹子，瞄准了我的那粒彩色弹子，10 号已经到了我的弹子后方。临时工哥哥打歪了，他朝自己吐了一口唾沫，10 号马上捡起那颗大弹子向着河岸飞奔了起来。我们所有人都怔了几秒，下意识地紧跟着飞奔。临时工哥哥也反应了过来，他 3 步就已经超过了率先启动的我，直追 10 号。10 号离开河岸还有 100 多米，我知道他想把这颗弹子扔到河里，但是临时工哥哥没几步已经在他身后几米，忽然间，他捂住嘴一躬腰，把大弹子吞了。

我们所有人都愣了。临时工哥哥上前去，说，你吐出来。

10 号说，我要死了。

临时工哥哥撒腿就跑了。我鄙视这个撒腿就跑的人，10 号躺在我们的怀里，又说了一遍，我快死了，我觉得喘不过气来了，我的肚子好沉啊。

我们七嘴八舌地说，快去叫救护车。但是我们都不知道怎么叫救护车。

10 号说，不要让大人们知道。我是为了你们而死的。从今天起，他就没有大弹子了，你们一定要战胜他。

我说，我们会的。

我旁边的另外一个小伙伴握着 10 号的手，说，他还有一个小弹子，我们老是瞄不准那个小的，我也会把它吃掉的。

10 号说，靠！我吃大的，你吃小的，你真……

说着，10 号的头一歪。我们都哭了起来。

10 号又把头转了过来，说，要死的感觉好难受。我有一些遗言要说。我没有喜欢的女同学，我长了这么大，活了这一辈子，没有爱上过任何女人，我只爱一个人，刘胡兰。

10号咽了一口口水，扫视了一圈我们，说，其实今天，我觉得我很光荣。我也对得起刘胡兰，和她比起来，我也不差，我也是硬汉。数学刘老师，他当众骂过我，我死了以后，把骨灰撒在他家被单上。纪律委员他骂我，把我的骨灰撒到他的铅笔盒里。我的爸爸在远洋轮上，给他写一封信，把我的骨灰撒在信里，我的……我有多少骨灰？

那天一直到晚上，我们轮流听着10号的遗言。

这是一个漫长的夜晚，整个晚上我都在家等10号的妈妈奔丧。第二天我委靡不振地来到了泥地上，看见10号已经在那里打弹子了。10号说，我没有死。

我说，我看见了。

蚕豆七兄弟

文/沈嘉禄

蚕豆七兄弟在田里一起出芽,一起长叶,一起餐风宿露,只是开花后,被人用沪剧的腔调奚落一番:"蚕豆花开黑良心。"仿佛它们负有原罪。

好在它们结了果实,粒粒饱满,被一个农民家的女孩摘了。七兄弟进了城后,互道珍重,各奔东西。老大剥了壳后,吱啦啦投入旺油颠翻,煸透后加作料,撒了葱花装盘上桌。上海人吃了皮开肉绽的时鲜货,皮也不吐,一直吃到碗底朝天。老大想:我是王子,蚕豆的吃法必须与我的身份相符。

同样是剥了壳后,老二的命运稍有不同,它被送进冰箱里冻了一夜,簌簌抖不算,还被女主人埋怨一通:"皮老了,清炒要吐壳吃了。不如剥了壳炒咸肉吧。"于是老二被剥了内衣,与咸肉片为伍,装在碗里好看是好看了,但老二认为这是上海人对蚕豆的强暴。难道说我不鲜吗?非要臭烘烘的咸肉来一帮一、一对红?我偏偏绿给你看。不过令老二稍感欣慰的是,上海人嘴巴很刁,一盘菜吃到最后,剩下的都是强词夺理的咸肉片。

要说委屈,老三比老二更甚,它一样被剥了衣服,却与咸菜为伍烧汤,而且那个一口宁波话的老太太在打着饱嗝时居然说:"三日不吃咸菜汤,脚骨软汪汪。"老三很生气:主角明明是我,为何表彰大会上没有我?

老四与大米、咸肉一起焖烧,在炼狱般的电饭煲里,咸肉的油脂一点点渗透到大米里,也滋润着老四。因此老四是七兄弟中唯一享受到城里美容院服务的一个,所以它很知足地与饭粒打成一片。蚕豆咸肉饭烧成了,上海人抢着吃,老四的身价由此大大提升。

老五正式登上餐桌是在夏天了,它也被剥了衣服,但又被摊在很毒的日头下暴晒。它倒不是怕被晒黑,而是怕被晒瘪,像老太婆一样难看。但一切由不得它,老五刚脱了衣服是嫩绿的,如碧玉一般可爱,晒了几天后,就成了老菜皮，豆老珠黄了。然后入油锅炸成油氽豆板，赛过一把老骨头。老五是在上海人的早餐上体现自身价值的。一个淘气的小男孩不愿意吃巧克力牛奶配果酱面包，也不愿意吃蟹粉小笼，只想吃泡饭。于是老五被撒了一头的盐花，端到餐桌，小男孩笑了，泡饭吃完后还不过瘾，抓了一把装在口袋里当零食吃。

　　老六是蚕豆兄弟中最最害羞的一个，它无论如何也不肯脱内衣，于是被一个小酒馆的老板烧成茴香豆。老六听到过茴香豆的名字，它非常乐意接受这个归宿。老板总这样向客人介绍："这是我用古法烧的茴香豆，不比绍兴咸亨酒店的差，来一碟尝尝？"然而喝老酒的人更愿意吃五香豆腐干、拌黄瓜、糟猪头肉、红烧鸡脚爪，老六不得不一次次回锅，以防变质，所以老六蹲在小街酒店的柜台一角非常怀念一个名叫孔乙己的穷秀才。

　　轮到老七出场，已经"大约在冬季"了。老七硬了，老了，黄了，但上海人有办法让老七恢复青春，先在温水里泡一夜，然后放在竹箩里沥干，身上盖一块纱布，不时地洗洗淋浴。过了几日，老七醒过来了，发芽了，跃跃欲试地伸了伸腰，它被孵成发芽豆。加了茴香和盐就成了一道很不错的下酒菜。在一个酒鬼嘴里，老七被叫做"独脚蟹"。老七暗暗好笑，我明明是豆，怎么成了蟹？老伯伯真是吃醉了。

谁是最大的笨蛋

文/马群龙

靠课时费攒钱，凯恩斯可算楷模。1908 到 1914 年，他什么课都讲：经济学原理、货币理论、证券投资等等。因此，他获得的评价是"一架按小时出售经济学的机器"。凯恩斯赚课时费的动机是为了日后能自由而专注地从事学术研究免受金钱的困扰。

然而，仅靠赚课时费是远远不够的。

凯恩斯终于明白了这个道理，于是 1919 年 8 月，他借了几千英镑，去做远期外汇投资。仅仅 4 个月时间，他就净赚一万多英镑。在当时，这相当于他讲课 10 年的收入。3 个月后，凯恩斯把赚到的钱和借来的本金，亏了个精光。赌徒往往有这样的心理：要从赌桌上把输掉的赢回来。7 个月后，凯恩斯又涉足棉花期货交易，狂赌一通，结果大获成功。受此刺激，他把期货品种全部做完，还嫌不过瘾，就去炒股票。

在十几年的时间里，他已赚得盆盈钵满。到 1937 年，他因病停止炒股的时候，已经积攒了一生享用不完的巨额财富。与一般赌徒不同，他给后人留下极富魅力的赌经——最大笨蛋理论，可以视为他投机活动的副产品。

我猜测，凯恩斯参加过报纸选美有奖投票，否则，他不可能用这么一个例子：从 100 张照片中，选择你认为最漂亮的脸蛋，选中有奖。当然最终是由最高票数来决定哪张脸蛋最漂亮。

你应该怎样投票呢？正确的做法，不是选出认为漂亮的那张脸蛋，而是推断多数人会选谁，就投她一票，哪怕她丑得像时下出没于各种搞笑场合、令人晚上做噩梦的娱乐明星。这就是说，投机行为应建立在对大众心理的猜测之上。

期货和证券赌博也是如此。比如说，你不知道某个股票的真实价值，为什么你花20元去买一股呢？因为你预期有人会花更高的价钱，从你那儿把它买走。

马尔基尔把凯恩斯的这一看法归纳为"最大笨蛋理论"。投机行为的关键是，判断有无比自己更大的笨蛋，只要自己不是最大的笨蛋，就是赢多赢少的问题。如果再也找不到愿出更高价格的大笨蛋，把它从你那儿买走，那么，你就是最大的笨蛋。

我认为，对中外历史上不断上演的投机狂潮，最有说服力的就是这个最大笨蛋理论。

1593年，一位维也纳的植物学教授到荷兰的莱顿任教，他带去了一种土耳其植物——郁金香。荷兰人从来没有见过，对它如痴如醉。于是，教授认定可以大赚一笔，他的售价高到令荷兰人只有去偷的地步。

一天深夜，一个窃贼破门而入，偷走了教授带来的全部郁金香球茎，并以比教授的售价低得多的价格，很快把球茎卖光了。就这样，郁金香被很快种在了千家万户荷兰人的花园里。后来，郁金香受到花叶病的侵袭，病毒使花瓣生出一些反衬的彩色条或"火焰"。极富有戏剧性的是，病郁金香成了珍品，以至于一个郁金香球茎越古怪，价格越高。于是有人开始囤积病郁金香，又有更多的人出高价，从囤积者那儿买入，并以更高的价格卖出。一个快速致富的神话开始流传，贵族、农民、仆人、烟囱清扫工、洗衣老妇先后卷了进来，每个被卷进来的人都相信，会有更大的笨蛋愿出更高的价格，从他（或她）那儿买走郁金香。

1638年，最大的笨蛋出现了，持续了5年之久的郁金香狂热，迎来最悲惨的一幕，很快郁金香球茎的价格跌到洋葱头那样低。

始于1720年的英国股票投机狂潮有这样一个插曲：一个无名氏创建了一家莫须有的公司，自始至终，无人知道它是什么公司。在认购时，近千名投资者争先恐后把大门挤倒。没有多少人相信它真正获利丰厚，而是预期更大的笨蛋会出现，价格会上涨，自己要赚钱。有趣的是，牛顿参与了这场投机，并且不幸成了最大的笨蛋。他因此感叹："我能计算天体运行，但人们的疯狂实在难以判断。"

不要把疯狂投机看成是几百年前人们的愚蠢行为，这世界上的人们其实是疯狂不断。怎么解释这类疯狂呢？马尔基尔说，凯恩斯一定会在经济学家死后必去的地方窃笑。

国际化的青春期片段

文 / 春树

一个时代造就一个时代的青春期，我小说里描绘的青春生活，与王蒙在《青春万岁》里写的青春生活是截然不同的。

这些年的生活，让我感觉到，国家除了关心 GDP 以外，还应该有更多需要关注的东西。比如关注年轻人的生存状态和精神世界。

青春无论在哪个地方、哪个年代，都是纯真、神秘、狂妄自大、迷惘、自我挣扎与理想主义的。青年人代表着国家的未来，然而我认为中国年轻人的处境并不乐观，甚至这些年，大陆的文艺创作都没有出现更多更真实的描写年轻人的作品。尤其是在电影方面。青春是艺术里永恒的题材，为什么在我们这里缺席了？一个国家的青春期都被忽视了，那些少年心事难道就这么不值钱吗？

我们国家的年轻人与世界各地的年轻人有何区别？我们处在世界的哪个坐标点上？难道我们有与他们竞争的能力和实力吗？只有数字是最重要的吗？这都是我感兴趣却无法确切地给出答案的问题，我也一直在寻找这些答案。

下面，我试图用几个小故事来勾勒一下不同国家年轻人对中国的看法以及他们的生存状态。

我和美国摄影师 David 在伯克利小镇一家典型的美国式餐吧吃饭，这里都是木质的桌椅。柜台前的大彩电里播放着运动节目，服务员是来自附近大学的学生。我点了一份墨西哥的食物，分量十足，为了避免浪费，我只好告诫自己"朝鲜的孩子们还在挨饿"。David 告诉我,以前美国父母教育孩子别浪费饭菜时会说,"吃完它!中国的孩子们还在挨饿呢"。

前几天,我刚作为中国年轻作家在北京参加一个"中俄青年文学之夜"的活动,认识了几个同龄的 80 后俄罗斯作家。几天后,我一个人去俄罗斯青年作家们住的宾馆找他们玩,我们边喝着他们从俄罗斯带来的伏特加边用英语聊天。他们纷纷问我关于中国作家、中国年轻人、中国社会等问题。

我们又谈到了各自的阅读。中国老一辈作家和文学爱好者们对苏联文学和苏联作家们推崇备至,而新一代俄罗斯青年作家们则表示,他们不想背负那么大的压力,文学除了吸收经典文化外,还应该向前看。

我在纽约学英语的时候,班上的同学来自五湖四海,而内地的学生除了我之外,只有一位上海女生。

有一次我和班上的日本同学一起去逛中央公园。我发现他的英语还没有我的好,带着浓重的日本口音。但是他很自信,如果对方听不懂他在说什么,他也不急不恼,这是种良好的心理素质。他告诉我,有一次他跟美国人说英语,对方听不懂他的话,便问:"您还会说什么语言?"他说:"英语。"

我在纽约有个朋友在一家摇滚乐俱乐部工作。每次都有人问她,你是日本人?韩国人?每次她都大声地告诉他们,她是中国人。她曾被这些提问困扰多年,没有人相信一个中国女孩能在纽约的摇滚俱乐部里工作得风生水起。

我去那家摇滚俱乐部玩时,也遇到陌生人问同样的问题。我说,我来自北京,来自中国。他们立刻就说,哦,我知道北京,办奥运会的地方。

在柏林时,一个年轻的意大利男孩驾车 1000 公里来看我。他是我的读者,买过我的小说的意大利版。他说从来没有来过德国,于是我邀请他来柏林玩。我帮他找了一家青年旅馆。青年旅馆的大厅坐着来自欧洲不同国家的年轻人,只有一张看起来鹤立鸡群的亚洲面孔,但不用问我就知道,肯定不是大陆人。德国的中国人很少,到处旅行的中国人更是少之又少。

从硬件上来说,中国年轻人也许没有足够的旅费,签证也是困难重重;从软件上说,大部分中国年轻人缺乏那种非功利性的、主动的独自或结伴去旅行的观念,这就是为什么在全世界旅行的中国年轻人少之又少的原因了。

如果有一天,中国年轻人不再津津乐道买了什么名牌包而是打起背包去旅行,我就觉得我们的年轻人有希望了。

他们总是很惊奇

文 / 王湛

诗人西芒，也是小老板陈永安。他的铺子在杭州汽车东站附近的一个小商品城，十平方米左右，靠墙一圈摆满了各种式样的织带。经过二十多年的奋斗，打工者陈永安也成了一个小老板。但是，不管生活怎么变，在陈永安身上唯一不变的，就是写诗，随时随地的。

得知记者找不到他所在的小商品城，憨厚的陈永安赶紧骑了车来东站接我们。在东站人来人往的潮涌中，一眼看到的，是他自行车箩筐里的几本《诗刊》。原来，这是他随身携带的书籍，不骑车不带包的时候，这书会被他放在裤兜里，被戏称为裤兜里的"贴身老师"。

他的裤带上，还别着一样让人好奇的东西，一个小小的方形皮袋子。"哦，这个啊，是我的老花镜，因为喜欢到处带着书，眼镜当然也要配套，呵呵。"

来不及把自行车支好，陈永安就伸出了热情的双手。当目光游移到他的双手时，手背上瘢痕累累：这双手曾拿过锄头，拆过很多钟表，摸过无数自行车轮，而正是这双手，向我们传达着打工生活的苦与乐。

陈永安笔名西芒，"西是'西施故里'，芒是'麦芒'，来自西施故里的麦芒，麦芒意喻收获的希望。"陈永安很流畅地跟记者介绍，语气中透着些许自豪。

陈永安文化程度不高，仅读到初中毕业就辍学了，但这并不影响他对诗歌的热爱。以前给人家修车的日子，陈永安一边修车，一边构思，偶有诗意和灵感，他便会丢开手头的工作，用那双沾满油污的手在香烟纸上写写画画。夜深人静时，他一遍又一遍地修改白天记下的文字。在《小巷的吆喝》里，他这样写道："小巷深处／赶夜市的小贩们／我远远听见了一声声醉人的吆喝／从巷头望去长长的巷尾／轻歌连着一串串轻歌像金项链挂在小巷／笑语挨着一片片笑语如碎银撒在小巷……"想不到这样富有意境的诗句居然出自一位民工之手。

2002年8月，这是陈永安终生难忘的日子，收集了他多年来创作的109首诗歌的《西芒诗选》终于出版了。他领到新书后做的第一件事情就是把它摆到修车铺最显眼的地方。

让他意想不到的事接着发生了！当他怀揣着诗集坐火车回老家时，邻座的乘客读了他的诗集，纷纷掏钱买了。来修车的人，其中有不少是大学生，读着读着也买去了。在他的修车铺里，卖出去了110多本。

"他们总是很惊奇。"让陈永安最欣慰的并不是书卖出去了，而是他从这些陌生人眼里收获了从未有过的尊重与钦佩的目光。二十多年前，他不甘固守大山的贫瘠，携妻带女，步入打工者的流浪生涯。在浙北水乡湖州，他学会了修理手表。之后，西芒携妻带女来到杭州，干起了修自行车的活儿。他没正式拜过师父，平时看到有人修车他就站一边看，一边又自己捣鼓，最后他自己也搭了个铺子，修起了自行车。

修车的时候，陈永安的两个女儿都上学了，负担一天天加重，为了挣更多的钱，修车摊常常到深夜才收摊。尽管拖着一身的疲惫，修车工陈永安眼里的夜色依然动人，那时，他在起身回家的时候，总不忘掏出那张香烟纸，写下美丽的感受，"人活着总是需要追求的，也许写诗就是让我变得精神富有，让我在风风雨雨的打工生涯中始终坚定信念。"

"你还写，家里都穷成这个样子了，你还要不要我们活了！"对陈永安写诗，从来不说一句反对话的妻子这时也忍不住了，她好几次夺走陈永安手中的稿纸，要扔进煤饼炉里。

"妻子真的很好。"事后，陈永安总能在抽屉的角落里，或者席子下面找到这些稿纸。那一晚，他含着泪写下："我如果是骨／妻子是我骨中的肉／假如两者分离／骨会死亡／肉会腐化……"

10月的傍晚，强冷空气袭击的杭城冰凉异常。56岁的陈永安小心抖开裤兜里那张皱皱的信笺纸，上面是他花了一星期写成的一首小诗，他再次默念一遍，确认好后，才跨上自行车。

他要把诗送到距离家10公里远的一位老师那里。2002年，当他第一次用编织袋把9本诗稿送到那里后，就再没有间断过，写成一篇送一篇。

儒家板块

文 / 岑嵘

孔子是儒家教育集团的创始人，他有很多很好的经营思路，并且还喜欢和学员一起穿着新衣服到户外吹吹风。在他身后，发生了许多让他想不到的事情，比如每天被供冷猪头，比如他的儒家教育集团会被整体上市。

儒家集团是在孟子手里上市的。孟总是个有经营头脑的人，在他手里，集团的主营业务也由教育扩展到了采气等等，并且他还在集团内部开展了诸如嫂子掉到水里该不该救的大讨论。作为当时最大的 IPO，它的发行未尽如人意，于是孟总创造出一个 ST 禽兽板块，广泛宣传如果不买儒家股，就相当于买了禽兽股，那么就会永远被套，直至倾家荡产。

到了秦朝，儒家股遭到了管理层的打压，几百个鼓吹购买儒家股的股评人士被永久性地取消了资格。这轮熊市持续到了汉代，董仲舒开始登场，他是一个国有基金管理公司的老总，他一直认为儒家概念股是证券市场估值的洼地，因此不断地增持儒家股，甚至认为股票市场即使只有这么一只股票也足够了。他的这一想法，得到了最高管理层的认可，并且对儒家板块进行了国资注入，儒家概念股已然成为证券市场第一牛股。

在接下来的魏晋隋唐，儒释道各个板块轮涨效应明显，同时也出现了一批像阮籍、嵇康之类的正义股评家，大胆指出儒家股存在的泡沫成分，整个市场对儒家股的估值出现了严重的分歧。

宋代的程颢、程颐两兄弟以及朱熹等，都是私募基金经理或者游资出身，他们手中有一堆"存天理 A"、"灭人欲 A"的垃圾股，他们心中明白，要想咸鱼翻身，就要和眼下最牛的股票沾上边，于是硬把自己那几只绩差股扯进儒家板块，每天不停地在各家报纸吹捧，弄得跟风者无数。

时值明代，以明太祖为代表的管理层高度肯定了程朱确定的儒家概念板块，号召股民踊跃投资，而此时儒家股的市盈率早已超过警戒线了。万历年间，海外投资大师利玛窦表示要剥离儒家概念股不良资产，开展风险教育。

  随着儒家板块经营的不断恶化，至清代，一批以顾炎武、黄宗羲、王夫之为代表的证监会官员提出彻底清查儒家概念股不良资产，把一批伪儒家概念股清理出去。当时著名的股评家颜元就曾尖锐地指出："程朱之道不熄，孔子之道不着。"到了晚清，境外股开始吃香，儒家板块的超级牛市终于终结。

《水浒传》里的高危职业

文/马伯庸

水浒的话题差不多都被说烂了，今天我来说点别的。水浒小说里，一共有3种高危职业，几乎是擦着就死，碰见必亡。

第一种高危职业是老虎。

我作了一下统计，整部《水浒传》里，一共出现了7只老虎。头一只出现在龙虎山，被洪太尉给撞见了，总算洪太尉不能打，才让它逃得一劫，成为《水浒传》里唯一一只幸存下来的大虫。

其他几只就没那么幸运了。武松在景阳冈打死一只，李逵去接自己娘亲的时候，在沂岭一怒之下杀死了4只。解珍、解宝两兄弟又在登州杀死一只。里外里算起来，这7只老虎只活下来一只，生存率连15%都没有。

第二种高危职业是围观的群众。

在水浒世界里，老百姓最喜欢围观的地方，是法场看杀人。而梁山好汉们最喜欢炫耀武力的地方，也是法场。

江州劫法场的时候，书里描述说围观的江州群众"压肩迭背，何止一二千人"。这些老百姓其实就是想围观个热闹，你们蔡知府要杀人，还是梁山好汉要劫法场，都与我们没半点干系。可没承想好汉里藏着李逵这么一条疯子，"当下去十字街口，不问军官百姓，杀得尸横遍地，血流成渠"。你说说这些围观群众有多无辜，躺着也中斧啊。

可见李逵天生是围观群众的克星，放到今天在城管队伍一定吃香。

第三种高危职业是嫂子。

水浒里最有名的杀嫂故事，自然是武松武二郎与潘金莲的故事。原文里潘金莲的死状十分凄惨："把尖刀去胸前只一剜，口里衔着刀，双手去挖开胸脯，抠出心肝五脏，供养在灵前。"可见潘金莲死得还不如景阳冈那老虎痛快。

除了武松杀嫂，还有一个人杀过嫂子。这人就是拼命三郎石秀。他发现了嫂子潘巧云与裴如海的奸情，唆使大哥杨雄杀了她。

第三位"嫂子"是阎婆惜，宋江的弟弟宋清的嫂子。阎婆惜其实跟宋江没有名分，两个人只不过是同居关系，不能算"法定"嫂子，只能算是"事实"嫂子。小姑娘先勾搭上张辽……哦，张文远，又想敲诈宋江，结果被那黑三郎一刀宰了。

第四个不幸的嫂子，是林冲的老婆。之所以她也算进"嫂子"之列，是因为鲁智深总管她嫂子嫂子地叫。打完青州府以后，鲁智深到了梁山，一坐下便问林冲："洒家自与教头别后，无日不念阿嫂，近来有信息否？"这个"嫂子"比前3个好，是个好妻子。可惜她生得太过美貌，老公却是一个窝囊废，最后这一家人被高衙内害得林冲雪夜上梁山，林夫人被迫自缢而死。

这水浒里最著名的4位嫂子，要么是因为勾搭男人而死，要么是因为不勾搭男人而死，左右都是不成，真是太惨了。可见在水浒里，但凡沾了嫂子二字，管你什么人，多没好下场。比如母夜叉孙二娘，只因被武二郎在十字坡人肉包子铺里喊了一声嫂子，结果在征方腊的时候不幸阵亡……

新水浒里有一集，是讲鲁智深得知林夫人自缢而死，赶来告诉林冲，声泪俱下道："大哥！嫂子死了！"这集如果让我来写，应该会写成这样：鲁智深声泪俱下："大哥！嫂子死了！"他身后噌噌噌跳出3个人来，个个得意扬扬。石秀大喊：大哥，我嫂子也死了！武松也大喊：大哥，我嫂子也死了！宋清也大喊：大哥，我嫂子也死了！鲁智深大怒，回头喝道：滚蛋，我跟你们说的不是一回事儿！

如何成为一个伟大的猴子

文 / 姚际春

我是很爱孙的,以至于某段时期一有空就抱着《西游记》。

孙是个孤儿,天生天养的完全版,根本没有庭训一说。不但如此,刚出生时还差点让灭了:无父母无背景的孩子居然敢一蹦出来就目运金光、惊动玉帝,幸亏帝有好生之德,否则今日我的榜样之位就虚悬了。俺偶像无数,榜样唯一。

他与其他有爹娘的猴孩子没啥区别,一块耍子,一块歇息,没受到啥欺负及歧视。长大了,居然出口成章,有诗为证:"刮风有处躲,下雨好存身。霜雪全无惧,雷声永不闻。烟霞常照耀,祥瑞每蒸薰。松竹年年秀,奇花日日新。"虽然失之浅白,可是平仄合律、对仗工整。吟咏再三,我得承认我风流难拍猴哥肩。

某日他发现了水帘洞,比人类还守诺的猴子们让他成了他们的王。山中岁月长的时光里,他努力享乐、天天欢会,吃遍山中各种美味天然水果干果药材及各式鲜花,生活方式十分健康。有天突然想到了哲学的最终命题:生与死。一时悲从中来,老泪纵横,于是开启了一个伟大猴子的生涯。

他毅然去王位,乘竹筏,渡过汪洋大海去到南赡部洲。可惜在此觅师八九年皆不得。其中所得是:学了《礼记》的基础课程,学了一门外语——人类语言,兼抢得衣服一套。他往西行,见一大海汪洋,思海外必有仙山，有仙山又必有仙人，有仙人又必有仙师。于是自制交通工具，到了西牛贺洲，一番曲折，终于完成了寻师之旅。

其师赐他嘉姓妙名：孙悟空。他从头学起，洒扫庭院，言语礼貌，讲经论道，习字焚香，每日如此。闲时即扫地锄园，养花修树，寻柴燃火，挑水运浆。大约到高中的时候，他免试就读大学，可是摆桌面上的专业都看遍了，他不满意。孙可不是个短视普通的猴子，他要把沧海桑田都看遍，笑红尘滚滚，与天地同寿。既然动、静、术、流四个专业都看不入眼，师傅心中狂喜，自己挟技久矣，无人可说无人可教，十分痒又不得搔处，锦衣夜行，那个憋屈啊，难得来个有眼色的。事实证明孙十分聪慧，一下就接住了师傅抛来的"秋天菠菜"，趁着三更半夜月黑风高把技能学上了。其间用了大约三年来知新与温故，成就了天地间一个猴子的伟大。

至于以后大闹天宫，护唐去西天的事别说是国人都知道，估计外国人知道的也不少。但是我们不能只看孙扬名立万，一猴大败十万天兵，得想想他的成本：500年用来觉悟，八九年用来寻师，7年小学，3年大学，一共用去时间成本约520年。学费为零。尽心尽力授徒的得道高师一名。

我对照了一下，我是学不了的。就算我今天开始觉悟，省去了那个500年，拼着老命用去20年，可是今时今日，放眼中国，去哪儿寻找零学费的大学，去哪儿寻找肯尽心授课的有道高师？于是抛书负手远目，进化至今，吾不如猴。

做人是一件自卑的事

文 / 沈宏非

古代帝王多是怪胎。

一天，一个名叫简狄的女子，和几个姐妹正在野外的大河里洗澡，忽见一只燕子下了个蛋。简狄嘴馋，也不管这蛋是生的还是熟的，拿过来就吞了下去。没想到这蛋从胃里进去，却从子宫里生了出来，于是就有了殷商的祖宗契。多年以后，一帮子商朝的御用文人还写诗赞道："天命玄鸟，降而生商。"

也许就在简狄出去洗澡的同时，一个名叫姜原的女子也到郊外去散步。正走着，忽然看见一个巨大的脚印。那脚印比一般人的要大出许多，一眼就能看出是巨人留下的。不知为什么，看着那脚印，姜原的心里忽然觉得很高兴，不由自主地就伸出脚去触碰一下。可是刚一触上，不觉身上一动，却是已经怀了孕了。待到了日子生下孩子来，这便也就有了日后周朝的先祖后稷。

一样的妃子，尧的父亲帝喾的第二个妃子简狄的生产如此不凡，帝喾的首席妃子姜原自然也不甘落后，前面一个的受孕还有一个物质可吞，后面一个该算心理感应，却是十足的属于精神领域的事了。

其实，用现在的眼光来看，简狄、姜原的事都是很好解释的。这两个在晴朗的日子里喜欢到野外去游玩的女子，她们并非不肯老老实实说出孩子的出处，她们很可能是实在也说不出孩子的出处，她们的身上还都印有母系社会的胎记。可话又说回来，生下一个孩子，如果只能躬耕伐木狩猎，倒也没有什么，可一旦他们有了一点出息，就不能不对他们的出处有一个说法，这就像孔子也需"祭如在"一样。

有意思的是，挪到秦朝以后，只消用封建的伦理道德稍稍地掂上一掂就可以看出的一件很丢人的事，却给了后代帝王一个极大的启示。于是，后代帝王的出生就都不凡了，一部《二十四史》，简直可以说就是一部"怪胎生产史"。

写历史的人也是很欺负人的，像阿斗、李煜那样无能的皇帝，史官不愿，也不屑在他们出生的问题上多费笔墨。但，凡是古来一些差不多的皇帝，他们的出生却大都和一般人不一样。汉高祖的母亲梦与龙遇而有了刘邦，唐太宗李世民出生的时候有二龙戏于门前，宋太祖赵匡胤出生时赤光绕室，异香三日不散，明太祖朱元璋的母亲梦见神仙授药一丸，她毫不犹豫地就吞了下去，即使像经常被历史嘲笑的隋炀帝杨广，他的父亲隋文帝杨坚出生的时候，也照样是紫气满庭，经久不去。

汉人的这种风气，大大影响了少数民族，他们也互不相让地争相效仿。于是，北魏太祖拓跋的母亲梦见日出室内而有了拓跋，辽太祖耶律阿保机的母亲梦见日落怀中而有了耶律阿保机，金世祖完颜阿骨打出生前有五色云气屡出东方，而清太祖努尔哈赤的母亲感朱果而孕，这就有了大清朝二百多年的江山。

我没有读过外国历史，不知道恺撒大帝的母亲生他的时候梦见了什么，也不知道拿破仑出生的时候，天上是不是也有什么异兆。

人是很有意思的，生而为人，却大都往不是人的道上走。

看来，作为一个人，是一件很让人自卑的事。

星期一女孩和星期日男人

文/(台湾) 张国立

有天中午我和小乖坐在星巴克里喝咖啡，一个打扮时髦的女孩用力推开门进来，匆忙地跑至柜台，大声地喊焦糖玛其朵，然后一手抓着手提包，一手握紧咖啡杯，用她的屁股顶开门，消失在街上的人群里。这时小乖冷冷地说："哼，星期一女孩。"

我愣了一下才会过意，我说，小乖，你终于创造了一个有意思的名词。之前，他对女孩子的说法大多是：美、够味、来劲，都不如星期一女孩来得有文化又传神呀。

既然有星期一女孩，那么有没有星期二女孩呢？

"有。"小乖扫过星巴克，指指角落里坐在沙发上、左腿叠在右腿上、一边喝着咖啡一边盯着计算机屏幕的女孩说，"瞧，那边有一个。"

按照小乖的理论，星期一大多数的人都会焦虑、忙乱，到了星期二，则能平静下来，进入工作的正常轨道。最棒的上班族是到了星期二，泰山崩于前也面不改色继续工作。而星期一女孩不论星期几都始终陷于忙乱之中，早上出门上班前会找不到公文包，到了办公室才坐下又找不到手机，等到坐定下来，又找不到咖啡杯。

那星期三女孩呢？

"星期三女孩最简单，看到我们左手边那个女孩没？她的咖啡都凉了还在打瞌睡，标准的星期三现象。"

原来如此，星期三女孩没有热情，她们对大部分的事情都不置可否，我也认识不少这种女孩，问她，想去吃什么？"随便。"去看什么电影？"随便。"要去散散步吗？"随便。"

还有星期四女孩吧?

对,星期四女孩很贤妻良母,她们在办公室会关心其他的同事,例如她们去吃中饭时会问:"要我帮你带什么回来吗?"她们吃完中饭回来会问:"吃过没?要来杯茶吗,我正要去泡。"老板把我们叫进去骂了20分钟出来,她们会用关怀的口吻问:"还好吧?"当她们收好东西要下班时,也会问:"还没忙完呀?"

小乖最喜欢的是星期五女孩,因为,个性欢乐呀。她们无论何时何地,都以充沛的精力感化每一颗垂死的灵魂(小乖的形容词)。就算1月底,当星期五女孩出现,窗外的雪会融化,树会冒出嫩芽(也是小乖的形容词)。

但到了星期六,因为一夜狂欢,有些女孩会睡得很晚才起床,这叫美容睡眠,她们会思考前一晚的遭遇,会思考是否要继续这段男女关系。小乖说,星期六女孩最最麻烦,她们太会想,就怕脑袋提早退化。

我想起以前认识的一个女孩,才见第二面她就很严肃地对我说:"我对交男朋友的态度很认真,你看过日本偶像剧吧,里面有句常说的台词:我是以结婚为前提才和你交往。"

是的,星期六女孩很理智,她们会不停地把男人放到体重计上去称、去量、去比较,就为了"他是我理想的结婚对象吗"?

还有星期天呀,星期日女孩如何呢?

小乖打了个呵欠说,喂,都星期一到星期六了,你不累吗,还要星期日?

嗯……有道理,星期日想女人,真的太累。

我把小乖的理论说给几个女孩听,她们都问我:谁是小乖,你把他叫出来让我们认识一下。"姓张的(是我吗?在座只有我姓张……)"其中一个女孩说,"我们对星期日男人很好奇,我请你们吃饭。"

喔,她们已经把我和小乖认定是星期日男人了,为什么呢?

我到门口打手机叫小乖起床,听到那个女孩正对其他的女孩说:"他们为什么是星期日男人?哼,你们不知道我家那个区,市府清洁队都是星期日来收大型垃圾。什么是大型垃圾?笨,就是不能用的家具。"

我对小乖说:"乖,事情棘手了,我正和一个星期六女孩、两个星期一女孩和一个星期四女孩在一起,她们都想见你。"

你没事找事。小乖说,你不逃还等什么。

对,赶快溜,我看到店里的日历,今天是要命的星期六啊。

不读李白

文/刀尔登

大跃进诗云:"李白斗酒诗百篇,农民只需半袋烟。"话说李白的诗才,比起当代农民,自然是有所不如的了,但在唐代的诗人中间,他是头一名。其实,整个古代的才人中,论起语感之好,文或是司马迁,诗一定是李白。那些精确而有色彩的词,在旁人或凭运气,或反复推敲而致的,在他只需一招手之力,好像那都是他的奴仆,一直服侍在旁边。

不过,这里要议论的,不是李白的诗才,而是他的性格。不妨想象,我们在宴席中初识到这样一个人,气派很大,嗓门也很大,一发言便说自己如何如何不得了:论家世是大姓望族,和帝王沾亲带故,又娶过宰相的孙女;论游历则南穷苍梧,东涉溟海,天下值得一看的事物,没有没见过的;论轻财好施,曾在一年之中,散金三十余万;论存交重义,则有削骨葬友的故事;论养高望机,则巢居山中,养奇鸟千只,一呼唤便来他手中取食;论起文学才能,更有某大人曾拍着肩膀对他说,这小子真是了不起呀,又有某大人对别人议论说,那小子真是了不起呀。

他说的这一大篇,除一两件外,或是夸大其辞,或是自己瞎编的。那么,我们是打算喜欢这个牛皮大王,还是讨厌他呢?

李白,第一,是个理想主义者;第二,他的理想,又很浮浅。虚荣心是他全部想法的中心,他给自己描绘过的人生目标,除了做神仙,就是做一个被荣耀和奉承者团团围住的救世者。他最喜欢想象的,就是自己倏忽而来,救人或救国于危患之中,又飘然而去,身后留下一大群痛哭流涕的感恩者。这种幻想,常把他自己感动得掉眼泪。

庸俗的宋人,时常批评李白的另一种庸俗,如苏辙说他"好事喜名,不知义理之所在"。苏辙说这番话,大概想到了李白应永王征召的事,其实李白当年应玄宗征,也未必很合他对自己的描述,但诗人一接诏书,恨不得连夜收拾行李,他当时写的一首诗,后几句是:"游说万乘苦不早,著鞭跨马涉远道。会稽愚妇轻买臣，余亦辞家西入秦。仰天大笑出门去，我辈岂是蓬蒿人。"

我们都知道小人得志的样子，敢情大人得志，样子也不很好看。李白上长安，"当年笑我微贱者，却来请谒为交欢"，好不扬眉吐气；虽然未得重用，但在他自己的描述中，却不是如此。这番际遇，以后他一有机会必要提到，看来是视为人生的高峰了。

另外，说起前引诗中的"愚妇"，他还另有一首诗，颇见心志："出门妻子强牵衣，问我西行几日归。来时倘佩黄金印，莫见苏秦不下机。"说起"蓬蒿"，李白一直瞧不起不立事功的人，羞与夷齐原宪这些人为侪，更不用说默默无闻的微贱之辈。

尽管如此，大多数读者，包括我，还是打心眼儿里喜欢李白。李白固有庸俗浮浅的一面，但谁不呢？只要庸俗得诚恳，浮浅得天真，一样能招人待见。李白不能为人下，在我看来，这是可贵的品质；另一种可贵的品质，不欲为人上，李白这方面的成色如何，不是完全清楚。但看起来，他不像那种硬心肠、不择手段的人，他的一些猛志，时不时地要让位给自己的同情心呢。那么，就几乎没有什么，让我们觉得这个人虽然有点讨厌，毕竟颇可亲近的了。

要紧的是，李白是世俗幻想的代言人。咱们这些世俗之辈，平民百姓，自古以来一些零零碎碎的幻想，白日梦，一直在殿堂外面流浪，羞羞答答，找不到体面的描述，遇到李白，等于有了收容所。他的诗才，解救了他自己，也使无数普通人，用不着在形容自己的志向时张嘴结舌。

李白尽管爱吹牛，但在抒写自己柔软的感情时，是诚恳而不掩饰的，这带来了他最好的一批诗句，也给他带来了女性读者——一个没有女性读者的诗人，简直就算不上诗人。

我曾经向四个人询问，最喜欢李白的哪一首诗，只有一个人答了一首豪言诗，两个人喜欢他感性地描写自然的诗句，一个人喜欢他写愁绪的诗。我想象中的接受比例，也恰好如此。